下巻もくじ

凡例

◎本文中の各種記号は以下のように統一されている。

［　］　原書編者による補足を示す。

〔　〕　訳者による補足を示す。

『　』　原著で引用されている書物、雑誌、映画などの題名を示す。ただし、雑誌に収録されている論文・単行本に収録されている短編小説などは「　」で示した。

《　》　原著で引用されている美術作品の題名を示す。

∧∨　矢印（↑　↓）の意味を示す。原著でも、同様の記号が用いられている。

傍点　原文でのイタリック体の語や文を示す。

訳注　本文中に置き、★1――のような数字によって指示した。なお、同一見開きに収まらない場合は、次ページに送った。

◎以下、本文中に頻出するアルファベット二字は、固有名詞の頭文字を意味する。

SS＝スーザン・ソンタグ

DR＝デイヴィッド・リーフ

こころは体につられて——日記とノート 1964-1980　下

装幀＝佐々木暁

1969

[日付なし、六月。この項目が書かれているジャーナルは表紙に「政治」と記されている]

「革命理論なくしては革命運動もありえない」レーニン（一九〇二）

ローザ・ルクセンブルク★1は「メンシェヴィキ★2の精神的同盟者」（リヒトハイムのような）だったのか、それとも優れた共産主義者（[アメリカの反戦運動活動家]ストートン・リンド★3のような）だったのか？　これをいかにして裁定すればいいのか？

一九六八年の二重の経験――フランスの五月、チェコスロヴァキアの八月★4。

★1――一八七一―一九一九、ポーランド出身で、後にドイツで活躍した女性革命家。ロシア革命後のドイツ革命の試みのなかで左派の「スパルタクス団」を率いた。

★2――「少数派」の意で、ロシア革命初期から主要な推進勢力であったロシア社会民主労働党で、レーニンのボルシェヴィキ（＝多数派）と対立、分裂した一派。修正主義派、穏健派、経済優先派などとも言われた。

★3――一九二九―、クウェーカー教徒で、良心的徴兵拒否をはじめ、平和、反戦、公民権、鉱山労働者救済などをめぐる活動に従事。法律家でもある。

「意識が事実としての蜂起を起こせば、解決がもたらされる」。サン＝ジュスト★5。著書『革命の精神』などを読むこと。
（「擾乱は決して……共和国というものの永久的状態でなければならない」サド）
「スペインで城を建てるように気軽に、人びとはユートピアを思い描く、その一点において一八四八年は興味深かった」――ボードレール
イヴァン・イリイチ★6［オーストリア出身でカトリック教徒の社会批評家。SSとの出会いは一九六〇年代遅く］が言ったこと。単純な法律をひとつ作るだけで、社会はものすごく急進的な変革を起こすことができただろう――その国の境界内では、時速三〇メートル以上では何ものも移動してはならない、という法律。これで、製造品をめぐる優先順位＋品質がどう変化するか、考えてみるべきだ。そんな国だったら、五〇年はもつ自動車を生産するだろう。
「人間は情熱的でなくなるや、情熱的であることをやめるや、たちまち鈍物になってしまう」（「クロード＝アドリアン・」エルヴェシウス★7）
投獄を免れようとすれば、何ごとも懐柔の憂き目に遭う。

以下について読むこと：
　チャコ戦争（一九三五）★8
　一九四七年、マダガスカルでの殺戮★9
　一九四四年、セティフにおける四万五千のアルジェリア人の虐殺★10

一九一九－二〇年、北イタリアの工場占拠
第一次世界大戦以前のボリビアの学生運動

……

★4――一九六〇年代後半の「プラハの春」と呼ばれたチェコスロヴァキアの変革運動のさなか、六八年八月二〇日、ソ連が率いるワルシャワ条約機構軍が国境を越えて侵攻し、同国の全土を軍事占領したことを指す。

★5――ルイ・アントワーヌ・ド・サン＝ジュスト　一七六七－九四。フランス革命の有力な活動家、論客。ロベスピエールの右腕とも称され、「革命の大天使」、「死の天使長」の異名をとった。『革命の精神 *L'esprit de la révolution*』は一七九一年の著書。

★6――一九二六－二〇〇二。ウィーン生まれの哲学者、社会・文明批評家。産業社会を批判するとともに、学校制度の撤廃を提言して真の学習とは何かを問いかけた。

★7――『精神について』（一七五八）、『人間論』（一七七二）を著したフランスの哲学者、啓蒙思想家。本項での引用は、もともとはサドの言葉だと見られる。

★8――グラン・チャコ地域にあると見られた埋蔵石油をめぐり、国境確定と国土拡大を目指し、一九三二－三八年にボリビアとパラグアイの間で行なわれた戦争。

★9――フランスが一八九五年前後に植民地化したマダガスカルで、一九四七年、反仏武装闘争が起こり、フランス側の意を受けたコモロ人を中心とする部隊が鎮圧に当たり、数千人の死者が出たと言われる。

★10――アルジェリア北東部の都市。一八三〇年代にフランス軍が駐屯地を置いた。一九四五年（「四四年」はSSの記憶違いと思われる）、反フランス蜂起がこの周辺で起き、多数（実数は諸説あり）のアルジェリア人が殺害され「セティフの虐殺」と呼ばれた。

1970

2/4/70　パリ

いつだって（?）考えることそのものが「重く」感じられることはない――それに並行しているもどかしさや煩悶《はんもん》が重苦しい。

触れる／触れられることへの渇望。誰かに触れるとありがたい思いがする――愛着も感じる、etc. 私にも体があることを証明してもらえるから――それに、世界にはたくさんの体があることを証明してくれる。

大食い＝自分は体をもっている、それを確認したいという欲求。食べものを拒むことと体を拒むこととを同一視している。食べようとしないひとに対する苛立ち――心配でさえある（最初にそれを感じた相手はCだ［カルロッタ・デル・ペッツォ、SSの当時の恋人］）、むらむら反感が湧いてくる（とくに、スーザン［・タウベス］に対してはそう）。ここ五か月間の教訓：私はたくさん食べなくとも大丈夫。

2/10/70　ニューヨーク

午後、スティーヴン［・コッホ★1］と長く話す——ものすごく助かる。

自分にはそんなに多くの代案《オルタナティヴス》はないと思っていた——いや、ふたつしかない：その感触を放逐すること——彼女［カルロッタ］に、地獄に堕ちろと言う——か、勝手にゲームを楽しんでれば？と言うか。

もちろん、言うとしたらふたつめのほう。無頓着で済む期間は終わった。

これで話が終わるわけではない——第三段階の序幕にすぎない。

第一段階は七月－八月：熱い思い、希望、渇望。第二段階が始まったのは私がニューヨークに戻った九月二日で、先週のパリまで：渇望が募り、執着、苦悩、仕事中も麻痺状態、呪文のような貞淑、まっさらな気持ち《イノセンス》（今でも）、愛されてる歓び、ふたり一緒の生活が始まるのを期待してまんじりともしない。

今は第三段階。ゲームに興じる時期。カルロッタが私の生活の中心になることはありえない、仕事、友人関係、その他もろもろの関係が重なる中心の一部になるにすぎない（たぶん）。望むなら、好きなときに私と一緒にいて、離れればなれでいたければ離れる自由を認めてあげなければ駄目だ。そうい

★1——アメリカの作家。インタヴューによれば、一九七七－七九年にコロンビア大学の大学院でフィクション演習を担当しており、SSとはその縁で親しくなった可能性がある。

う状況がもたらす自由を活かして、心底から楽しむことを私は学ばなければ。

強い押し出しが必要——ということは、本当に強くならなければ。相手を思う苦悩とか渇望とかを彼女に捧げて愛の証拠にするのは良くない。彼女を愛していること、それすらもあんまり言わないようにすること。私と一緒になるのは彼女にとって良いことだというのも、言葉で納得させようとすべきではない（かえって依存を怖れる気持ちを掻き立てる）。彼女に確認するとか、愛してると口でも言ってくれとか、それも要求しないこと。彼女がいつニューヨークへ来るつもりかも訊いては駄目。ただ、来てくれるのをひたすら待ってる［と言う］。

何よりも、今週の出来事が決定的であるかのようなふるまいはしないこと（あなたにとっても決定的かしら、なんて確かめるのはいけない）。彼女には、決定的なことなんてなんにもない。でも、そうなんでしょ、なんて問い質《ただ》したら追い詰めることになる——束縛されるような気がするかも。

仕事、デイヴィッド、友だちのことで忙しい（そういうもので楽しくて仕方ない）という見せ方が必要。彼女に夢中なあまりそういうことなんてどうだっていい、なんて思われたら、弱さの証《あかし》に見える——で、彼女は警戒する（もちろん私にとっては、それは強さの徴《しるし》——であり、愛の証）。

強くて深い、許す心をもち、楽しさいっぱい（彼女の存在の有無にかかわらず）、自分自身の欲求を充たすのに他人を巻き込む必要はない、そういう自分にならなければ駄目だ（それでいながら、彼女の欲求を引き受ける力や、そうしたい願望があることをひけらかすべきではない）。最初に会ったときの印象（自立してる、「冷静《クール》」）とずいぶん違う感じを受けたと、このあいだ会ったときあのひとが言ってたけど、それを忘れないこと。もともと彼女が惹きつけられたのはそういう人物像だったのだ。いまだに、折にふれ、私のなかにそういうものを嗅ぎとっているはずだ。弱さをまるまる曝け出すのは絶対駄目。大胆にふるまいたくとも抑えなければ。

愛してね、信頼してね、一緒になろうね、などと言葉で説き伏せることはできない。行動でするべきだ。自由なままで私のほうを向かせなければ。あたかも、彼女が自由なままでそうなることが私の望みであるかのように行動しなければ――でも、それを口では言わないこと、彼女の気持ちを確かめるだなんて、もってのほか。一緒にいられるなら一〇日も一〇か月も同じ、という気楽なふりをしなければ。

この一週間のおかげで前より強くなった気がする（自分自身に関しても、彼女への愛でジンとくるときも）と伝えるのはいいだろう――でも、「私たち」はより強い関係になった、と伝えるのは控える。

それだけでも相手をがんじがらめにし、要求がましくなってしまう。

少し待って、時間をちょうだい、期待を捨てないで、なんて彼女に懇願させては駄目だ。たんたんと待機し、気長に構えてる、希望は捨てず成り行きに身を任せている私――はらはらもせず、悶々ともしないで――を見せるだけでいい。

エヴァ［・ベルリナー］との会話：
この一週間、カルロッタは「ぼろぼろ」、その意味：わかるかな？　できるなら私はやるつもり、でも、できない。行動が現実性を帯びる（つまり、おのずから解き放たれる行動になる）としたら、エヴァの言いまわしどおりに言うと、「ぼろぼろ」ということになる、それも全面的な「崩壊」のはずだ。そこには、私にとっての慰めや保証の兆しなんてひとかけらも見当たらない。彼女がそんな兆しを見せることができたとしたなら、それはすなわち、彼女は私を気にかけてくれている（責任を感じている）ということ、そういう余力があるということだ。けど、もしそうなら、全面的に崩壊してはいないことになるし、もし全面崩壊状態でないなら、彼女に対してこちらから要求を突きつけてもいいはずだ、と考えることもできる、etc.（意識的か否かを問わず、それはサディズムに当たらない――そう考えると、この何日間か、エヴァがほんのちょっとも私を安心させてくれる素振りを見せられなかった理由がわかってくる）。

私が乗り越えなければならないこと‥自己が衰えるにつれて恋愛の価値は上昇する、という観念。カルロッタの望みに反することは――誰だってそうかも――、彼女のために私がいそいそとすべてを放棄する（どうでもいい、と投げ出す）こと。好奇心が旺盛、成功を手にした、強い、そういう私に彼女は惹きつけられたわけだから。

アイリーンの教訓は悪い例。あのひとのために私がすべてを投げ出すこと、それを彼女は望んだ。私にどれだけのものを投げ出す気があるか、それを目安に私の愛を測っていた。

先週のカルロッタの状態‥「自分」がまったくない、「魅力《イット》」を梃子《てこ》にしてものごとを行なう。それが彼女の問題だった‥本物の「自分」がない。すなわち、彼女は自己憎悪に苛まれている。つまり、自分は必殺人《キラー》だと思い込んでいる――基本的問題として、自分は他人にとって良くない存在だ、と（だから、「自分」をもたない人物にとっては「責任」なんていう考え方は無意味でしかない）。でも、誰もカルロッタに「自分」を付与してあげられない。できたとしても、彼女にとってそれは怖いものになる。「自分」を与えてくれる人物はそれを剝奪することもできるという、「生殺与奪背中合わせ」の脅威。
エヴァいわく：相手のためにすべてを投げ出すなんていうひとがいたら、そのひとが怖くなる。カルロッタが私に望むもの、その第一は、強さを見せること――彼女が私を壊しちゃうなんてありえない、という保証。現時点では、このことのほうが、私がまだ彼女を愛しているという保証よりはるかに大切なのだ、彼女にとっては。

2/12/70

スティーヴン［・コッホ］との会話：

アメリカ人　　　　　　　　　　　　　ヨーロッパ人
分析＞＞＞内面　　　　　　　　　　　直観＞＞＞行動
改変
精神分析　　　　　　　　　　　　　　占星術
自己操作――自己超越という目標　　　ひとの本性は変えられない
自分の本性よりもっと優れたものがあるはず　　個我を守るべき（万物は震撼して瓦解する――私には自分の気持ちが見える）
のべつ幕なしおしゃべり（しゃべって解消）　　　誰しも、とどのつまりは独り

私を助けて
とすると、あのときはXをしたが今はYをする、それを説明する枠組みとは何か

自分がそうした理由は……
今より優秀になりたい

開拓精神というアメリカのテーゼ（前進しよう――変化のための変化）
私にどう助言してくれますか？（私は何をなすべきか？）
どれだけ愛してるか、わかる？（いろんな種類の愛）
孤独は特殊なこと（不自然）
全行為に責任を取るべき：自分の人生の著者は私

多くしゃべることは卑しい（不要、問題を生む）、知っている：知らない、どちらかしかない
そんなに「理詰め」になるな
最後通牒（行動）がこの私なのだ。前は違うことを言ったかもしれないが、なぜそれが問題なのか？　あのときは今と違う気持ちだった

なんぴとも他人に助言できない（危険：無意味）
愛情＝以上でも以下でもない
成り行き――自分で制御するのはごくわずかだけ
意に反する行動を無理に取るなんて無意味

計画作り

私は何をしようか？　すなわち、何をなすべきか？

何をすべきか？と問うのは無意味

私は「決定一辺倒」。自分の経験から一般解答を出す。私の自尊心のおもな源泉は決断力があることと、意に反する行動も取れる（そう自分を強制できる）こと。自分を「制御」している。知性のなせるわざ：自己超克。

カルロッタは「機を捉える派《オケイジョナリスト》」——行為と行為（個々の言表）を因果論的に繋ぐ接続がほとんど備わっていない。自分の「意図」に拘束されない。

ひと月前、ドン［・エリック・レヴィン］★2にこう言った：愛するとは、相手のために自分をやつすことだ。でも、今はそう思わない！　パリで浮上した愛の定義は、刮目《かつもく》すべき（全面的な）寛容性。

自分の生涯について予感している展望がある。

カルロッタは自分のどんな行動でも、「間違い」だったとはけっして言わない、自分が思い測ったうえで出した判断をもとにして行動しているとは見ていないから——気持ちとか能力に従って行動して

★2——ＳＳと同時代の思想・文芸関係者と思われる。『*The Style of Morality*』や、アルトーについての著書があるが、詳細不明。

いると思ってる。気持ちなら、正しいとか間違いとかは問題外。やったことが裏目に出る――後悔する――ことはあるかもしれないけど、間違いとは言えない。私は自分のとった行動を間違いだったとよく言うけれど、決断に基づく自分の行動には、当然ながら、意識的な判断とか評価（これは有効か？　長期的な結果はどうなるか？）が入っている、それが前提だから。

カルロッタが二律背反という問題で身動きがとれなくなるなんて、ありえない――エヴァはよくそうなったけれど。振り子の激しい揺れにのって行動している――でもそれは、ベアトリス［SSと出会った当時のカルロッタの恋人］に対する、いわば愛憎半ばする感情のせいではない。たしかに、あのひとはそのせいで私に向かってきた、それで私に対しても二律背反を感じてベアトリスに戻り、そこでまた私への気持ちが募り、etc. という経緯《いきさつ》だろう。だから彼女自身は、ベアトリスか私かの選択ではなく、自分とそれぞれの相手に対する思いとが背反している、そんな状態にあるのだ！　カルロッタはヒロイックにもヘロイン吸引をやめたのに、その快挙を（自尊心の強化に）充分に活かしていない。ヘロインはまっぴら…したがって……ではなく、ヘロインはやめても構わなかった…だからそうした……という軽い気持ちだろう。

ベアトリスが「中国系」であることで、カルロッタは安心できた。自分は愛されている、が、手に余るほどの愛ではない――過ぎた愛情でも所有欲でもない、詮索される愛でもない、と。

ベアトリスの好意のなかでも精神的に最強の要素のひとつ…Cは彼女に感謝と恩義を感じている――彼女のおかげでこの四年間「すこやか」に過ごせた、と。明らかにそうだ。実際、ベアトリスは良い作用を及ぼしたはず。でも、ベアトリスが暗に（それほど暗示的でもないか？）カルロッタに恩着せがましいふるまいをしている、か、その方向で差配していることもたしかだ。八月一日、ナポリのサンタ・ルチア・ホテルでの頂上会談《サミット》での彼女の発言：「私はカルロッタに生涯の四年間を捧げた」――「あのひとがどんなにもろい《フラジャイル》か本当にわかってる？」

ミラノでCに言ったことがある。「あなたは、自分の生涯のシナリオを書いてるのは自分だ、あなた自身が著者だっていう自覚あるの？」彼女は、そんなはずない、と答えた。

2/15/70

今週はCについてセミナーをやっている、スティーヴン、ドン、エヴァ、ジョウ［・チェイキン］、フロランス［・マルロー★3］と：構造のある認識（比較論的世界観と意識）を確立して、悲しみや不安、虚しい願望を超越すること――戦略を立てること（「現実的な」希望を抱く、間違いを犯さない）――感情面の敗北感と無力感に負けないように、自分を乗り越える《マスタリー》こと（知性を動員して）、――友人たちともっと付き合って、彼らそれぞれの知的な、感受性豊かな、愛情のこもったありように身を委ね、そこから養分を吸収すること（自分は独りじゃない、たとえCに捨てられたとしても、という実感をもつこと）

★3――一九三三―、アンドレ・マルローのひとり娘。フランソワ・トリュフォーやアラン・レネのアシスタントを務めたのち、国立映画センターで映画制作への資金提供を行なう仕事に従事。一〇代からフランソワーズ・サガンの親友で、その小説のモデルにもなった。一九六〇年、政府のアルジェリア政策に抗議する声明の署名人のひとりとなる。

恋愛状態（狂おしい愛《ラムール・フー》）は愛することの病理的変種。恋愛状態＝嗜癖《アディクション》、偏執《オブセッション》、他者の排除、眼前存在へのあくなき要求、ほかの関心事や活動が麻痺する。恋の病い、熱病（だから高揚する）。恋に「落ちる」。でも、どうせ恋愛するなら、頻度は低いより高いほうがいい。生涯で二、三回よりしょっちゅう恋愛するほうが狂おしさは抑えられる（世の中には素晴らしいひとが大勢いるから、的中率はそのほうがまし）。あるいは、いつも同時に数人と恋愛状態にあるほうがいいのかもしれない。

私が夢中になる相手の特質（少なくともこのうち二、三はかならず当てはまる）：

1. 知性
2. 美しさ：優雅さ
3. 優しさ《ドゥスール》
4. 華麗さ《グラマー》：賞讃の的
5. 強さ
6. 活力：性的積極性：求引力：魅力
7. 豊かな情動表現、しなやか（話し言葉、身体的に）、情愛豊か

ここ何年かのひとつ大きな発見は、自分が4の点に強く反応すること（恥ずかしい）――ジャスパー――ディック・グッドウィン★4にだって、ウォレン・ベイティ★5に対しても――今はCに。

知性があれば感受性が高いはずだし（メリハリをつける、言語化する能力）、それも、本当はそのひとだけの独創的なものでなくとも、はっきりとそのひとにしかない特徴を感じさせる感受性。相手の話で私がドキドキすること、それも（フィリップにはあった、アイリーン――ジャスパー――エヴァ）

華麗さは、そのひとの人格と、私があらかじめ抱いてきたイメージ（肩書きとか）がかなりかけ離れていないと、感じられない。「こちらがXさん、あの……画家のジャスパー。公爵夫人のカルロッタ、映画スターのウォレン」（でも、ドイツ語教師のエヴァの場合はそうじゃない――イメージではなく役割。人格と役割のあいだには隔たりがない）。

イヴァン［・イリイチ］との会話について：
学校は子供を生産するための制度。参照［フィリップ・］アリエス★6『〈子供〉の誕生』の著者］
「教わる」から「学ぶ」へ、今の学生は学ぶより教わることを要求。
「近代の」、「西洋の」学校の概念：

★4――リチャード・グッドウィン　一九三一－。弁護士だったが、一九五九年にJ・F・ケネディの指名でスピーチ・ライターのチームに加わり、六一－六三年にはケネディ政権下で国務次官補としてラテンアメリカ関係を担当、ケネディ暗殺後もジョンソン政権に携わる。六五年からは研究と教育に転じ、『ローリング・ストーン』などの雑誌にも寄稿した。

★5――一九三七－、アメリカの俳優、映画監督、脚本家。SSは後年、彼の制作、監督、主演による、ロシア革命を取材したアメリカのジャーナリスト、政治活動家ジョン・リードを取り上げた映画『レッズ』（一九八一）に、実在のコメンテーターとして出演している。

★6――一九一四－八四、歴史家。家族、子供、さらに死をテーマに研究。

(1)万人《ばんじん》対象で、理想的には義務教育
(2)年齢層を特定（「児童」向け）
(3)学年でカリキュラムを区分
(4)試験＞＞＞証明書
(5)教師の役割

学校教育はくじ引き《ロタリー》。理論的に言えば、それにのれば誰にでもノーベル賞を取るチャンスはあるし、また、それは階級社会と階層的諸関係を補強する。

学校に対抗して憲法の修正第一条★7を突きつけたらどうか（特定の宗教を「国家の正式」宗教にするのを禁じているように、科目を学年別に振り分けるのも禁じるべきでは）：修正第五条も発動（試験＝自分で罪を負うこと、だから）：独占禁止法も適用する（単一の教育基準を確立したいなら別だけれど）？　万人は「幼児期」に学校教育を受けるべきだと提唱する代わりに、万人に誕生時に教育権利書《エデュカード》を発行して最低五年間の学校教育を受ける権利を保障し、それは当人が選んだどんな時期にでも使《キャッシュ・イン》えるようにする――「学校教育」の一部を「成人」になるまで繰り延べするひとには配当金を出すのもいいかも。

ボブ［・シルヴァース、『ニューヨーク・リヴュー・オブ・ブックス』誌の創刊編集長、SSの生涯を通じての友人］が帰ってから、イヴァンと：

私は徳、善意、神聖さを「偶像」化する。私に備わっている良いものがなんであれ、それを欲張って追求するのはかえって堕落をきたす——たしかに、これまでずっとこう思ってきた、自分の偶像は自分の良心の最良の部分だ、と！（私の偶像＝道義的な念願の的、私の万神殿《パンテオン》にまつられているひとたち——ニーチェ、ベケット、etc. 私自身のための「基準」）。

私は、単一の相手との対話（たいてい言葉での、ときに身体的・物理的な）において、せめて充溢感がもてたらいいと思うあまり、より広範囲のひとたちとの共生《コンウィウィウム》（大勢のひととの生活）をないがしろにしている。

イヴァンは自分のことをこう言った。行動する前から間違いを犯す可能性は自覚しているが、やってしまった行動を振り返って点検することはけっしてない、と。彼には罪を犯している自覚もある——冷淡だ、搾取的だ、残酷だ、といったこと。悪いことを押しつけた相手に赦《ゆる》してもらえるか？ もらえる。けど、自分は自分を赦せない。罪を犯した自覚はどうしたらいいのか？ 何もできない。それを抱えて生きる（赦されても罪は解消されない）。

死の過程（シュテルベン）vs. 死（トッド）。死の過程＝ひとの「たがが外れる」ほうへの進行。英語では死＋死の過程（死ぬこと）に別個の言葉（シュテルベン／トッド：ネクロス／タナトス★8）があるわけではなく、「希望」にも、フランス語とは異なり、ふたつの言葉（レスポアール／レスペラ

★7——アメリカ合衆国憲法修正第一条（一七九一）は次の通り。「連邦議会は、国教を樹立し、または宗教上の行為を自由に行なうことを禁止する法律、言論または出版の自由を制限する法律、ならびに人民が平穏に集会する権利、および苦情の処理を求めて政府に対し請願する権利を侵害する法律を制定してはならない。」（樋口・吉田編『世界憲法集』より）

★8——それぞれ、ドイツ語／ギリシア語。

ンス）があるわけではない。

大都市で女性が強姦される（次いで殺される）、個々の事件は私刑《リンチ》だ。「女性解放《ウイメンズ・リブ》」と唱えるだけでは何も変わらない。この隠喩が明らかにしているのは次のことだ。性的な事柄（男性支配下の社会では、「私的なこと《プライヴェート》」、とされている）は、政治的な（公的／社会的な）犯罪になりうる、という事実——その根底にあるのは、公の裁定としても、かつイデオロギー的にも、女性を服従させてきた事実だ。

意識がある（形容詞）状態と意識（名詞）。このふたつのあいだの関係の弁証法：

——言語との相関関係（言語は意識を促す／意識の増大は哲学的に見て、能力を奪う（参照ドストエフスキーの『地下生活者の手記』、ニーチェ）のみならず、もっと重大なことを言えば、道義的にも能力を低下させる）

「学校」が出現する以前、あらゆる伝統社会では、さまざまなかたちの事柄が意識鍛錬のための集合的な役割を果たした。やり方があった——儀式、巡礼、お布施、沈黙、神礼。

イヴァン：堕落をもたらすという意味では、神の言葉の右に出るものはない

充実感が感じられないままでいるといつだって堕落した（妥協している）気がするのは、私が精神的に傲慢なせいではないか？　一種の道徳的ヒステリー？　（「イングマール・ベルイマンの一九六六年の映画」『ペルソナ』が問いかける問題——マルティンが答えをもっているのか？）被造物（生き

物）としての現実を拒むこと。

ひとは言語を話すのではない、ただ話すのだ（なんらかの特定の言語を使って）。一般的な音楽を演奏するのではなく、いつでも、その時間のなかで、特定の調性体系《トーナル・システム》の範囲で、音楽を実践する。

今どきの子供たちは死にさらされている（トッド――殺される怖れに無防備）けれども、（生の）ひとつの過程としての死は子供たちにとってますます意味が薄れてきている。だから、喫煙は癌を誘発するとか、ヘロイン中毒はいずれ命を奪うとかいった議論もしない、彼らにとっては喫煙も主張のひとつだから。大破局《アポカリプス》（殺される事態）の一服の味。核による大虐殺《ホロコースト》で死ぬのに比べれば、少なくともドラッグによる死には自己の衝動が関わっているから、十把ひとからげではなく個人的な事態だ。

砂漠での三か月の静寂のあとだと、話すことは荒々しいほど身体的な行為に思われる（どのくらいのあいだそう感じるか？）

イヴァンは私が言った何かについて、なんて答えようか探してる：「待って……喉まで出かかってるんだけど、言葉が見つからない」

私は自分の道義的意識を偶像化している。私の善の追求は偶像崇拝の兆しによって堕落に瀕している。

2/17/70

私は、亡命先（ヨーロッパ）からまた亡命して、こっち（アメリカ）に来てる。捨てられた。捨てられたという意識に陥らないよう、苦闘してる。

クライスト★9（「人形劇」）：自分のなかに重心がないなら、どこかよそにある（ほかのひとのなかに？）――それだと、歪曲の可能性がとめどなく出てくる。カルロッタの二律背反――（エヴァと異なり）彼女はそれをあれこれの人物に投影しない（優しすぎる、情が深すぎる、本質的にひとに対して無批判すぎる）けれど、自分自身に対して最も深い二律背反を感じている。依頼心の深い自分を実感して、それゆえに自己嫌悪に陥っている。

あのひとの電報について：「パリがとても遠く感じられます」

――ここで理解すべきは、Cにとってはパリにまつわることで良いことは何もなかった。私にとっては良いこともあった：どんなに辛かったとしても、彼女と一緒だった。

Cは「文明的」であることを大事にしている。それは、自己制御ができる、絶望のさなかでも明るく優しい態度が取れること。自分は重大な個人的悩みで悶々としていても、知人と電話で話しながら大笑いする器量、それが彼女にとっては「文明的」――それって、私から見たら分裂してるし、心配になってくる。[文明的であるとは] ものごとを区分できること――人びとに対してのさまざまな接し方、自己表出や自己開示においてのさまざまなありよう――、その基準は、一緒にいる人びとにとって不愉快でないこと。

カルロッタは、自分は「頽廃的《デカダント》」だと思っている。それはどのくらい深い問題？　貴族だけが頽廃にはまることができるの？　彼女は「妥協させられている」（「自分から妥協している」）とか「腐敗している」とか、そういう考え方はしない――私なら、そういう言葉で自分を形容することもありうる（自分は頽廃している、とはけっして言わないだろうけれども）。

今日のCの電報を受けて、ふたりは出発点に戻った。あのひとは、もう一回動きを起こすエネルギーを獲得するだろうか、いつ？

Cは私にとって、ハノイ旅行以来、最大の知的難問になった（この一週間で）。［そのせいで］自分の意識について問いかけが起こっている。ハノイ訪問で、私の自己同一性《アイデンティティ》、意識のさまざまな形態、自分の素養《カルチャー》の精神面での形態、「誠意」、言語、道義的決断、心理的表現力、etc. これらの意味するところ、といったものを再点検することになった。そうして見ると、パリ滞在――痛み、喪失、放逐、苦悩＋揺らぎの到来――によって私は、さまざまなかたちを見せる自分の思考と気持ちを、ほぼ全面的に再鑑定せざるをえない、そういうことになった。自分の意識を掘り進む掘削軸《シャフト》――深く、もっと深く進む（ドン、スティーヴン、エヴァ――とくにドンと話すにつれて）――「セミナー」がそれだ。叡智と深い思慮という意味では得るものは大きい――情動面での成熟は言うまでもない。この八日間の相談会は、ダイアン［・ケメニー］とのセッションにすれば一年分に匹敵する。ある意味では、友人たちと自宅で行なうこのセッションは精神分析のセッションより良いし、豊潤だ。自分の意識の具

★9――一七七七－一八一一、ドイツの劇作家、ジャーナリスト。雑誌への寄稿、短編集などで論考や著作を発表。ここでSSが言及しているのは、そのひとつ、英訳された「人形劇考 On the Marionette Theatre」（一八一〇）か。ちなみにSSは文楽の大ファンで、「近松の心中ものなんかだと、宿命に翻弄される人間を、人形遣いに繰られる人形が体現している。その二重の悲哀がたまらない」と語っていた。

体的表われとしての文化的な（ユダヤ的、アメリカ的、精神分析的、etc.）かたちを自分でも分析できるから。それらの源泉としての、個体としての私の精神的軌跡とその背景を分析するだけでなく。捨てられたがゆえの痛みと苦悩のさなかでも、乗り越えた気分がする。知力に穴を開けたというか——気持ちを言葉にすることができるうえに、そこからおのずから延々と、探るような、あらかじめ結論を決めてない話し合いが紡ぎ出されてくる——生きている、成長している、という実感がある。恋愛に負けず劣らずの素晴らしい活力の源泉になる——生きている感覚が私のなかで手に取るようにわかる。死への過程にいて慌ただしい状態ではなく——生まれ出るのに忙しい、そんな自分を感じる。

ふたたび　アメリカvs.ヨーロッパ……

Cは自分のことを歴史の産物としては見てなくて、生来《ネイチャー》の自分の本性の運び手として、自分自身を見ている。私は私の歴史の産物だ。「生来の自分」の現状はこれですべて——で、自分の歴史が、一部だけだとしても、いかに偏っているかわかっているけれど——その帰結、「生来の自分」は論理的に言って、改善も超越もできると見ている。

精神分析的思考は、自己の変幻自在な特性に対する感受性を高めてくれる——自己は歴史の産物なのだから、与えられた素質の表われとして生きているだけではない。偶発性に呼応する面もある。単に自己を受け入れるだけなら「受け身」に終わるのみだ、この点もわかってくる……そこで、アメリカ文化の真骨頂ともいうべき楽天主義の登場。精神分析はアメリカにおいて根を張った、ヨーロッパのどこよりも本格的に。「幸福の追求」という命題の実行可能性《フィージビリティ》をそれが支えてくれるからだ。

愛、人間関係、幸福の可能性について、カルロッタはとてつもなく悲観的だ。つまるところ——私の憂鬱とか絶望はさておいて――私は悲観していない。やり遂げる、突破するのは可能だと思っているし、罠にもはまらないで済む（恩恵を受け止め、幸運、知性、元気さ、熱意、芸術、活力をいかせば）、とも思っている。

最大の危険は、あのひとが私のことを諦めてしまうこと。

Cを愛してる、これまでと変わらず深く、でもこの愛はもはや無邪気ではない――ふたたび無邪気な状態には戻れない。そう考えるととても悲しい――その一点で大きな喪失感を覚えるけど、それは、最後には彼女を失うという不安感とは、かなり別の次元の問題だ。しかし、いずれ彼女を失うことは最初から避けられないことだったと思う：結局はそのほうが良かったかもしれない。あのひとへの私の気持ちの無邪気な面をぶち壊しにするような状況、それをきたさずに避けることができただろうか。カルロッタがものすごく確固としていて正気だったら可能だったかもしれない。それは叶わぬ期待だ――相手が誰であれ。

一年後にはデイヴィッドと別れ別れの生活が始まるけれど、それを一年後に控えた今、私が恋に落ちるとは……それも長年の空白の末に。これはけっして偶然とは思えない。この六年というもの、私にとってデイヴィッドはきわめて大切な存在で、ほかの誰にも身を挺することなんてありえなかった。彼は安全で、避難場所だった――城壁――必要とされている、愛されている、という安心感を与えてくれたし、私はそれを必要としていた、一点の曇りもなく、道義観からしても。弁明のいらない関係性――自分が納得していればいい、機能的にも問題なし、限界はあるけれど。だけど、これも偶然とは言えない。つまり、今この時点で、私に親のような力を発揮してくれと待望してるひとと恋に落ちるなんて、(デイヴィッドの成長ぶりを考えれば)私が親としての才覚を発揮する対象が離れていこうとしている現在、そんな事態になろうとは。同棲ではなく時々会うだけにしても、カルロッタと「一緒に」なる——もはや、あのひとといつも一緒にいることは想像できないし、たまになら手を打つこともできるかも(私にはそのほうが良いといずれ判明するだろうし、あのひとにとってもそうかもしれない)——いつも一緒ではないにしても、気前よく、寛大に、もったいぶらずに相手に自分を与えなければと期待する、それが鬱陶しくなるかもしれない。あのひとの歓びが私の歓び、あのひとの幸福が私の幸福——赦すことができ、強い、そんな状態は鬱陶しくないだろうか。誰であれ恋人の前では子供だ、つまり、与えてもらう、支えてもらう、守ってもらういっぽうの子供の立場のカルロッタ。どんな感じがするだろう。あのひとが提供するのは、(不安定な)存在だけ——容姿《ペルソナ》の美しさ、魅力、活き活きとしたところ、もの哀しいところ、機智と知性。でも、あのひとは約束しない(忠誠、貞節、信頼性、実際面での手助けの保証なし)——この点についてはきわめて周到で正直だ。約束するのは他者、彼女を愛する側だ(今までにカルロッタを愛した誰しも、最初から少なくともこれだけはわかっていたはず)。で、あのひとはこう言ってきた。相手が約束を守れなくとも(または、心変わりしても)、驚きはしないし、責めもしない、と。約束が多すぎるわ、あのひとは相手に対していつもそう思っている——相手がそんな自縄自縛状態になるほどの値打ちは自分にはない、だから、相手もいずれは自分に失望するはずだ、と。

カルロッタは憤慨、怒り、恨み、敵意というものをまったく見せない、例外的と言えるほど。まったく穏和《ジェントル》そのもののひとだ。そういうところを私は愛している（自分みたいだ、と思う）。でも、あのひとがひどく自己破壊的な生き方をしてきたのも、これが一因だったに違いない。自分を守るなんてほとんどしてこなかったし、たとえしても、身を引く（鞍替えする、逃げる）以外の手はなかった。敵愾心《てきがい》という正気の気構えすら身に付けなかったのはなぜだろう？　あのひとの幼児期のもろもろを参照しなければ解けない問題だ。怒りを露わにするには不安が大きすぎた。でも、怒った経験がなければ、なんの守りもなくて不安ではないのか？——で、不安に耐えきれなくなる。だから、早くも一八歳で、ヘロインという極端な避難策《よすが》にすがり、不安と手を切った（前の話では、ヘロインをやらなければ自殺していたという）。

たしか八月のこと、ロベルティーノ［カルロッタの友人のひとり］がこう言っていた、「カルロッタに惚れちゃうと、なんでもかんでも手放しちゃうんだよね」。で、彼と私にあのひとが穏やかに応じて「でも、私もたくさんのことを諦めるのよ」と言うのを聞いて、どんなに驚き、心を動かされたことか。

所有欲のない、寛大な愛し方って、私にできるのだろうか——自分を押し殺さず、自分を守り、ときに応じては退却する策も講じて？　そのいっぽう、相手への愛情を薄めたり弱めたりして？　カルロッタに対してそれを試してみたい。べた惚れの現状ではそうするほかないけど、やれるものなら確かめてみたい——でも、べた惚れなのは認める。自分にとって非常に良いことだとも思うし。最愛のひとには自分を捨てて挺身する、その傾向が私の場合はあまりにも強い——すべてを放棄してもいいという欲求、全面的に所有されたいし所有したいという欲求。カルロッタとの関係で、もしかしたら、と思うのは、これまで二回、共生する《シンバイオティック》シャム双生児的な結婚と同棲★10をしたのと同じような矛盾をきたす、そうなりそうな気がする。もう学習して、大丈夫になってるのかもしれない。全身全霊で愛すること（これまで、本当にはできていなかった）と、それと同時に、自律的でありながら独りでいても苦しまないで済む――そうなれるだろうか？　それができれば大成功だし、Cが私の「性格」だと言うに決まってることも大きく変化する（しかしそれも、あのひとが言うほどひどくはない、と私の主張は曲げないつもり）。

エヴァに話した。（フロランスと）フランス語で話すことが多すぎて私の英語がめちゃくちゃになってる、って。こんな言い方をしてしまった、「どうも、結局、ひとつの言語の受け皿、それしか容量がないみたい」――彼女が笑いながらこう言った、「あなたが一夫一婦制《モノガミー》から抜けきれないもうひとつの実例ね」

パーティに行くと、場違いな気がしてくる：しじゅう「生真面目」にふるまうプロテスタント的・ユダヤ的性癖。パーティに出るのは「安っぽい」行動――本物の自己が抑圧される、気もそぞろになる――「役柄」を演じるしかない。一〇〇パーセントその場を満喫できない、うまく演技するだけで、それ以上のことはない。真実をすべてぶちまけることはない（できない）し、それでは嘘をつくのと同じだ、嘘を承知で何かを言うわけでなくとも。

カルロッタはこの種のこと（典型的なピューリタンの拘《こだわ》り）はいっさい気にしない。そういう添い寝の仕方にも一理あるし、そこにはそこのしきたりがある。しきたりを守ることは「文明的」。そういうパーティに顔を出しても、あのひとは私みたいなやましさを感じない。むしろ、社交が苦手、付き合いが悪い、そのほうが問題だと思っているのかも。世間付き合いのためなら嘘も方便、または、本当のことの一部しか口にしないこともある、そのほうが「教養」ある態度なのかもしれない。カトリック文化には、一点のシミもない正真正銘の自分でありたい、なんていう内面的な要請はないのかも。私の場合は二流、短絡的な厳格主義《ピューリタニズム》だ。パーティは気が滅入る（自分が卑しくなった気がする）けど、ふだん、パーティの席じゃなければそんなことはなくて、つまらない映画や芝居見物でも落ち込んだり、堕落した気分になったりはしないし、自己卑下は起こらない。自分が観客、外から見ている立場なら（心のなかでどんなに反発が起きていても）、本質的には自己卑下や自己欺瞞を感じたことなんてない。参加者と窃視者の違い、その境界線ははっきりしているから。パーティでも、自分が観客のようにふるまえる場だと天真爛漫でいられる（たいていは、気も滅入らない）――パーティが映画のように思えてくる――ので、一緒に行ったひとや知り合いとそのことをしゃべり合い、初対面のひとたちに対しては、大切な活動の闖入者であるかのように応対して素っ気なくあしらう。さもなくば、パーティの場を装置や背景として利用して、同伴者と私たちだけで違う場面を作る（アイリーンともかつてそうだったし、ポール［・セック］とダンスに行ってもそうだ）。

もし私が隅から隅までピューリタンだったら、演劇などのスペクタクルも堕落の根源だと思い悩むはずだけど、そうは感じない。

★10――フィリップ・リーフとのアメリカ・ケンブリッジでの結婚生活、そしてアイリーン・フォルネスとのパリとニューヨークでの同棲を指す。『私は生まれなおしている』に詳しい。

社交が苦手でもやましさはない、けれど、独りぼっちは苦しいので、そんな自分を悔やんでいる。ところが世間に足を踏み入れると、その場がモラルが急降下する滝みたいだと思う――売春宿で真実の愛を求めるのと似た虚しさだ。もっと言えば、社交性の欠如を「真面目さ」の証左だと捉えているところが私にはある。道義的な存在としての自分には必要な特質だと、どこかで思っている。いかにも奇妙な思い込みで、今なら、カルロッタと比べてみてわかる。カルロッタは自分にも他者にも、自分は「真面目」だと納得させようなんて一度もやっきになったことはない。実際、その観念はあのひとにはしっくりこない。あろうことか、私の愛は「真剣」なものだ、私は「真面目」な人間だってあのひとに何度も言ってきたけど、いつもちょっと面白がっていた（し、心のどこかで警戒したのではないか）。今、悟ったけど、あのひとには奇妙な言い方に聞こえたに違いない。

Cには、感情――行動――はあるがままのもの。それらがどんな中身か、どのくらい続くか、なんていうことはいずれ自明になる。「真剣だ」なんてあらかじめ認定書を発行する必要はないし、ことが終わってからその正否を評定すべくもない。そんなものは、あのひとには、自惚れの極み、無意味な言葉だけのことに聞こえたに決まってる。

感情と行動のギャップは私よりカルロッタにとって大きいものになっている。私はしばしば「意志」、倫理的な義務感に訴えて飛躍を果たす。そんな橋をかける（そして、自分をけしかけて橋を渡る）必要を感じなければ、決断力なんて弱くたって気にすることはないはずだ。新教徒《プロテスタント》＋ユダヤ人は、旧教徒《カトリック》に比べると、意志＋「義務」をはるかに強く意識している。あのひとのなかではカトリックの面がとても強いはずだ――生まれが双子座であることよりも、また、神経症的なパターンよりも、カトリック的な資質のほうが強い。

カルロッタ——南欧人、カトリックの培地《カルチャー》——は、自分に合わなければチャンネルを変《チューン・アウト》えるために、ひとの集まる場（パーティ、夕食会）を活用する。プロテスタントとユダヤ人の界隈では仕事でそれをする。仕事において、まったくの私的事情でチャンネルを切り替えることはありうる——天職、専門職、職場の雑用《ルーティン》をこなしたうえで——仕事自体は道義的に最大の義務だから、それはそれでやり遂げる。自己規律から来る要件を満たし、共同性を重んじてほかの人びとにもそのことを伝える必要はある。当人としては、仕事は規律の問題として遂行される。規律の背後には克己、禁欲といった命題がある——たしかに、そこから快楽がもたらされることもあるにはあるけれど。仕事において「非個人化」（主体感喪失）が起きても認められるし、我を忘れる（自我の抑えがたい気持ちや欲求を退ける）ことも容認される——いかにも、仕事に全身全霊を捧げるとなれば、これら一式が揃ってなければ無理だ。パーティなどのひとの集まる場は、もちろん、まったく禁欲的ではない——その逆だ。非個人化は享楽的、非実利的、道徳観の裏付けがない、と見られる。

カルロッタは、自分が「まっとうな」行動を取ったか否かなんてけっして自分に問いかけないし、行動と気持ちが本当に一致していたかなんて自己点検しないし、自分の「本当の」気持ちを押し通さないなんて、間違ってもありえない。あのひとの主観にとっては、自分の本当の気持ちが摑めないのが問題なのではなく、自分の（矛盾した）気持ちを抱え込みながらもそのままの生活を送ること——それでも、ばらばらに切り裂かれないこと——が課題なのだ。

北欧、米国：

プロテスタントの文化は自己というものをどう規定したか。——自己には不可解なもの、として——

自己は自己を理解できない。そこから内省、日記、沈黙がプロテスタント諸国で始まった（参照　とくに後者について、スウェーデンに注目）。カトリックの文化は、自己を心理学的にいって不可解なものとしては提示していないが、ただ、複雑で矛盾だらけで罪深いものとしてはいる。カルロッタはみずからの自己を疎外された（隠された）ものとしては実感してなくて、むしろ、矛盾が大きくなりすぎて耐えきれない状態にきている。みずからの自己との共存（平和的共存）ができていないから困ってるのであって、自分のなかの自己乖離が問題なのではない。それはむしろ私が抱えている問題（課題）だと思う。

私は、ひとの生涯は数々の企図《プロジェクト》／課題《タスク》の連なりだと見ている。Cは違う。比較すれば、そういう見方をしている私の場合のほうが、ずっと容易に決断を下せる。というか、せめて決断を下さなければと観念できる（そして、自分を駆り立てて決断する――たとえ捏造してでも）。言うまでもなく、世間のしがらみのなかで遂行する仕事を取り巻く諸条件については、私の意識のほうがうまくかみ合っている。周知のとおり、カトリックよりはプロテスタントの国々のほうがはるかに多くの仕事をこなしている。こういう見方は明らかに、カトリックの国の女性であるCから見ればひどい話だ――そこでは、娘たちは強い圧力のもとに置かれていて、仕事の能力を身に付けようなどという意識はそがれるばかりだ。感受性を育むのに役立つこと以外には、知的な技術習得は女の子たちには奨励されていない。執行権のある職責や管理の仕事は「喧嘩っぱやい」女性のやることだと蔑《さげす》まれ、女らしさが薄れる、似合わない、女性には不向きだ、とされる。カトリック諸国にかぎらずどこでも、女性が職に就くことは奨励されている。だけど、命令を受ける立場の仕事に限られている――あるいは、雑用ばかり押しつけられる（家事と同様）。文化的な背景のゆえに、創造的な仕事をするのも企業の先頭に立つことも、女性がやるとなると「鼻っ柱が強すぎる」と一蹴される。そうした地域の文化的なしきたりからすれば、自立し、独立し、自己決定する存在は女らしくない、とされる――それにしても、そんなことは意に介さず、禁忌を破ってそういう生き方をする少数の例外的な女性たちはいるし、文化的にも、そのような存在を許し、褒めそやす現象が起こっている。こうして見ると、意志、行動、決定の問題をめぐるカルロッタの意識には、彼女を生んだ文化的素地が反映されているばかりでなく、女性であるという事実が重くのしかかっていることがわかる。

伝統的に見て、女性は「南方の」価値観、男性は「北方の」価値観を表象してきた――どの国をとってみても。女のほうが愛想がよく、柔和で、気立てがよく、責任感が弱く、知性も劣り、仕事への意欲も低く、思いつき的な面が強く、感覚に頼る傾向が強い（性的積極性が男より強いとは言えないが――性的意欲となると、意志、力、決断、牽引力、支配、予見的行動という男性の領域に依然として留まっている）。

単純な（単純すぎる？）仮説：計画や立案という仕事をすると、その重みで感情がひき剝がされ、いずれは当人が切り離され、感情の乖離が進む。私は自分の一生を線形的に捉えている。企図《プロジェクト》の連なりとして。種々の計画、意志を行動に移すこと、判定の手際よさ、それに、決断に際しての優れた本能のおかげで、生きる流れに沿って、ひとつの企図から次へと進んできた。おしなべて見て、その過程で自分の気持ちが多少とも迷子になったからといって、驚くようなことだろうか――私の場合は（昔の、暗愚そのものだった日々も含めて）、自分の気持ちが強い駆動力となってあらゆる選択や実行を果たし、もろもろの企図を実現してきた。

カルロッタは、おのれの人生を企図の連なりとして考えたことなんて一度もない――人生は一本の線でも高速道路でもない——基本的にはばらばらの出来事の集合。それらの出来事を切り離して議論することは基本的に可能だ。それらをつき合わせて比較することもできるし、それぞれの出来事を取り上げて、彼女のこれまでのもろもろの行動に通底する何か——もろもろの行動の土台、彼女が生まれもってきた「本性」とも言える——その何か(少なくとも、それの一側面)の反映だ、と見ることもできる。彼女の行動はどれを見ても、その本性を描き出している。行動を通じて自分の本性を発見している。まさしく、自分の本性に出会うべくして行動を手掛かりにしている——行動と、まさかと思うような行動をしでかす才を利用している。そうして彼女はニューヨークに行きたいと思うに至った——彼女の慌てぶり、私を怖れる気持ち、ベアトリスへの後ろめたさ、ほかにも、尋常の沙汰ではなかった——ひとつには、パリを出て私と一緒にニューヨークに行く、それを実現できないという箍《たが》も影を落としていた。しかし、突出して重要で、自己発見に繋がる「決定的な」行動(複数の行動でもいい)となると、これといってそう断定できるものはない。そう考えると、ある意味では、撤回不可能な行動はひとつもない——というか、自己規定を免れる行動ばっかりだ。だから彼女は、自分は勇敢だと信じられない——ヘロインをやめるために取った行動もその非決定の一因になっている。彼女はふたりの関係(計画)を反古にし、ニューヨーク行きをたとえ諦めたからといって、私との関係が終わるとは規定していない(その点こそ、私の一縷の望みとなっている)。
自分の行動を梃子にして結論を出す——全般を見て——そういうことを彼女はしない。特定の時点のなんらかの気持ちや実行力の現状の善し悪しは、もろもろの行動を顧みて判断できるはずなのだが。それをしないことが根本にあるから、彼女の思い込みが生まれる——これから先に何が起こるかなんてわからない(予測できない)という思い込み。

未来はどうなるか、その非決定性も予測不可能性も私は承知している。でも私の流儀では、それを決め込みたい――予測可能にしたい――と願うほうを取る――せめて、すぐ近くの未来（三か月、六か月、一年先）についてはそうだし、もっと先の未来となると、少なくとも自分の最も親密な関係だけでも見通しがつくようにしたい。まったく白紙《オープン》で予測のつかない未来ではひどく不安だ。どうふるまえばいいのか見当もつかない（効果的で創造的に――破壊的にではなく――ふるまうことイコール計画を立てることだ、という前提で考えているから）。もちろん――低い次元の話ならば――わからないなりにどうにかふるまう自信はかなりあるけど――たとえ、確実なことが見えてなくとも。でも、今になって悟った。これまで一度も考えたことがなかったけれど、そんな状態は金輪際、御免こうむりたいし、それこそ身動きが取れなくなる（しかも、恋愛をめぐってそんなことになろうものなら、ひどい苦痛に苛まれるし、がんじがらめになって壊れちゃう）。あたかも、場所もわからなければ、オオカミがうろうろしてるかどうかもわからないままに森を通り抜ける羽目に陥るようなもの。もちろん、ともかく通り抜ける――でも、手掛かりがあることはわかっているのに、端《はな》から知る術がないだなんて、馬鹿馬鹿しいとしか言いようがないし、無意味な冒険でしかない。

「次の文の脇の余白には縦の二重線が引いてある」やっと今ごろになって、自分の人生観の限界を悟った――自分がどれほど用心深く、未知のことや冒険、予想外の変化をきたすものごと、などを避けているかを。

じつはこれまでの私は、仕事上での冒険に関するかぎりは、ひとよりずっとこだわらず、何でも来いというほうだった――ほかのひとならほとんどがひどく不安になったり動揺するような状況でも耐えられるし、どちらかと言えば不安にもならない。でも恋愛にまつわることとなると、相手への要求がとてつもなく強いし、自己防衛的で、不器用で、すぐ不安にかられて、愛されていることを確認したがる欲求が強い。恋愛より仕事に関して言えばはるかに冷静でゆったり構えてるし、冒険心もそれなりにある。工夫の才は、ずっとずっと仕事でのほうが優れている。「これ」がうまくいかなくともまた別の何かがあるだろう、と簡単に納得できる――かならず「代案」があると思える。ひとに対してはこうはいかない――友人でも恋人でも。

［余白に］「愛の緊縮経済」

ある行動と別の行動との関係性を私は考える（今もそのさなか）。行動をもとに結論を引き出す、後ろを振り返ってのみならず、行動しながら考える。もろもろの行動から全体に当てはまる結論を安易に出してしまう。もちろん、しばしば意見を変える――そして、いったん出した一般回答を修正する――でも、こういう思考法が習慣化して身に付いている（これを「生来のもの」とは言わないが）。カルロッタはものごとを特殊化して見がちだ。彼女の一般回答は貧弱で曖昧だし（「ひ弱」で「デカダント」」、「依頼心が強い」せいだ）、行動と矛盾している――つまり、行動について熟考した結果の推論にもなっていない。気持ちの一端を仄《ほの》めかす抽象的な言葉でしかなく、本格的な考えではない。その抽象的な言葉ときたら、予想どおり、ほぼすべてが自分を責めるものになっている（あのひとが「ふさいでいる」ときの徴候だ）。気分が変わると――活動的になると――ふさいでいるときの言葉遣い（と優柔不断さ）が変化を見せて消える。

自分の気持ちをしっかり囲い込んでおく場所を決めようと、無意識ながら狙いを定めてやってきた――それが定位置に収まると――気持ちはそこにある、いつでも手が届く、(意志と結びつけて)行動にも活かせる、と安心だ。それがあるから、私の愛は「真剣」だとCに言ったし、それが本心――彼女への真剣な愛は揺るぎない、変わることはない(自分にも確約する)。思ったとおり、彼女はそれに当惑し、ぽかんとしていた。なにもそこまで、と思ったに違いない。

この身をかけて「約束」が欲しい。一因は不安だ(安全な停泊所を見つけたい、捨てられるかも、と思うと手も足も出ない。そんな無力感と不安から解放されたい)。

[余白に] 幼児期の残滓

ここまでは神経症的な面。もうひとつの健康的な思いを言えば、複数の企図、多数の次元の活動が連なる生涯、という私の(無意識の、一生続く)観念がある。理想的には、最も大切な関係がそうだといいんだけど、もし何かが固定され、頼りにできる状態になれば、ほかのものごとに好きなように傾注できる――主要には仕事、でも友だちも大切。最も深い関係において安定していなければ、ほかのことにも注意を向けるなんてできない。いつも後ろを振り返って、まだ相手がそこにいるか恐る恐る確かめなければならない。

カルロッタは約束したがらない。そんなことを考えただけでも、ほかのひとに繋ぎとめられる、他人に依存する、自由を失うような気持ちになる。もちろん彼女だってどこか安全な場所が欲しい。でも、想像しただけでも、一緒にいて楽しいか、しょっちゅう自分で確かめ、答えを出し、関係を拒むことさえできる、それが許されるのでなければ駄目。そうじゃなければ、安全とは言われても受け入れられない。――Cの問題は、安全というものを解放的で自分を強くしてくれるもの、として思い描けないことだ。安全とはそういうものだ――少なくとも私にとっては――と思うし、そういう考え方が正しいのではないか。

愛してる相手と一緒にいれば安全でより自由になれる（不安から、愛を追い求める飢餓感から自由に）、そうすれば、これといった何かをして自分の企図を実現することもできる、という考えがCにはまったくない（ベアトリスは気づいているはず）。たしかに、彼女には企図なんて何もない。世間にまつわる活動も皆無だ――美しい容姿を作りあげること――服やその他――以外は――それに包まれていれば自信がつく、もしくは、まさしく彼女らしいと思うけど、勝手気ままに、無責任にも、そうすれば自分にも何かができる、と想像をめぐらすことができるのかもしれない。自己愛、自尊心の欠如はひどいもので、かつて有能にこなしていた活動でも、そこになんの価値も認めようとはしないだろう――だから、言うまでもなく、自分が憧れるどんな活動でも、その能力を獲得すべく責任をもって努力するなんていうことにはならない。

さっき書いた点に戻る：おのれの気持ちを知ることはカルロッタにとって、どんな瞬間でも、避けようと思えばできる問題だ。でも、気持ちを言葉にしてくれ――ある意味では正しい期待――と要請されたら、問題になりかねない――彼女の場合、自分の気持ちを語るということはうんざりするほど面倒なことにちがいない。どんな気持ちかを延々と語る、あるいは伝えようとすると、かならず一般論になってしまって嘘が混じる、もしくは、一般回答で済ませてしまおうという誘惑にかられるからだ。気持ちを語ること自体、気持ちを閉じ込めることになる（少なくとも、そのように見える）。自分の気持ちがわからない――とか、摑めない――のが彼女の問題なのではなく、それをどうすべきかが問題なのだ――そこから出てくる数種の行動のうち、どれをとるか、という問題。彼女はたいてい行動には数種の可能性を見ている、実感としての気持ちが複数の顔を見せるし、分裂しているから。私生活の外からの要求で行動するほうが気楽なようだ――ケン［・スコット。カルロッタがたまに仕事をしていたファッション・デザイナー］が一月二〇日にショーの仕事をしてほしいと期待していた――また、私生活の関わりでも相手によりけりで、気持ちより責任を優先する気になったことが人目にもわかるようになれば――八月に一〇日ほど、イタリアで今住んでるイスキアに遊びにくるよう、彼女の母親は望んでいる。

行動するにあたって数種の気持ちのどれをよすがとするか迷う。その問題があるせいで、彼女が取る行動はすべて、深いところでは、試みにやっているにすぎないことになる。しばしば行動する前に躊躇する――行動の渦中でも疑いが何度も頭をもたげ、これでいいのか、このまま続けていいものか、思い悩む（それでまた、自分は弱い、心理的にもろい、傷つきやすい、という感覚が強まる）。行動しても現実感がないようだ――せめて、長いあいだ続けていけば別だけれど。彼女が言うには、だから、本当にひとを愛することがない――恋愛関係にしても、現実のことだと心から信じることができない――少なくとも一年かそこら、そのひとと「一緒」に（なんらかのかたちで）過ごしてからでないと。これは試しにやってるだけだ、後戻りできる、たまさかのこと、自分次第、という感覚がやることなすことについてまわるがゆえに、行動も現実感が薄くなる――長い時を経てやっと状況が現実感をもってくるため（全面的にはそうならないのだろうけど）、彼女はおっとり構えている——俗に言う、ぞっこんの関係にはならない——それで、ふるまいも破壊的、気まま、衝動的、放縦、無責任になる。

［余白に］これのいずれも彼女の言葉ではない

そういうなかで、行動に対しても相手と一緒という状況も、それらに自分がどれだけ賭けているかを試している。合格なら、続ける価値あり（適者生存）：だが、不合格なら、間違いだったことになる。その過程で、自己憎悪という重みが増す、というのも、彼女はどこかで、自分は愛するひとに対して破壊的なふるまいをしていると知っているから。

自責の念と自己非難があまりにも激しいことも一因となって、人生のさまざまな出来事をばらばらにして、それぞれ「繋がりはない、自己完結している事態」だ、とみなすのが彼女のやり方だ。Cの見方では、出来事と出来事のあいだの因果関係はきわめて希薄。できるかぎり最小限にしか見ようとしない。現時点の彼女がその状態にあるけど、自分の行ないが相互にいかに多くの接点をもっているか、それを認めるのはたぶん耐えがたいことなのだろう。全体を受け入れる（みずからを一個のまとまった全体として理解すること——直観的に、あるいは、推論的な知性を動員して——彼女にそれができるだろうか？）——部分の総和としての自分自身。ばらばらの部分を適当に取り上げられて、いい加減な悪評を背負わされて生きることよりも、このほうがはるかに苦痛になるはずだ。

カルロッタは、ともあれ自分を「背負って」生きることに問題を抱えている。だから、かなり事実と違うことを言ったりすることがある――いつどこで何をしてるかとか、語る言葉が曖昧だとか、「大袈裟」な表現とか（例「命がけよ」、「消えてしまいたい」）――気持ちが事実として出てくる。それに、同じ理由で、あのひとは激しくあちこち鞍替えする――ひとの集まる場を楽しむ、甘い生活《ドルチェ・ヴィタ》、本当の気持ちには踏み込まないけどそのぎりぎりの線をめぐるおしゃべり（ベアトリスが周到にもちかける類いの）（七月十八月のあの毎日二回のミラノへのうきうきしたような電話でのおしゃべり）。誇張と事実の改竄《かいざん》――自己というものが意味する重荷の正確な輪郭をぼやかす。こういう散漫な行動は自己が存在するという自覚を、一時的に低下させる。

私のやり方とは大違い！　私は流れ感覚を見つけた――そして、衒学的《ペダンティック》なほどの正確さを――それを唯一のよすがにして自分の気持ちと繋がってる、それしか方法を知らない。Cの大袈裟な言いまわしはいつも私を困惑させ混乱させる。厳密に言って本当ではないことを彼女はなぜ言いたがるのか、理解できない、大事な（「真剣な」！）テーマについて話しているのに。彼女は私にはユーモア感覚がない、四角四面な考え方しかしない、と思っている。彼女に対してはその点については認めた――でも、そうではないとわかっている、少なくとももっとはるかに複雑な問題だ。もちろん、説明するとすれば、異なる種々の問題――さまざまな懸念――が重要問題になっている、彼女が話しているときより私の場合はもっとそう。私は創造的対話というものにこだわっているけど、彼女はそうでもない。

「余白に」言葉に出しても、彼女の場合はそれで自分の気持ちがもっとよくわかるわけではない。それよりもっと純粋な、生き物としての、群れとして生きているがゆえの行為だ、私の場合に比べて

（私にとって、言葉にすることは、自己救済の第一の方法！）。もうひとつのやり方――よそ見、鞍替え――これも私には無縁。もちろん、私もときにはそうするし、できる。けれど、自分に背いている後ろめたさがある。おのれの最も奥深い自己を知る――実感する――ことが私の健《すこ》やかさを左右するのなら、「世間と渡り合う」自己への逃避は端的に言って良くないこと。鞍替えはしたくないというのではない、なにしろ、最初から状況はしらけていたわけだし。私は自分を追いかけている（何年も）。今はカルロッタのことも追いかけている。彼女は自分に対峙することから逃げている。私からも逃げている。――もちろん、今の状況を総括するのにこれほど暗い気持ちになってくる言い草はないとはいえ、私にはこれしかできない。実際には、これよりもっと多くのことが絡んでいる。

2/18/70

あなたがいると助かる、ってCに言った――彼女と繋がっていると私は成長する、より活き活きしてくる。この数日、四ページにわたってここに書いてきたことが具体的な証。彼女に読ませたいと思う。でもそれは私の勝手な思い、願望かもしれない‥――その願望があるから――自分と同じような存在として彼女をみなしてしまう、あたかも、彼女も言葉、思考、分析、対話を必要としているかのように。こんなかたちでは彼女はそういうものを受け入れられない。書いたものを見せたいのは、あのひとのためになる（身の内で元気が出る）と思うからか？　それとも、あのひとへの自分の愛がいかに有益か、ありがたいものか、その証拠を突きつけたいのか？　もちろん両方。だけど、主要には後者——だからこそ、自分の願望に深い疑いを向けなければならない。自分の糧になることだ：彼女を愛することでこれまで私がどれだけのものを得たか、それを知れば、彼女の私への愛ももっと大きくなる。もちろん、そう願う。でも結局、あのひとは私を愛している、その前提は変わらないまま、それ以上にみずからを愛してほしい、それが私の願いではないのか？徳をあくなく追求する自分自身についてこれまで書いてきた批判の多くのこと——偶像崇拝に陥っていたことが判明、善を偶像化することなど。それらは、依然として偶像崇拝の弁証法の枠内に押し込められている、その非難は免れない。自分の道義的意識を私は道義に従って批判しただけ、それだけの話ではないのか。

同じような批判が起こりそうなのが、カルロッタと私のことを比較してばかりいる意識、それについての私の考え方。気持ちの面でも行動面でも私は自発性が弱く、意志に振りまわされ、決断を貪欲に求め、先を見ながら、直線的な思考をしがちで、言説に大きく左右され、だから、私の作風《スタイル》には限界がある。正直言えば、カルロッタの意識のもちようのほうが優れているし（精神的、心理的、実際的に）、確実性が大きい（神経症的動機と自己破壊性の揺り戻しがなくなれば、ものの見方も世間的な動き方も申し分なくなる）。白状すると、自分のなかで理性が破れてきている気がする。そうは言っても、今、私は、より有機的で問題も少なく、意識作用がそれほど強くない世界観の片鱗を見て、理性を働かせてそれに過剰に入れこんでいるのではないか？　カルロッタの世界観の諸要素を推論で抽出してきたけど、ここに書いたのは、それを私が自分の理性で包装したものにすぎないのではないか？　もうひとつの企図を自分に向けて提案している、単にそれだけの記述として読むことはできない。

この箇所は自己批判に終始しているかに思える――高次《メタ》の自己批判のことだけど。

自分や自分が愛するひとたちが利用できるようにと、おのれの叡智を包み紙にくるんで製品化しているわけではない。でも、どうやったら私は解き放たれて飛んでいけるの?

自分が受動性（と依存）を怖れていることは自覚している。頭を使っているときとか、何かが活発（自律的）にしてくれる。これは良いこと。

活発な状態から距離を置きたいのは、つい自己操作をしてしまう、そのやり口。自分自身に「狙い」を定めてずらさない、そういうやり口とはもう縁を切りたい。ただ照準を合わせるだけにしたい（［二〇世紀ドイツの哲学者、作家のオイゲン・］ヘリゲルが弓道について書いた禅の本に、これに関することがたくさん書かれているはず）。でも、この、無心に「照準を合わせる」というのは、私にはまだできないこと。恐ろしすぎて。［右のふたつの文章の脇の余白には、縦線が引いてある］

かならずどこかでいつも警戒すべきだと思うのは、自発性――今の私がやってるよりはるかにひんぱんに、自分の気持ちに従うこと――に任せるとなれば、少なくとも私の場合は、結局は受け身に終わってしまう点。そんなはずないと思うけど、それは経験してみないと本当には断定できない。

問題の核心はこれ。自分の内部で本当の気持ちを摑んで外へ脱出し、前に押し出すべきだ、とつねに思い悩んでいる点。行動するときは効率（有効性）を基準にすべきじゃない。行動の「結果」はこうあるべきだと思い込んでいても、かならずしもそのとおりにはならないけど、その必要はない。よしんば私がカルロッタへの愛のみならず、自分のすべての気持ちの隅から隅まで、もっと奥に入り込めたら――しょせん結果なんてそんなに重要じゃない。精神の容量が足りなくなっちゃう、少なくともそんなことを気にかけるほどの余裕はない。もっと強く、逆らえないものとして、自分の気持ちを実感するはず。それをもとに行動して気持ちを充たせば、より大きな、もっと歓びのある経験になる――それができれば、「この先（あるいは「次は」）どうなるか」なんてことを、そんなに切羽詰まって考えないだろうし、さらに先の結果が自分にとって嫌なものになるか、不満なものになるかさえも、それほど気にかけない。

自分の「生涯」ではなく、自分自身にもっと素直に従うことにする。高級な逸品を揃えて満たす責任は自分にある、そんなあらかじめ寸法が決まってる（寸法がわかる）容器、自分の生涯をそんなものに見立てるのはやめにする。

2/20/70

エヴァとの会話：

すべての痛みは怒りをひき起こす。私が怒りと疎遠な理由は何？　どんな気持ちがするのか？　消沈。でもそれは、もうひとつ別の感情が落ち込むという意味だ。そして絶望、自暴自棄。しかし、絶望は一連の苦痛の重なり、その帰結だ（また、こうなっちゃった、という感じ）。

ひどい幼児期を体験した誰もが怒りを抱えている。私も最初（初期）はそうだったはずだ。そして、それに対して何かを「やった」。その怒りを別のものに変えて——何に変えたのか？　自己憎悪∨恐怖（自身の怒りへの怖れ、他者との関係への怖れ）、絶望、自暴自棄。正義と公正を守りきる——それを梃子にして断ち切る。

エヴァいわく、私は、一度も心理分析を受けたことのないひとと同じようにして怒りについて語る、と。

カルロッタは怒りを抱えているか？　もちろん、とんでもない幼児期だったはず——いかにも、意識のレヴェルでは、彼女はそれについて**何も**知らない——さもなくば、今の彼女のようにはなっていないし、一八歳でヘロインに手を出すこともなかった。あのひとが私に与えてくれた唯一の手掛かりは、こういう発言。「母のこと、自分の娘みたいに感じるの」——どの恋人も彼女を自分の子供のように感じているのに、その張本人がこう言う！　あのひとが母親と離れることを怖れているのも、しばしば実家を訪ねざるをえないのも（ちょっとしか逗留しないのに）、こうしてみると不思議ではない‥それだけが、あのひとが大人になった気がする人間関係だから（母親ほどではないけど、ジョヴァネッラ［・ザンノーニ。カルロッタとSSの共通の友人］、それにロベルティーノに対しても、あのひとは大人の気分を抱いている——ふたりの子供のような面が大好きで敏感に反応する）。

2/21/70

無意味に殺害されたある男についてウィタカー・チェインバーズ★11がウィリアム・F・バックリー・ジュニア★12に宛てて書いた手紙から：「この現実は僕の心を横ざまに切り裂く。せっせと回復しようとしている傷、だが周囲の組織がまだ完治していない傷。そういう傷が残っている。とすると、大きな罪のひとつ、いや、大きな罪は、こう口に出すことではないかと思う：いずれ治る、もう治った、傷は消えた、この傷よりもっと重要なことがあるんだよ」

……

2/22/70

幼い子供のとき決意した、「駄目だ、誰も私を摑まえてくれない！」（生き残ってやる、囲い込まれない、という絶対的な決意）。私の才能と情動の分離という意味では、原則的に言って、これは実現した。［脇の余白に：「違うかな??」と書き込んである］つまり、耐えきれない気分や困惑におそわれる前に気分のスウィッチを切る、それができるようになった——何かするとか、ほかのことに興味を向けるとか、を通じて。自分だけじゃなく、世界にはもっといろんなことがあると考えること、etc.

★11——一九〇一－六一。三〇年代に共産党員、ソ連諜報機関のエージェントとしてスパイ活動の嫌疑で裁かれ、全米の注目を集めた。事後、共産主義を放棄すると明言し、タイム・ライフ社の名編集者となる。

★12——一九二五－二〇〇八、五〇年代に保守派の『ナショナル・リヴュー』誌を創刊した作家、コメンテーター。

こうして、私に関して言えば最も健全なことのひとつ——「受け入れる」、生き延びる、跳ね返っていく、実行する、うまくやる、こうした能力のせいで安易に気分を脇に押しやってしまうこと——それはいわば、自分の最大の神経症的な負い目——としっかり結びついている。そんな状態になってしまっている。この第二の点を縮小しながら第一の点を保持するには、どうすればいいか？ 難しい。賭けだ。ダイアンはこれに気付いていたのか？

小さな子供のとき、私は構ってもらえず、愛されなかった。これに対し、すごく良い子になってみせよう、それでなんとかしようとした（ものすごく良い子になれば愛してもらえるに違いない、と）。まったく別の対応もありえたかもしれない：自分を憎むとか非行にはしる（他者への報復、注目を引く）とか。でもそれはエヴァがやったことで、反逆者－批判者－違反者－犯罪者の役割を演じること。私はそうしないで、ものすごく良い子——愛されるに値する子供——になると決め、責任、自信、自己制御、名声、自己権力を追求することにした。私が発つ前にCがオルリー［パリの空港］で「あなたは天使のようだったわ」と言ったけど、褒め言葉とばかりは受け取れない。昔から頭にあるとおり、素晴らしく「善いひと」（寛容で忍耐強く、愛に溢れ、けっして怒らない）になれば、Cを自分のものにできる——と想像をめぐらしてきたけれど、あのひとが私に惹かれているのは、ひとつには、私が強靭《タフ》で自立しているところ——天使のようだからじゃない。あのひとが天使のようだって（無意識に）感じるのは、ナイーヴ、子供っぽい、無邪気なところのあるひとで——そういうひとはしまいには、彼女の期待に反してそんなに強くないことが暴露される。

Cには怒りを見せないよう気をつけなければ——逃げられる怖れがある：愛していないと勘違いされ

る：「善いひと」ではないことがばれる（もちろん、そんな用心は美徳ではないとはっきり自覚してる——罠だし、自尊心にもとるし、自分を卑しめることになる）。

……

Cに何かを要求するのはいい、けれど、私にはあのひとが必要だから、というのがその根拠ではまずい。それでは彼女が怖がる

……

……評論《エッセイ》：ウィトゲンシュタイン：現代芸術への影響……

……

［ウィトゲンシュタインの『論考』について］倫理と美学はひとつ（『論考』★13）

……

★13——ウィトゲンシュタインが生前に刊行した唯一の著書『論理哲学論考』を指す。

2/22/70

……［カルロッタが］怖がっている、欲する気持ちが止まらない、際限ない、と――罠から抜け出せないのでは、と。それに、自分が誰かの欲求を満たしてあげられるなんて信じられない、とも――自分は人間として弱すぎるし値打ちもない、クズだ、etc.

私の欲求は満たしてくれてるわよ、と私からはっきり言うことが大切（コレット★14の言葉を借りれば、単なる「エロティックな魅力溢れるデクノボウ」ではないわよ、と）――それが本当のことだし、心からそう言いたいし、あのひとの自尊心を高めることにもなるし（それこそ、あのひとが死にものぐるいで求めていること）。でも、自分の欲求を満たしたいばかりにあのひとに懇願するような態度を取るのは絶対駄目。私としては、してはならないこと――私は満たされているわよ、と示したければ、事実をもってすべきだ。

2/23/70

数週間もしたら、Cにこんな手紙が書ける状態になってるだろうか：「頭にきた、傷ついた、怒ってます。私にこんなことするだなんて、許せない」？

怒りを伝えることの難しさ（愛するひとに向けるとき）とはこういうことだ。愛に見合った関係をいかに保持するか：――きちんと付き合いたい――という思いで私は悩んでいるのに、私の言い方ではその気持ちと真っ向から矛盾する。もちろん、知らないひととか、よく知らないひととか、たいして愛していないひとが相手なら、腹が立っても問題ないのに。

善人であること！　「こんなに善いひとで、気がとがめるわ」！

私は偶像崇拝者：善いものを貪欲に追いかけてきた。今、ここに、絶対に、もっともっと、あれが欲しい。おかげで、過去の名作の価値を低く見る傾向がもともと備わってる。善いのは確かだけれど、まだ足りない……　つねに、もっと、を求めてしまう（もっと善いもの、もっと多くの愛を）。今ではこうも考える、善いものを貪欲に追い求めるのは、本当に善いひとが行なうことではないんじゃないか、と。

3/2/70

ジョヴァネッラとの会話について：ローマ（や南部の）社会にあるシニシズム――理想主義への懐疑、滅茶苦茶になることへの怖れ、適度に軽く、「ユーモア感覚」がある、そうなるべきだという圧迫感。ひとを傷つけるようなことを言うゲーム（それでも傷つかないのが勝ち）。社交的でなければならないという強迫観念――団体旅行。

★14――一八七三－一九五四、フランスの女性作家。性の解放を唱え、実生活でもバイセクシュアルな恋愛で知られる。代表作に舞台・映画化もされた『ジジ』（一九四四）。

……

3/5/70

書く方法を身に付ける準備ができた気がする。想念ではなく言葉で思考すること。

……

3/7/70

昨日見た［ルイス・ブニュエルの］『銀河』は「マナリズム」の映画だ（参照［二〇世紀ドイツ芸術史の研究者、グスタフ・ルネ・］ホッケ★15によるマナリスムについての著書『迷宮としての世界』、とくに一五四－六四ページのアルチンボルド★16についての章）。マナリズムの芸術：こびと、夢、巨人、シャム双生児、鏡、魔法の機械。変容《メタモルフオーゼ》——生命＞＜無生命、人間＞＜動物、普通＞＜驚異的。

演劇的要素を強調：衣装、装置。

……

3/10/70

「余白に」「祓い清め《ルストラ》」：ひとの一生をローマ人はこれの五段階あるいは五つの局面としてみなした

ウィリアム・ゴドウィン★17の無政府主義に根ざした初期の小説『ケイレブ・ウィリアムズ』を読むこと。

「瞑想する人間は堕落した動物である」（ルソー『人間不平等起源論』）！　D・H・ロレンス、etc.

……

★15——一九〇八－八五、ジャーナリスト出身のドイツの文化史家。美術から派生したマナリズムを文学や生活意識に敷衍して論じた。

★16——ジュゼッペ・アルチンボルド　一五二七－九三、イタリア、マナリズムの代表的な画家。緻密に描かれた果物や植物などを組み合わせて描いた特異な肖像画で知られる。

★17——一七五六－一八三六、イギリスの政治評論家、作家。無政府主義の先駆者。

4/26/70

医者についての小説——治すことに懸命な……

エンキリディオン＝生きることについての便覧または手引き★18

●

私の生におけるデイヴィッドの絶大な価値：

——無条件に、信頼を寄せて愛せる相手——ふたりの関係は正真正銘のものだって、私が自覚しているから（社会が保証し＋私自身、本物の関係を成就している）——私は彼を選んだ、彼は私を愛してる（それを疑うなんて、私には一度もなかった）——：愛情、寛容、思いやり、それらを心を全注入して実践する、私にとってはたったひとつの経験

——私にとって、大人であることの保証：子供っぽくなった瞬間でも、母親として大人の自覚は消えない（教師だったり作家だったりしても、これだけ無条件にこの感覚を覚えたことはまったくない）。

——秩序は、自己破壊に向かういかなる傾きに対しても構造、限定をもたらす作用になる。

——デイヴィッドといると無限の歓びが——伴侶、友、兄弟がいる（悪い面、世界から彼を防衛する付添い役、盾になりかねない）。

——彼なりの哲学的理解力があり、私を熟知しているデイヴィッドから教えられたことがある

——男の子としての私、その夢想にふけりそうになったときストップをかけること。デイヴィッドに自己同定《アイデンティファイ》する、彼は私がなりたかった男の子——彼がいるから、自分が男の子になる必要はない（そうとすると、困ったことにもなりかねない：彼が同性愛者になったら動揺しそう。ならない確信があるにはあるけれども。しかし、無意識にでも彼に同性愛を禁じる、なんていうことにはならないはず）。

……

5/25/70

芸術はあらゆるものごとの究極の状態だ。

……

グロトフスキ：「人生で第一の設問はいかに武装するか：芸術では、いかに武装を解くかが第一の問題だ」。

★18——ネーデルランドの人文主義者デシデリウス・エラスムス（一四六六頃－一五三六）の著作。

そのとおりではないけれど、一理ある。

……

［エドウィン・］デンビ★19の小説［『Mrs. W's Last Sandwich　W夫人の最後のサンドウィッチ』に目をとおした。有望とは言えない。私がますます惹かれているのは［ジャック・ロンドンの小説］『鉄の踵』★20。アメリカの映画でこんなのがあればいいのに。これは提案してもいい（革命的なSF）、安上がりかもしれない——ゴダール的、云々。これまで私が夢想したふたつのアイディア——［メルヴィルの］『詐欺師』＋ダシール・ハメット『デイン家の呪い』——だと制作費がかかる＋作るのももっと難しいだろう（『デイン家の呪い』ならクリント・イーストウッド主演で?）。

哲学的な対話：「存在している理由」。自殺についての省察、スーザン［・タウベス］の死の影響で：

——選択

——みんなは生きることに耐えられると考えてるのか、どうやって?

——変化、移動

——意志（＋その限界）

——人生に対する悲劇的な見方

——月光的《ルナー》なものの見方（ポール［・セック］）

――貪欲（潔癖）

――自己を延展する企図

［余白に］私は私の所有物か

……

6/22/70　ナポリ

これまでなかったほど――そして、またもや――生きることはエネルギー・レヴェルの問題だと実感。この一一日間、しおれて、ひしゃげてる。予期せぬ性的／情愛面の虚脱感で。ほかに生命力の源泉が見つからない――自分自身のなかに――Cとの繋がりにそれがあると予期してたから。それなのに、見つけられないと思うと、愚かな、恨みがましい気持ちになる、愛されているという保証をあからさまに求める自分を卑しいと思うし、それでさらにCの気を重くさせる。いつになれば、あのひとに愛の保証を求めないでいられるようになるのか？

ああ、「こうあるべき」とこだわる自分の固定観念から解き放たれたい――

★19――一九〇三‐八三、アメリカのダンス評論家、詩人。

『W夫人…』はその唯一の小説作品。

★20――一八七六‐一九一六、アメリカのジャーナリスト、作家、社会活動家。『鉄の踵』は一九〇八年の小説で、近代のディストピアを年代記的に描いた、最初のソフトなSFと評される。

欲しいのは：エネルギー、エネルギー、エネルギー。気高さ、静寂、叡智を求めるのはもうやめ！——このトンマ！

ここはパリじゃないのに、私は反応してしまった——少なくとも最初の二、三日は——あたかもパリにいるかのように。拒絶されたかのように思い込んで、絶望的になった。今はましになったけど、まだCに対して突破口を開きたいと期待している。もし私があのひとの立場だったら、こういう対応はしない、あのひとのようには。でもあのひとは違うし、私はそれを尊重してるのだから、あのひとが自分のように行動するよう（密かに、一部には無意識的に）仕向けるのはやめるべきだ。

7/8/70　ナポリ

私は自分の気持ちに忠実だ。それってどういう意味？　よしとする気持ちになったとして、その気持ちを持続したいと思うということ？　とんでもない！

Cは自分の気持ちに従っている、けれども、気持ちに忠実ではない。

子供の頃のCの顔（あのひとの実家のアルバムで今日の午後に見た）：怒りが溢れていて喧嘩腰の顔。今にも飛びかかってきそう、はむかってきそう。同じ年齢の私の写真だと、私は弱々しく過敏で、おとなしそうに見える。でも実際には、どっちのほうがタフで反抗的なんだろう？　写真のCの男の子っぽいところは何を意味しているか。戦う権利あり、体でもって抗《あらが》う権利あり、ということか？　幼児の私の男の子っぽさは、まったく違う意味をもっている——私は一度も喧嘩したことがない、というか、喧嘩したいと思ったことがない…自由になる権利、逃げる権利、それが欲しかった。気に入らない相手を罵倒したいと思ったことがない（ごく幼いときにその考えを返上したようだ）。ただ背を向けて、いなくなりたいと思っていた。

7/9/70

ものを食べたあとは――おいしい食事でも――いつもやましい気分になる、とCは言う。その気持ちは理解できる、今もそういう気分だ。でも、これも事実。あのひとはセックスのあとも、どこか、哀しそうだ。何かを失った、何か（欲望）を殺した、もう前より弱くなった、小さくなった、と感じているようだ。これが私には理解できない。私はセックスのあといつもうれしい気持ちになる――本当には好きでもないひとと寝たあとでないかぎり（その場合、性交が愛を前提にしたゲームのように思えるから、本当に欲しい、摑みたいのは愛そのものなのにと思って、哀しくなる）。そういうときでも、生きている実感があるから、自分の心と体が一緒だと、いつもより活き活きするから、うれしい気持ちにはなる。私に触れるひとなら誰だって愛《いと》しいと思う――少なくとも、多少は。触れてくれるひとは、その瞬間は、何かをくれる…私に体があることを教えてくれる。

Cには、こういうことを言うべきじゃない…この私がそんなことできるだなんて、考えるだなんて、とんでもない！　あなたは本当にそう思ったの？　私の真剣な気持ち、純粋な気持ち――もろもろを軽く見られて、侮辱された気分。暗黙のうちにふたりは同じ基準を共有していると思い込んでいた

――けれど、残念無念、そうじゃなかった。私には内心、あのひとは浅薄だ、浮世離れしている、あるいは無神経だ、と責めたくなる気持ちが潜在している。だからこそ、そういう非難から彼女を守ろうとする自分がいる。そして、抑え込んでいるあのひとへの非難にこだわって、それを自分に転嫁する（説明できないし、不当なことだと思うけど）。こんなことすべきじゃない。むしろ、彼女にこう言うべきなのだ：あなた、本当にそんなことするつもり？　本当にそういう気持ちになると思うの？　奇妙なことだけど、私はそうは言わない、言えない。ああ、もう、うんざり！

＊今考えている映画のタイトル候補、もうひとつ――『Brother Carl　ブラザー・カール』〔一九七〇年にスウェーデンで制作されたSSの映画第二作のタイトル〕

7/11/70

映画作品の基準

(1)ショットの長さ
(2)ショットの構図
(3)カメラの動き／静止状態
(4)ショットの切り替え

一本の映画のリズムは主要には(4)の質に決定される。ショットの切り替えはどんな場合でも、ひとつ以上の理由が必要だ——映画の多声的機能、「二重の言説《ディスコース》」（連続性∧　∨非連続性）

大方のひとはリズムには(1)が要《かなめ》だと考えるけど、そうではない。ショットの長さの受け止め方は主観によるところがあまりにも大きい——ショットの内容、可読性にも左右される——固定《プラン・フィックス》で撮った顔のクロースアップが一〇秒続いたあと、固定で撮った街の雑踏のロング・ショットが一〇秒続くと、ほとんどのひとは最初のショットが二〇秒続き、二番目のショットは五秒間だったと考えるだろう。

(2)については、非対称の重要性に思いをはせるべきだ。カメラマンはたいてい、自動的に、人物像をショットの中央に配置する。それが監督の意図なら別だが、そうでなければ、それをさせてはならない。

＊スコープ★21のいくつかの利点：何よりも、あの広いスペース——これが形式上もろもろ問題を生むので解決しなければならない。今度の映画でもこれを使うか？（二〇〇〇ドルはかかる特殊レンズ——同じ生素材、白黒のスコープは珍しい。参照　ブニュエル『小間使の日記』）

ノエル［・バーチ］はＤＦＣ［ＳＳが最初に監督した映画『Duet for Cannibals　デュエット・フォ

★21——ワイド・スクリーン映画の代名詞のようになったが、もとは二〇世紀フォックスが開発した撮影・上映方式の商標名。

ー・カンニバルズ』を指す★22］はショットの切り替えが多すぎると言う。四〇〇ショットは多すぎる、二〇〇程度でいい、と。ショット切り替えのほとんどはなんの役にも立っていないと言う。ショットの切り替えについてこれまで私が考えていたことは、⑴ドラマトゥルギー上の必要性か、⑵空間感覚を混乱させるため、このふたつだけだった

a＝今！　　　b＝ここは何処？

ゴダールの場合、ショット切り替えのほとんどがカット・アウェイで、ダイレクト・カット（同じものの異なるショット）ではない。

ブレッソンは絶対と言っていいほど五〇［ミリ］のレンズ以外は使わない。

エイゼンシュテインの映画では『戦艦ポチョムキン』がいちばん多くのショット（一フィートあたり）を使っている。ひとつひとつのアクションを細かいカットで区切って構成《モーセライズ》している——ショットのモザイク。その反対はヤンチョー［・ミクローシュ。ハンガリーの監督］と［フランスの監督ジャン＝マリー・］ストローブ★23——場面の途中でカットしない（必然性ない？）。カット割りの例を挙げれば、［エイゼンシュテインと同時代のロシアの監督フセヴォロド・］プドフキンの『アジアの嵐』の結末部の場面。

［この言葉は四角く囲ってある］映画
ナポリ：
［ヴィンセント・シャーマンの］『都会のジャングル』（一九五九）——ポール・ニューマン、バーバラ・ラッシュ
マリオ・バーヴァ『クレイジー・キラー　悪魔の焼却炉』（一九七〇）——ラウラ・ベッティ

パリ　七月九日∨——
ヒッチコック『山羊座のもとに』（一九四九）——イングリッド・バーグマン、ジョセフ・コットン、マイケル・ワイルディング、マーガレット・レイトン
ジャン・ユスターシュ『豚』（一九七〇）
ミシェル・ファーノ『Le Territoire des Autres　他の国』（一九七〇）

ストックホルム　七月一三日∨九月二七日
・*テレンス・ヤング『ドクター・ノオ』（一九六二）

★22——一九六九年に作られたSSの脚本・監督第一作。直訳すれば「人食い人種のデュエット」となろうか。同年ニューヨーク・フィルム・フェスティヴァルでも上映されたが、「解釈すべきではなく、表面に映っているものに凝りに凝った作品。ありのままを受け取るほかない」と評されるなど、かなり批評家泣かせの作品だったようだ。

★23——ダニエル・ユイレとの二人組として、連名表記される映画作家。兵役忌避でドイツに亡命後に、『妥協せざる人々』（一九六五）でニュー・ジャーマン・シネマの先頭に立ち、『アンナ・マグダレーナ・バッハの日記』（六八）を制作・発表して、その名が広く知られた。

●エリオット・シルヴァースタイン『馬と呼ばれた男』（一九七〇）
●マイケル・ウォドレー『ウッドストック』（一九七〇）
●*マイ・ゼッタリング『Flickorna』（一九六八）
●**ベルイマン『沈黙』（一九六三）
●ロマン・ポランスキー『吸血鬼』（一九六［七］）
●ルネ・クレマン『雨の訪問者』（一九七〇）――チャールズ・ブロンソン、マルレーヌ・ジョベール
●ロイ・アンダーソン『スウェーディッシュ・ラブ・ストーリー（純愛日記）』（一九七〇）
●*マイケル・カーティス＋ウィリアム・キーリー『ロビンフッドの冒険』（一九三八）――エロール・フリン、オリヴィア・デ・ハヴィランド、ベイジル・ラズボーン、クロード・レインズ
●トニー・リチャードソン『太陽の果てに青春を』（一九七〇）
●アルフ・シェーベルイ『バラバ』（一九五三）――ウルフ・パルメ
●クロード・シャブロル『コリントへの道』（一九六七）

……

ローマ　九月二七日∨一〇月九日
ブニュエル『哀しみのトリスターナ』（一九七〇）――［カトリーヌ・•］ドヌーヴ
［ジョージ・シートン］『大空港』（一九七〇）――B［バート］•ランカスター、ディーン・マーテ

イン

ニューヨーク　一〇月九日—二五日
マイク・ニコルズ『キャッチ22』（一九七〇）
［ボブ・ラフェルソン］『ファイブ・イージー・ピーセス』（一九七〇）
［ドナルド・キャメルとニコラス・ローグ］『パフォーマンス／青春の罠』

●

シークエンスの流れに関してDFCで私がやったこと。今思えば、それをむしろ、各ショットの繋ぎ方についてやるべきだった。DFCのベスト・ショットは「攻撃ショット」とその次のショット——それぞれのシークエンスの最初の二ショット。「攻撃ショット」は空間の扱いをめぐる問題、あるいはドラマトゥルギー上の問題をきたすことが多いけど、二番目のショットが問題解決になる。それがうまくいけば、シークエンスの流れも首尾よく進む。
長いショットほど、切り替えが重要になる（慎重に扱わなければならない）——切り替えの理由が厳しく問われる。

……

ショットの切り替えは緊張を作り出す、あるいは緊張を解くものでなければならない。
私は［ルイ・］デリュック★24、ベルイマン、ベロッキオ★25に似ている、とノエルは言っている。

……

（ショットの）切り替えによって作品の空間的変容を複雑にする。

……

ロシアの監督たちはショットの切り替えに神経を集中した――カメラを動かさなかったと言ってもいい。

［SSは七月半ばにストックホルムに行き、『ブラザー・カール』の制作を開始した］

7/16/70

……脚本の作業にまた戻った。削除するのだが、その後また追加する。変更するたびに良くなった気がするけれど、まだまだ長すぎる。三時間もある映画、どこも削れない、そんな映画になりそうで心配。野心的すぎる、複雑すぎる、と思うこともある。テーマは何か。苦悩、高潔さ、道義的堕落、神経症、健康、愛、サディズム、マゾヒズム――要は、あらゆることがテーマ。登場人物はみんなとてつもなく複雑。そこまでこだわる価値があるか確信ない。道徳をめぐるお伽話が作れたらいいのに、［イタリアの監督ピエル・パオロ・］パゾリーニ★26のように。

［エマヌエル・］スウェーデンボリ★27からツァラー・レアンダー★28へ、［アウグスト・］ストリンドベリ★29からグンナー・ミュルダール★30へ。ともかく［スウェーデンは］強靭で頑健な人物の国だ。

ガムラ・スタン［ストックホルムの旧市街、SSは『ブラザー・カール』撮影中、同地区のアパートに住んでいた］：職人の世界（くねった線、古びた素材、凹凸のある表面）は人間的。

★24――一八九〇―一九二四、フランスの映画監督、脚本家、映画批評家。その名を冠した映画賞がある。

★25――一九三九―、イタリアの映画監督、脚本家。

★26――一九二二―七五、イタリアの映画監督、詩人、小説家。六〇年以降の代表作に六八『テオレマ』、六九『王女メディア』、七一『デカメロン』（ベルリン国際映画祭審査員グランプリ受賞）、七五『ソドムの市』ほか。

★27――一六八八―一七七二、スウェーデンの科学者、神学者。自然科学者でもあったが、中年になってから霊的な体験をするようになり神秘主義思想の著述を多くものした。

★28――一九〇七―八一、スウェーデンの女優、歌手。ドイツで活躍し、ナチス支配下の国営映画会社の作品に出演したことから批判された。

★29――一八四九―一九一二、スウェーデンの劇作家、作家、諷刺作家。一八八五年、フランス滞在中に社会主義的傾向の強い小説で告訴され、国外退去を命じられる。

★30――一八九八―一九八七、スウェーデンの経済学者でストックホルム学派の代表的論客。

7/26/70

……絶望という習性

10/3/70

終わった——始まったときと同じように突然、不可解に、一方的に、予想だにせず。
四六時中泣いている——私の胸、喉、両眼、顔の皮膚は涙に濡れて厚ぼったくなっている、喘息が起こってきた：酸素が欲しい、栄養をつける空気が欲しい——でも、空気じゃ栄養にならない。
大きな痛みはまだ感じない、金曜日（九日）に出発したとき、それが来る。今は自分の弱さが腹立たしい。自分があまりにも無力であるこの状況が本当だとは信じられない。Cとなんらかの接触をしようと苦悶している——私と情のある接触をするよう告げる、または彼女がそういう気持ちになるよう仕向けたくて腐心している——でも、何もかも失敗。何をしても言っても、あのひとはもっと激しく、または曖昧に、または疎遠に、または無神経に、または頑なに、またはただただ無礼になるだけ。
パリのときとは違う。あのときは、あのひとの大きな煩悶を感じた——たとえあのひとが私に優しくなくとも。今は、何かもっと悪い予感がする、もっと怖い感じ——あのひとのなかに何か硬いもの、愛するとか感じるとか、そういうことができない何か、信じられないような自己中心的なものがある。
二、三日前、自分はもしかしたら誰も愛してこなかった気がする、と彼女は言った。もちろん、そんなことはない。でも、もしかしたら、あのひとは間欠的に、愛したり休んだり、というふうにしかひとを愛せないのかもしれない——「存在している」実感も間欠的なのかも。

あのひとに対して私が抱いている愛、そういうものをあのひとは欲していない。DD★31の気ままな愛を欲しがっている。

ああ、助けて——助けて——あのひとがもう私を愛していないなら、あのひとへの愛が断ち切れるように、助けて！

生涯で誰よりもいちばん愛した相手だからといって、あのひとへの愛にしがみつくべきではない。気持ちのうえでの達成感——はじめて誰かを本当に愛した感覚——は今も消えていない——たしかに、挫折に終わったとはいえ。

名誉ある敗北。すべてを賭けた——もっているすべてを与えた——はじめて。気持ちの昂《たか》まりと絶対的な確信のゆえに、ふたりはうまくいくはずだと無邪気にも空想しただけだったのか？　そうだとしても、それは誉れある無邪気さだし、恥ずべきことは何もない。

回復には長く苦しいみちのりだろう。愛を、夢を諦めなければならない——Cに出会うまで私は完全に満たされた気持ちというものを知らなかったけれど、それを妨げていた壁をふたたび作らずに、愛を、夢を、諦める。

★31——当時のイタリアのファッション・デザイナーの姓名の略。この後にでてくる「ビチェ」は、Cの付き合っていた前出の「ベアトリス」の愛称とも考えられる。

［余白に］ この恋愛の挫折から学びたいことなんてなんにもない。

（学ぼうと思えば学べること。冷笑的《シニカル》になる、守りを固める、あるいは、前以上に愛することに臆病になること）。なんにも学びたくない。どんな結論も導き出したくない。

丸裸のままで進ませてほしい。痛みがあるならそれでもいい。でも、生きつづけさせて。

10/15/70

C：自分は変容能力がない、と信じ込んでいる、催眠術によるもの（？）（「病気」、「混乱している」）

感情的に寛容になる能力がない——あれほどの黄金の輝きを放ちながら、注意深く、あからさまに、相手に何も約束をしない

ふたりのあいだのタイミングはすべてあのひとが決めてきた

ビチェは聖人、隠れ家《シェルター》で、中国人だから、事と次第によっては要求がましいことを言わないし（私との一件は則《のり》を超えた）、性的に淡白で、不安定で、情熱的ではない。私は危険要素《リスク》だ。要求されれば、私は約束する——私は奇蹟のように変容しつくす。私の気前の良さは重たくて抑圧的。ビチェのは軽い。

ジョウ［・チェイキン］の空想。名前もわからない男と獣がいる――男は獣を独房に連行し＋殺そうとする、が、獣は死なない――血が流れつづける――萎えてくる――もはや男が来てもわからない。男は周期的に独房に戻り、獣の傷口を開いておかなければならない

［（小説＃＃9?·）］――『突然変異体』

カスパー・ハウザー★32――一七歳まで箱のなかで生き、距離感がない∴星を見たとき、失神し

そうなほど動揺

スーパーマン

The pig girl★33

異星からの訪問者

ドラキュラ

突然変異種の会議（マーベル・コミックス★34）

★32――一八一二－一三三、ドイツのニュルンベルクで、地下に閉じ込められていたところを一〇代半ばで発見された孤児。現在もその正体は不明。発見後に教育を受けて言葉を話せるようになり、生い立ちを語りはじめたが何者かに暗殺される。

★33――たんに「豚子ちゃん」という意味か、当時知られた特定の存在か、不明。

10/17/70

私、どんどん溶けていってる。目隠し——眼差しを逸らしている。最後に見たもの——ふくらはぎまでの薄紫色のソックスをはいたCの素脚。

10/19/70

痛みの海に浮かんでいる——でも泳いでいる、やっとのことで——泳ぎのスタイルは決まってない。

でも、溺れてない。

トラックに轢かれたみたい。路上に横たわっている、けど、誰も寄ってこない。

深い痛みのなかで生きている。

小さな暗い箱に閉じ込められている——その箱をどこに置けばいいのかわからない。

堕胎——掻き出す。ひどい痛み——血だらけのぐずぐず。

風洞のなかに立っている。目眩《めまい》がする。命がけで自分を立たせる——風にあおり倒されないように。


……

11/19/70　ストックホルム

［これは四角で囲まれている］**新しい生**《ニュー・ライフ》

もう一度（何度目？）少しがんばる

『ファンタジア』★35――ファシスト美学の完璧な一例

世界は分割されている：

善――悪

光――闇

速い――遅い

軽い――重い

大きい――小さい

優美――野暮

達人《マスターズ》たち　＜　＞　〝凡〟人《リトル・ピープル》

運動の類型――「飛ぶ」「踊る」「走る」

★34――一九三九年に設立されたアメリカの漫画出版社で、現在はディズニー傘下。六〇年代に、特異な能力や容姿をもつキャラクターを次々と生み出した。

★35――一九四〇年、ディズニー製作のカラー・アニメーション映画。世界初のステレオ音声作品でもある。

［レオポルド・］ストコフスキー★36　　妖精たち
嵐を起こす神　　赤児のような動物たち
ムソルグスキー★37のなかの悪魔　　ミッキーマウス
［ポール・］デュカス★38のなかの魔法使い

指揮者（ストコフスキー）のイメージの輪郭を光が描き出す――壇上にのった彼の指揮棒がオーケストラを使って描かせる

理想的な召使いたちを率いる完璧な主人の特技、それが音楽

すべての存在は常套句《クリシェ》、類型だ

　男性∧　∨女性（女性はコウモリさながらのつけ睫毛《アイラッシュ》、男性はきまって前に向かう）

　主人∧　∨召使い（注　黒人の召使い／ベートーヴェンの「田園」にのって出てくる女たち、ミニチュアの牽牛《ケンタウロス》か）

各人、ふさわしい位置にいる（あるいは、あっという間にそこに戻る、世界は正しく秩序を保っている）

『ファンタジア』は世界観の集大成、ひとつの道徳律、美学、宇宙進化論《コスモゴニー》（［ストラヴィンスキーの］

「春の祭典」)、ひとつの神学（「禿山の一夜」の悪魔［一九世紀のロシアの作曲家モデスト・ムソルグスキーによる作曲の一ヴァージョン、ストコフスキーによるオーケストレーション、それをディズニーが『ファンタジア』に使った］が、「アヴェ・マリア」に乗り越えられた）

フレーム：視覚的に構想された音：

サウンド・トラック――リーダー不在の即興演奏

オーケストラ（スウィングの演奏――観客をリラックスさせる悪戯心の発露――ストコフスキーの登場を待つあいだ）

指揮者の登場――演奏者たち整列

ベートーヴェン「田園」

何をめぐる映画？ 性（求愛）、遊戯、自然、（世界に「照明」を当てる）、家庭生活（天を翔ける馬《ペガサス》――母親――飛ぶことを学ぶ黒人の子供［――］嵐∨平穏）

★36――一八八二－一九七七、ロンドン生まれでアメリカで活躍した指揮者。

★37――一八三九－八一、ロシアの作曲家で、伝統を重んじたオペラや諷刺歌曲を書いた。歌劇『ボリス・ゴドゥノフ』、管弦楽曲『禿山の一夜』、ピアノ組曲『展覧会の絵』などが代表作。

★38――一八六五－一九三五、フランスの作曲家。交響的スケルツォ『魔法使いの弟子』（一八九七）がある。

［チャイコフスキーの］組曲「くるみ割り人形」――突然、ほかの人種や彼らの喜劇がたくさん出てくる

11/30/70

［ソール・］ベロウ★39の『サムラー氏の惑星』一三六ページより――「きちんとした《シヴィル》心をもって生きようと努力する」

オラフ・ステープルドン

ヴィクトル・ユゴーの金言：「文体は簡潔に、思考は厳密に、生きることには決然と」

12/18/70　パリ

聖テレサ★40についての映画を作るのはどうか？

ベルニーニ作の彫像
サドはローマを訪れた際にこれを見にいってる
?…白黒映画がいいか
……
H・G・ウェルズ『行きづまった精神』を読む
Wm［ウィリアム］・ジェイムズ『宗教的経験の諸相』所収「病める魂」の章
……
「書くことは生きることとの代用行為にすぎない」――フローレンス・ナイティンゲール

★39――一九一五－二〇〇五、アメリカの小説家、劇作家。一九七六年にノーベル文学賞を受けた、現代アメリカを代表する作家のひとり。

★40――一五一五－八二、スペインのカトリック教会で修道院改革に尽力した聖人。病身ながら禁欲と苦行を貫いたとされる。

1971

1/16/71　［ＳＳの三八歳の誕生日］

自尊心の危機。

何が私を強くするのか？　愛と仕事の渦中にあること。

仕事をすべきだ。

自己憐憫と自分を蔑むことでみずからを無駄にしている。

……

今、私は均衡を欠いている。

自分の尊厳を捜索中。笑いごとじゃない。

耐久力が非常に薄れて、（他者に対して）甘くなっている。自分自身に対しては、辛抱強さがないことが目立つ。自分のことは好きだけど、愛してない。自分が愛するひとたちに対し――極端に――甘い。

●

シオランの箴言《アフォリズム》のひとつからフィクションのアイディアを得た：「屈辱を求める身体的な欲求。死刑執行人の息子だったら良かった」。

「死刑執行人の娘」……

●

2/2/71

シモーヌ・ドゥ・ボーヴォアールの言を受け入れて、さらに第二の解放を果たすこと、それって私にできることか？　二〇年前、『第二の性』を読んだ。昨日の晩、『招かれた女』を読む。もちろん、私にはありえないこと。自由になるには、まだまだ生きおおせなければならないことがいっぱいある。でも、はじめて、笑いとばすことができた。もろもろ変えてみた。階級（最重要）、年齢（今よりあと二〇年は長い経験が欲しい！）、国、それに、グザヴィエールの体つき、で、それはC［カルロッタ］の完璧な肖像。罠にかかる姿を外側から眺めることができる（性的熱情と並行して、自己犠牲を厭わないキリスト教的な愛が頭をもたげてくる）、――自分を哀れだとは感じなかった、自己嫌悪が少し薄められた。期待を募らせることを前よりはいくぶん潔くやめられた――気分が軽くなった。自分をやんわりと笑いものにすることができた。

4/11/71　ニューヨーク

ジョウが言う‥二種類のひと――自己変革に関心あるひと、無関心のひと。どちらも同量のエネルギーがいる――現状を保つには、変えるのと同じエネルギーを要する。
ひとつ目には合点が行く――私が興味あるのは、自己変革という企図にいそしんでいるひとだけ。でも第二のタイプは‥私も、あれほど楽天的に信じ込めればいいのに、と羨ましい。変わるには、もっとずっと多くのエネルギーが要るんじゃないだろうか。

［ポーランドの作家、詩人、風刺家］スタニスワフ・イェジー・レック‥「どん底にぶち当たると、

下からコツコツと叩く音が聞こえてくる」。

懐妊的思考ってどんな意味？

……今週、ストラヴィンスキーが死んだ。メリル「ＳＳの子供時代の友人」としょっちゅう、彼がもう一年――あるいは、五年、一五年――生き延びるんだったら、自分の命を差し出してもいいか、嫌か、言い合ったことを思い出す。

4/21/71

知的刺激が足りなくて苦しい。若いとき完全に没入していた学問《アカデミック》の世界に必要以上に嫌気がさし、それに対して過剰に反発してしまった。大袈裟な行動だった。その後ハリエットをきっかけに、正反対の方向にこれまた大袈裟な行動を取った。それがますます極端になり、最近では自分の時間のほぼすべてを凡庸な頭しかない連中と過ごすようになった。――そのひとたちと一緒でどんなに楽しいか、それはそうだとしても（前の世界の連中より温かく官能的だし、神経も細やかだし、「世間」をもっといっぱい経験している）、彼らでは刺激にはならなかった。自分で考えることがどんどん少なくなった。意識が怠けものに、受動的になった。とても多くのものを得たけど、代償も大きかった。今、私が情けないと思うのは、まさにその代償だ。読んでも難解だと思う本がいっぱいある！（とくに哲学）。うまく書けないし、書くのに四苦八苦。頭がこちこち（女性解放についての評論で問題を抱え込んでいる原因もそのこと——鬱状態よりもっと大きな影響がある）。

……

今日、［ユーゴスラヴィアの作家、反体制政治家］ヴラディーミル・デディエル★1から得た掌篇《ノヴェラ》のアイディア。「自殺クラブ」。ユーゴスラヴィア——空想上の小国にする——を舞台にした政治的なストーリー。学生たち（高校、大学）による新たな社会運動：自殺クラブが次々と生まれてくる。この脅迫で良心の覚醒を促し政府を攻撃しようと、若者たちが「利他的な自殺」を次々に遂げる。会議、ワークショップ、意識向上《コンシャスネス・レイジング》のためのグループ討議を開き、着々と準備を進める。そして、実行。合計で実行者は二四名——（何人かは殺される、最後におじけづき、同志たちに死を強制される）。デディエルの息子は一九歳で実行——父親の家の真上の崖から飛び降りた。後日、クラブが秘密警察によって組織されていたことが判明。

デディエルには三人の息子がいた。長男は一五歳で自殺、（父親の活動について）警察に尋問され＋暴行を受け、自宅に帰された直後のこと——首を吊った。次男は一九歳で自殺（自殺クラブ）。三男は昨年、自殺未遂——失敗——アメリカで放浪の旅、麻薬をやる、今はスイスで体育の学校に在籍。

いくつかのクラブの「素材」を集めた掌篇。アメリカに住むプエルトリコ人＋キューバ人についてオスカル・ルイス★2が行なった文化人類学的な研究のようなもの。書簡類＋インタヴューのテープ記録、研究者の報告書……最後は、研究者が国外へ出ようとするが、記録類を押収される。

［フランスの社会学者エミール・］デュルケーム★3が利他的自殺について書いたものを読むこと。フロランスが父親［フランスの作家、政治家アンドレ・マルロー］について語ってくれた話を使う――彼女の兄弟たちの埋葬のあと、しばらく近くを散歩してから、マルローは重要な講演を行なった、シュメール人の時代から現在までの棺《ひつぎ》の歴史について。これを使う――自殺した若者たちの父親のひとりが話をする。教授か政府の要人、そういう人物にする。

4/24/71

イヴァン・イリイチの濃密さに気持ちが安らぐ――自分という現実感が強まる。

今週末は、ジャンヌ［フランスの女優ジャンヌ・モロー★4］と…何もかも摑みどころがなく、憂鬱のきわみだった。

★1――一九一四-九〇、セルビアの作家。パルティザンの闘士から共産党員、政治家になり、ユーゴスラヴィアのティトー大統領の公式伝記作家も務めた。

★2――一九一四-七〇、アメリカの文化人類学者。スラムの調査で知られ、貧困者の生活意識は世代や国境を越えて継続するという見解が注目された。

★3――一八五八-一九一七、フランスの社会学者。本項に関連する著書に『自殺論』がある。

★4――一九二八-、フランスの女優で歌手。ヌーヴェル・ヴァーグ期の監督の作品によく主演し、老いを感じさせない強さから、「レジスタンスの闘士だった」とまことしやかに噂されたが、事実は不明。

かつて私は奇蹟を信じていた――生まれてからずっと。ついに、自分で奇蹟を起こすことに決めた。失敗した。死にたいと思った。

奇蹟は命懸け、それはわかっていた。躊躇も留保もありえない。そのとおりにして、失敗した。

自分の全生涯の基盤として前提にしてきたことが、ついに試練にさらされた。私――それ――は不合格。私の生がつまずいた。

それを立て直すか？ 同じように修復？ より良く？ より良いなんてありうるか？（奇蹟を信じないなら、なおさら？）または、「立て直し」なんて間違った隠喩だろうか？

私の一生は、二年前に到達した地点――ついに開放的になり、全面的に寛容になり、自分を与える――を目指して増殖してきたかのように思える。たしかに私はそうなった。そして拒否された。

私は純粋だった（そうだろうか？）それで、堂々としてもいた？ これって間違いだったのかしら？

BC［映画『ブラザー・カール』］のテーマは奇蹟を起こすこと。当時まだ薄れてなかった信条の証言だ――私の祈り、私の確信……

映画はできた。カールは成功、私は失敗。

奇蹟の背後にあったエネルギー――と、歓喜、うれしい見返り――は共生《シンバイオシス》への希求だった。純粋で寛容な夢。でも、エネルギーに欠陥があった。

完璧で理想的な共生の探求はこれでおしまい？ これほど深い願望の追求なのに、終わりなんてありうるのか？

独りぼっち。今はそれを知っている。今後ずっとそうかもしれない。

4/27/71

孤独は果てしない。まったく新たな世界。砂漠。

考えている——語っている——イメージのなかで。それをどう書き表わしたらいいかわからない。ひとつひとつの気持ち、みんな身体的だ。

だから書けないのかもしれない——か、今、書いてもぜんぜん駄目なのはそのせいかも。砂漠では、すべての観念は体のなかで行なわれる実験だ。

中心の場所に触れる、これまで生きたことのない場所。周辺から書きはじめ、下っていって井戸に浸ったけれど、一度も真下をしっかり見つめることはなかった。言葉を引き上げた——本、評論《エッセイ》。今、私は、その下方の場所にいる：中心に。恐ろしいことに、中心はものを言わない、それがわかった。

話したい。話すひとでありたい。でも、今までは、話すことは自分と話すことだった、それも、不慣れな片言《かたこと》で、目を背けたようなぎこちなさを抱えたまま。

私は自分をもうひとりの人物として使ってきた……イヴァンいわく、それは「ポルノグラフィ的想像力」［SSの評論★5］を読めばお見通し（『死の装具』でもそうに決まってる）。でも自分では気付い

★5——SS一九六七年の著作。邦訳は川口喬一訳『ラディカルな意志のスタイル』所収。

ていなかった。自分の奇抜で陰気、極端な考え方にむしろ目を見張り、軽視するなんてことはなかった――そして、自分は幸運だと思った。そうした考えを体現して代償を払う（狂気に陥り、絶望を深める）、そんな羽目にならないでラッキー！って思った。

狂うのが怖かった。すでにもう見た――私はいる。狂ってない。毎晩アパートで独りぼっちでも憂鬱ですらない。

●

［一八世紀ドイツのアフォリスト、ゲオルク・C・］リヒテンベルク――「誰しもその性格には壊せない何かが含まれている――そのひとの性格の骨格構造。それを変えようとすることは、羊に獲物をもって戻ってこい、と教えこもうとするようなものだ」。

●

自分の内面空間を拡張しようとしているところ。

［日付なし、六月］

マクルーハン：黒人は白人よりもテレビ映りがいい――テレヴィジョンの観点からすれば、白人はすでに流行遅《デモデ》れ。

主題（本や映画の）を、その本や映画の政治的性格と混同するなかれ。［フランスの作家、政治評論家フィリップ・］ソレルス★6の考えでは、セリーヌ★7は文化的には過激派だが、彼の政治的意見は別問題。

身体について本を書くこと――でも分裂症的《スキツツオフレニツク》な本ではなく。できるか？ 一種のストリップ、手のこんだ、細部まで緻密に気を配った脱ぐ過程。そのあいだに、骨、筋肉、器官のひとつひとつを探り、叙述し、むさぼる。

最も偉大な映画監督ですって？ D・W・グリフィス★8、がっくり。

★6――一九三六―、実験的な作品と言論活動で知られる。六〇年創刊の『テル・ケル』誌の主宰者として政治的にも幅広く活躍。

★7――一八九四―一九六一、フランスの作家、医者。三二年刊行の著書『夜の果てへの旅』以来、過激な内容と「分別」を意に介さない卑語などを交えた文体で注目された。政治的には反ユダヤ的な評論や政治的パンフレットを数多く書き、第二次世界大戦後、国家反逆罪容疑で逮捕状が出され、デンマークなどで亡命生活を送る。

★8――一八七五―一九四八、映画創成期のアメリカの監督。『国民の創生』（一九一五）、『イントレランス』（一九一六）、『散り行く花』（一九一九）などで知られ、クローズアップなどさまざまな技法を開発、「映画の父」と呼ばれた。

フロラ・トリスタン★9――フランス、初期のフェミニスト（一八〇三－一八四四）――ブルトンに賞讃された

ファシストの作家たち：セリーヌ、［ルイジ・］ピランデッロ★10、［ゴットフリート・］ベン★11、パウンド、三島［由紀夫］。

貴重な主題：
芸術家、クリエイターに関するブルジョア的神話を破壊すること（反『8½』［フェリーニ監督の映画］）
女性の政治行動
敵は人間、されど敵は敵（スターリングラード書簡［ドイツ兵たちの］）
女性の精神的行動
聖なるもの

［日付なし、一二月］

「聖なるもの」＋孤独で疎外された芸術家－クリエイターというブルジョア的な神話、両者は真っ向

から対立している。

聖なるものを実感することは疎外状態とは正反対だ。それは統合の状態。つねに他者との関係を内包している――「公衆」感覚。

「聖なること」はいつだって死、消滅を賭したありようだった。

「聖なるもの」という考え自体、神話化の一環だったのか？（普遍主義の最も高度なもの、階級闘争を否定し、具体的な相克も措定していない）

★9――社会主義、女性の権利を唱え、波乱の一生を送った。画家P・ゴーギャンの祖母。

★10――一八六七－一九三六、イタリアの劇作家、小説家、詩人。一九三四年ノーベル文学賞受賞。SSは彼の戯曲『御意にまかす』（一九一七）を二〇〇〇年にトリノで演出、上演したことがある。

★11――一八八六－一九五六、ドイツ表現主義の代表的な詩人。医学や生物学を背景とする表現が特色の初詩集『モルグ』を一九一二年に発表。一九三〇年代前半にナチスを賛美する著述により文学活動を禁じられた時期があり、反ファシズム陣営から批判を受けたこともある。

1972

［日付なし、一月］

スリラー小説の作者紹介から（ディック・フランシス『罰金』★1）：「スリラー作家として、今や彼は障害物競走の騎手のチャンピオンという名声さえ飛び越えている」。作家についてこんな譬《たと》えをするなんて、考えさせられちゃう。

親身に、親身に、親身に。

新年の祈りを唱えたい、年頭の決意云々ではなく。私が祈念してるのは勇気。まさに今、この瞬間。怖くない。ものすごく重い確信。ほぼすべての時間が存在しないがごとく。

私はなぜこんなに怖がっているの？　なんでそんなに弱って、罪の意識に苛まれてるの？　この一年間、なんでＭ［母親］に手紙を書くことができなかったの？　というか、なんで彼女の手紙を開封できないままなの？

C［カルロッタ］と会わなきゃ、ジオ［ジョヴァネッラ・ザンノーニ］と一緒に今日、パリに戻ってる。怖がっちゃ駄目……で、［ロベール・］ブレッソンに電話すること。ユーイ［・ベリンゴラ］＋ウゴ［・サンティアーゴ。ふたりともパリにいたアルゼンチンからの亡命者で、SSと友人になった］、ヴィオレット［・モラン、フランスの学者］、ポール［・セック］にも。で、手紙を書くのはロジャー［・ストラウス★2。SSの本の発行人で友人でもあった］＋リリー［・エングラー、ニューヨークの精神科医］＋ジョウ［・チェイキン］。この二か月間、なんでそんなに怖がってるのか？

［右記の項の後に、別の人物の文字で次のように書かれ、下線が引いてあることから推察して、この寸前の記述をSSは誰かに見せていたと思われる］お願い、怖がっちゃ駄目！

3/10/72

［チリの映画作家、演出家、詩人のアレハンドロ・］ホドロフスキー：

★1――一九二〇-二〇一〇、イギリスの小説家。もと障害競走の騎手で、競馬に題材をとったミステリーで世界的に人気を博す。

★2――SSの著書の出版社である、一九四六年創立のアメリカのファラー・ストラウス＆ジルー（FSG）社の主宰者のひとりで、公私ともに信頼している相談相手。

グロトフスキ、ブルジョア的心理劇の終焉、それが最終的に純化されたものだ。
［コンスタンティン・］スタニスラフスキー★3＞ゴードン・クレイグ★4＞グロトフスキ
「［フランスのマイム・アーティスト］マルセル・マルソーによく訊ねたっけ、「なんで語らないの？」って。なんでかわかる？　彼は小さな押し殺したような声しか出せなかったのだ。こんな感じの声、――」

もう演劇はやれない――なんですって？
魔法の式典。儀式《リチュアル》。

三つの中心：腹、胸、頭。
この三つのおのおの［を対象に］別の音楽を奏でる。
（チベットのテープ）。
瞑想室。

グロトフスキ：お坊さんのような修行をする俳優。ホドロフスキー：演技力のあるお坊さん。
漫画《コミック・ストリップ》も手がける（彼の主人公のモデルは……リトル・ニモ★5、一九三八年以前のポパイ、フラッシュ・ゴードン★6）。

「Gは希薄《プア》な演劇が好み。いいじゃない。私もそう（マイムとか）。でも濃い《リッチ》演劇も好き（セシル・デミル★7とか）」。

買うもの：

ゲーテ『親和力』

ポール・ドゥ・マン『盲目と洞察』★8

ロバート・クーヴァー「ベビーシッター」★9

長編小説のアイディア：

一九三四年後半のパリの新聞に当たること——ある男爵夫人と三人の若い男たちのガラパゴス島での

★3——一八六三－一九三八、ロシア革命前後に活躍したロシアの俳優、演出家。その演技理論「スタニスラフスキー・システム」は二〇世紀演劇に大きな影響を与えた。

★4——一八七二－一九六六、イギリスの俳優、演出家、舞台美術家。理論的著述も多い。

★5——二〇世紀初頭、アメリカの新聞日曜版連載のカラー漫画。コマ割り漫画初期の名作で、ニモは主人公の少年の名。

★6——アメリカで一九三四年から始まり、スペース・オペラ風コミックとして人気を博した同名の新聞連載漫画の主人公の名。八〇年代にリニューアルされ単行本も出た。

★7——一八八一－一九五九、アメリカの映画監督。『クレオパトラ』（一九三四）、『地上最大のショー』（一九五二）など、壮大で華麗な作品で知られる。

★8——一九一九－一九八三、ベルギー出身のアメリカの文学理論家。著書に『盲目と洞察』。

★9——一九三二－、『ユニヴァーサル野球協会』で知られる、アメリカのポストモダン文学の作家。

冒険、［ポール・］テヴナン★10が語ったもの……
フリードリッヒ・リター博士とドーレ・シュトラウフ・フォン・ケルウィン夫人は一九二九年、そこに住むつもりでガラパゴス諸島に到着――ふたりともドイツ人。そこに着く前にふたりは用心のため、歯をすべて抜く手術を受けていた――代わりにスティール製の総入れ歯《ラトリエ》にしていた。エデンの園を創るのがふたりの夢で、それを「フィリード」（ふたりの名前フリードリッヒとドーレの名の発音にちなむ）と名付けていた。一九二四年（?）、名にしおうバケ・フォン・ワーグナー男爵夫人が三人のごく年若い青年たちをひき連れてこの島に到着していた。男爵夫人はガラパゴスの女王★11と自称していたのだが、その後、彼女は失踪してなんの手掛かりもなく、同行した青年のうちふたりも失踪――三人目の青年は偶然発見されたのだが、砂浜で発見された彼の傍らには「通りすがりの漁夫」の死体があった。一九三四年暮れまで、その事件が新聞をにぎわした……

3/13/72

［『ニュー・アメリカン・リヴュー』誌の創刊者テッド・］ソロタロフ、われわれの同世代（シカゴの件そのほか★12）：価値観についてわれわれは熟知していたが、価値観と経験の繋がりについて認識が欠けていた。自分たちの経験の「品定め」をして、そのほとんどを「われわれの価値観にふさわしくない」と見かぎって放逐した。

喫煙の「アール・ヌーヴォー」的な魅力：みずからの息吹き《ニューマ》、霊気《スピリット》を作り出す。「生きてるわ」。「飾るって、こういうことよ」。

5/10/72　カンヌ／アンティーブ岬

ここで見て、賞讃し、学ぶところのあった映画二本。盲目で耳の聞こえないひとたちを取り上げたTVドキュメンタリー・スタイルのヘルツォーク★13監督の作品〔『闇と沈黙の国』〕。アッティラ大王を「めぐる」ヤンチョーの新作〔『La Tecnica e Il Rito〔技術と儀式〕』〕——戦争（武装闘争）、権力支配についての彼の執拗な思索。これまで見たなかでも最もエロティックな映画のひとつ（男たちのエロティシズム）。カリスマ的な世界征服者をいかに作り出すか、この問題をめぐる夢：心理的な諸要素が夢の流れに沿って再構成されている。〔ロベルト・〕ロッセリーニが『ルイ一四世の権力奪取』

★10——一九一八-九三　前衛芸術の分野でつねにその名が聞かれる、仲介役、紹介役を果たした人物。

★11——当時ヨーロッパを騒がせた自称医者で哲学者のFriedrich Ritter博士と、彼の元患者Dore Strauch夫人の冒険の話。次に登場する男爵夫人とはBaroness Eloïse von Wagnerを指すと思われるが、第一次大戦中にイスタンブールにいてスパイ活動をしていた、と噂された人物。ヨーロッパ人と現地人が入り乱れて大騒動が起こったようだ。

★12——一九六〇年代、ヴェトナム戦争、反戦、反人種主義によりアメリカで政府批判が高まるなか、六八年にシカゴで開かれた民主党大会で「暴動に巻き込む謀議を企てた」との容疑で、ブラックパンサー党のボビー・シールや、前出の活動家トム・ヘイドンなど八名が裁かれ、無罪になった一件など、激動の時代に青年だったという同世代意識が表われている。

★13——ヴェルナー・ヘルツォーク　一九四二-、ドイツの映画作家、オペラ監督。ファスビンダー、ヴェンダースとともに「ニュー・ジャーマン・シネマ」を興した。

でやった分析とは正反対だが、どちらも信憑性がある。
フェミニズム：「GEDOK」、一九二六年に始まったドイツの女性芸術家の組織——一九三〇年代にヒトラーによって解散させられた。
ロメイン・ブルックス★14、「ドーラ・」キャリントン、「ガートルード・」スタイン
「クロゴ」——文楽の人形を操る黒衣の男たち
篠田［正浩］が近松門左衛門の一七二〇年作の浄瑠璃作品『心中天網島』を映画化（一九六九）

6/21/72

思索のためのフィクション作品のアイディア（NAR［『ニュー・アメリカン・リヴュー』誌］一四号：［ケネス・バーナード★15作］「キングコング…」のスタイルで——）「女が死ぬことについて」、か「女たちの死」、か「女たちはいかに死ぬか」。

素材：

ヴァージニア・ウルフの死★16
ヘンリエッテ・ゾンターク［ドイツのソプラノ歌手］の死★17
アリス・ジェイムズの死★18
ソフィア・コヴァレフスカヤ［ロシアの数学者］の死（ストックホルム、一八九一）★19
マリー・キュリーの死（一九三四年七月四日、放射能による悪性貧血症）
ジャンヌ・ダルクの死
アメリア・イヤハートの死★20
エレーヌ・ブーシェの死（［フランスの］飛行家——一九三四年没）★21
ローザ・ルクセンブルクの死★22

★14——一八七四-一九七〇、パリやカプリで活動したアメリカの画家。美術界の動向におもねず孤高を保ち、灰色を基調とする肖像画で知られる。

★15——一九三〇-、ニューヨークを拠点に活躍したアメリカの作家、詩人。

★16——『幕間』（没後に出版された）を脱稿した後うつ状態に陥り、自宅近くの川で入水自殺した。

★17——一八〇六-五四、国際的に活躍し名声を得たドイツのソプラノ歌手。メキシコでコレラに感染し他界した。

★18——一八四八-九二。アメリカの哲学・心理学者ウィリアムと、その弟でイギリスに渡った作家ヘンリーの妹。病弱のためベッドで過ごす生活を送り、晩年の日記が没後に刊行された。SSは彼女のことを念頭において戯曲『*Alice in Bed*』（一九九三）を書いている。

★19——一八五〇-九一、ロシアの数学者。一八八九年にサンクトペテルブルク科学アカデミーの初の女性メンバーとなった。ストックホルム大学の教授を務め、同地で客死した。

★20——一八九七-一九三七、アメリカの飛行家。リンドバーグに次いで、女性では初めて大西洋単独横断飛行を行なった。一九三七年、赤道上世界一周を目指したが、南太平洋上で姿を消した。

★21——一九〇八-三四、フランスの飛行家。速度、高度ともに記録を保持していたが、三四年、テスト飛行中に死亡。

★22——一九一九年一月にドイツ共産党を創設した直後、数百人の同志とともに逮捕され、ローザは銃床で殴り殺され、遺体は川に投げ捨てられたという。

オランプ・ドゥ・グージュ［フランスの劇作家、政治活動家］の死（一七九三年没――ギロチンにかけられた）★23
キャリントンの死★24

題名、もう一案：「女と死」

お互いのために死ぬ、女たちはそうしない。
男同士の友愛に基づく死（麗しき行為《ボウ・ジエスト》はあるけど、女同士の友愛による死はない

……

『カイエ・ドゥ・レルヌ』のH・P・ラヴクラフト★25［二〇世紀アメリカの作家］の号を入手すること

近代のオペラ作品：シェーンベルク『モーセとアロン』、『幸福な手』：［ベルント・アロイス・］ツィンマーマン『兵士たち』：［ルイジ・］ノーノ『Intolleranza　不寛容』：［ルイージ・］ダッラピッコラ『Il Prigioniero　囚われ人』、『Ulisse　ユリシーズ』：［フランツ・］シュレーカー。

忘れられた作家たち：

ジョルジュ・ローデンバック（フランスの「象徴主義作家」）
ポール・ヌジェ（ベルギーのシュルレアリスト）

［日付なし、七月］

フランス語は英語と違う：曲げようとすると折れてしまうことが往々にしてある言語——

7/5/72　パリ

作家は運動選手と同じで、毎日「訓練」が必要。「体勢《フォーム》」を維持するのに今日、私は何をしたか？

［アメリカの作家］レナード・マイケルズと、［カフェ・］フロールで：彼が言うには、私たちは似

★23——一七四八–九三。革命後の政権に反政府活動のかどで捕えられ、処刑された。死去。
★24——レオノーラ・キャリントン　一九一七–二〇一一、イギリス出身の画家、作家。四二年から亡命先のメキシコ・シティで活動。「最後のシュルレアリスト」として同市の病院で死去。
★25——一八九〇–一九三七、アメリカの作家。怪奇と幻想に満ちた作風で知られる。『カイエ・ドゥ・レルヌ』は一九六〇年代から続く、フランスの出版社レルヌ社の刊行物。

てる（ロシア系-ポーランド系-ユダヤ系……）、で、彼が最初に私に注目したのは、「キャンプ……」の評論でキューバ出身の流行歌手《トーチ・シンガー》、ラ・ルーペ★26について書いたからで、彼女をわざわざ見にいったようだ。ラ・ルーペが歌うようにして自分もものを書けたら、と言う――彼にとって書くことは「音楽みたい」だとも――ビートの問題だと。『死の装具』の冒頭の電車のなかでのファック・シーンが気に入ったとも言っていた。彼にとって英語で書かれた最良の小説は［サミュエル・］リチャードソン★27の『クラリッサ』だと言う。「本は読む？ いや、たくさん読んでます？」彼いわく、左翼《ゴーシスト》は「野蛮人《バーバリアン》」。フランス語は話せず、フロールのこともはじめて知ったらしい。一九三三年一月はじめにマンハッタンの南のほうの東側《ロワー・イーストサイド》の地区で生まれた――父親は一九二〇年代はじめにアメリカに移民してきて、母親は三〇年代頭に移民――彼の最初の妻は自殺（隣室で、睡眠剤四七錠服用）、彼が大学院生だった時期――二番目の妻は、当然、ＤＡＲ［アメリカ革命の娘］（彼自身がこう表現した）――息子ふたり、三歳＋六歳……彼自身は音楽＋美術［ニューヨーク市内の公立学校］に進み＞ミシガン大＞バークリー

7/20/72

……

中国に三週間の招待を受けた、八月二五日発。

中国についての本？『ハノイで考えたこと』とは違うもの――「東西の出会い」をめぐる微妙な感情をまたテーマにするわけにはいかない。実際の旅行話を書く気はもちろんない。ジャーナリストじゃないのだから。報告者《ラコントゥール》ではありません。旅の報告なんて大嫌い（言いたいことを具体的に伝えるためでないかぎりは――か、分析のため＋後の議論のため＋そこから始まる省察のためなら別だけれど）。

何の本にするか？　今なら「文化革命の定義へ向けてのノート」が書けるかも？（どうすれば可能？　旅行中、独りになることはまったくないはず。大方は工場、学校、博物館の訪問だろう。）でも、そこに思想はある。

別の家族観念――

「消費社会」〔フランス語で書いてある〕への代案

四つの旧弊への反駁：旧い文化、旧い習性

芸術家（芸術を専業とするひとたち）による芸術への反駁

非政治的なひとたちの東洋への傾斜を比較検討（〔フランスの詩人ルネ・〕ドーマル★28、ヘッセ、ア

★26――一九三九－九二、ニューヨークのサルサ・シーンで絶大な人気を博した、キューバの女性歌手。

★27――一六八九－一七六一、イギリスの小説家。『クラリッサ』は近代小説の先駆けとも言われる。

★28――一九〇八－四四、フランスの詩人。独学でサンスクリット語を学び、仏典や鈴木大拙の著作を訳した。

ルトー）――「叡智」を求めて――、毛沢東主義の東洋への傾斜と並行させて。『中国は近い』［マルコ・ベロッキオの一九六七年の映画、SSは絶賛していた］。

延安文芸講話★29。

映画について語る。私の父。子供時代の私の頭のなかにあった中国。バーケン先生の四年生の学級で作った「本」、それまで書いたうちいちばん長い作文だった。グレイト・ネック［ニューヨーク］の家にあった中国製の家具類。チェンさん。

幕開け…「私の知るかぎり、私は中国で受胎された（天津で、一九三二年）、が、出産（一九三三年、ニューヨーク）のために両親揃って帰国し、私が生まれてから何年間かはアメリカで過ごした――両親がこんな用心深い決定をしたことに私はがっかり。じつは、級友たちには中国生まれだと吹聴して、この悔しい思いの埋め合わせをした。ニューヨークで私が生まれて間もなく両親は中国へ戻り、私の誕生後の五年間のほとんど、両親は戻らなかった。父は毛皮の貿易をしていた。ニューヨークの毛皮店が集まる地区に事務所を構え（西三一丁目二三一番地）、その責任者に父は末の弟アーロンを据えた――父は天津の本社を動かしていたが、両親は一九三〇年の結婚以来ほとんどそこで生活した。父は天津爆撃の渦中（日本が侵出していた時期）にそこで亡くなった。が、死因は結核で、命日は一九三八年一〇月一九日。父は一九〇六年三月六日、ニューヨークのマンハッタンの南のほうの地区で、貧しい移民の家族の五人兄弟の四番目の子として生まれた。一九一二年、六歳で公立の学校に入り、一九一六年に一〇歳で退学し、毛皮街で配達係として働きはじめ、一九三二年にはじめて中国に渡った。一六歳だったが、すでに勤めていた会社の現地代表者になっていた。駱駝にのってゴビ砂漠まで出かけて、モンゴルの遊牧民たちから毛皮を買い付けたりもした。最初に結核に「やられた」のは一八歳」。

本の献辞は父に宛てる。
ジャック・ローゼンブラットに捧げる（ニューヨーク、一九〇六——天津、一九三八）——「ダディ」——ひととおりの写真——少年時代、今の私が思い浮かべているのはこの時代の父だ——未完の痛み、死、大きな喪失。私の息子は貴方の指輪をはめています。貴方がどこに埋葬されているのか知りません。貴方のことを思うとき、嗚咽がこみあげてきます。——貴方はますます若くなっていきます。貴方のことを知りたかったと思います。

写真を使うのはいいと思う：
［オーギュスト／ルイ・］リュミエール兄弟★30の一九〇〇年の素材

★29——正式名は「在延安文芸座談会上的講話」。抗日闘争中の一九四二年に人民解放軍の根拠地・延安で開いた文芸座談会での毛沢東の講話を編集・整理した記録。四三年に「解放日報」で発表。人民大衆のための文芸を創造するには知識人の自己改造が大切だとするテーゼは、六〇年代後半からの文化大革命の渦中においても、また現在でも、たびたび言及される。
★30——一八六二−一九五四／一八六四−一九四八、フランスの映画の開発者。エジソンのキネトスコープを改良し、「シネマトグラフ」を発明。

プドフキン『アジアの嵐』
父の一連の写真
死にそうなほど怖がっている痛めつけられた男の写真、バタイユが撮ったもの
『China News』の表紙に載った中国人のように見えるマルクスの写真

参考文献：
書《カリグラフィ》について書かれたエズラ・パウンドの著述
マルセル・グラネ［フランスの社会学者］★31
ジョセフ・ニーダム［イギリスの中国研究者、科学史家］★32
『テルケル』誌の二号分
マルロー
ブルー・コロンビア『中国』
中国の猥褻書画類《ポルノグラフィ》（スキラ社★33）
『Tides in English Taste　イギリス人の趣向の浮き沈み』（全二巻）、中国趣味《シノワズリー》に関する項目
日本についてのバルトの著書★34を見ること
ブロッホ風の小説みたいになるかもしれない――中国をめぐる思索。フレッド・トッテンの本『毛沢東の冒険　長征』とは正反対の語り口。パロディなんてとんでもない。でも、形式はちょっとば

かり混淆させる。

私が書こうとしてきた何もかも《エヴリシング》に関する本。『死の装具』が出た五年前にリチャード・ハワード★35が言ったことを憶えているか？　自分自身のものと言える形式が必要だ——哲学的なレシ★36、省察。これがそうかもしれない。彼が想像したのとはかけ離れてるけど、目的には合っている。この本にこれまでの生涯をすべて入れこむことはできる。あらゆることについての本だ、けど、あの天空の月について書く本でもある——極めつけの異国——まったくなんについての本でもない、とも言える。

この本のもうひとつの手本——ジョン・ケージ『A Year from Monday　月曜日から一年後』★37。コラージュ。一〇歳のときに中国を題材に書いた自分の本の表紙となかの二ページを複写して使ったっていい。表紙をうまく作る——スーザン・ローゼンブラット★38の写真を載せて——色あせた昔の本のカヴァー・デザインのように仕立て、その上のほうにこの本のタイトルと著者名「スーザン・ソン

★31——一八八四-一九四〇。中国研究に民族学や人類学的方法論を採り入れた。

★32——一九〇〇-九五。もと生化学者であったが、三〇年代から中国科学史の研究を始め、大著『中国の科学と文明』をものした。同書の多くの事例が非ヨーロッパ文明に対する西洋世界の無知と偏見を是正する契機となる。

★33——一九二〇年代設立のイタリアの出版社。芸術・文芸図書出版の大手。五〇～六〇年代に東洋に関する書籍も手がけ始めた。

★34——『表徴の帝国』（一九七〇）のこと。

★35——一九二九-、アメリカの詩人、エッセイスト、翻訳者で文芸批評家。

★36——récit　フランス語で、「物語、叙述」の意。物語のある短編小説を指すこともある。

★37——講演などをまとめた一九六七年の著作。知的テーマについて語っているが、不条理な記述も頻出する挑発的な書。

★38——SSの旧姓。母親再婚後、義父の姓ソンタグを名乗るようになった。

タグ」をくっきりと黒の太字で載せる。

コラージュ：『上海ジェスチャー』★39、『トゥーランドット』★40、『風雲のチャイナ』★41、『大地』★42、『上海特急』（ディートリッヒ）★43、ジュール・ヴェルヌの『必死の逃亡者』にマーナ・ロイがまぎれこんだ感じ★44、カフカ『万里の長城』、「東方紅」★45、『中国は近い』、『アジアの嵐』★46

テーマ：

　デペイズマンの探究★47

　集団生活《ヴィ・コレクティヴ》（個人主義との闘い）

　妃嬪（側室）たち＋残酷

　女性たちの状況

　性——中国の猥褻書画

毛沢東のとある講話をブロッホが分析したようなもの、ありうる——ふたつのコラム（バルトが使ったテクストのような）

……中国における「ことわざ」の観念

知恵《ウィズダム》の観念

……

書

聖人伝《ハギオグラフィ》のスタイル‥
孔子
ノーマン・ベチューン［毛沢東とともに長征に参加したカナダの医師］
毛沢東

ありうるのは
物語／コラージュ／議論

★39——ブロードウェイの舞台作品を原案にしたジョセフ・フォン・スタンバーグ監督の映画（一九四一）。

★40——フランク・キャプラ監督、バーバラ・スタンウィック主演の映画（一九三三）。『袁将軍の苦いお茶』『風雲の支那』の邦題もある。

★41——中国を舞台としたパール・S・バックの長編小説（一九三一）。舞台化、映画化もされている。

★42——シドニー・フランクリン監督、ポール・ムニとルイーゼ・ライナー主演によるアメリカ映画（一九三七年）。

★43——マレーネ・ディートリッヒが上海リリーを演じたアメリカ映画（一九三二）。監督はジョセフ・フォン・スタンバーグ。

★44——一九〇五‐九三、アメリカの映画女優。ヴァンプやアジア系の役が多い。

★45——毛沢東や中国共産党を讃える歌曲で、文化大革命期、事実上の国歌のように歌われた。

★46——ソ連のフセヴォロド・プドフキン監督の映画（一九二八）。

★47——予想外の組み合わせや展開を用いる、シュルレアリスムの手法のひとつ。元の語義は「異郷へ送る」。

父についての一〇種くらいの記述＋彼のギャッビーはだしの生き方を随所に配置――自伝的に

「毎秒生まれる新生児の四人にひとりが中国人だとするなら、ひょっとして私が四人の子持ちだったら、四番目の子は……」

中国の風景は重要（あるイエズス会士が描いている）

いくつかの租界地での生活

II　礼節　善良であることについて――聖人伝のスタイル

III　中国における拷問

「朝の色が白なら、黒は……」価値観の逆転

一二人の訪問者：

マルコ・ポーロ

［マテオ・］リッチ★48

イエズス会士の画家★49

スリエ・ドゥ・モラン★50

ポール・クローデル★51

マルロー

テイヤール・ドゥ・シャルダン★52
エドガー・スノー★53
ノーマン・ベチューン
私の父
リチャード・ニクソン★54
私

VI　それに、入れるべきなのが『易経』
中国の宗教　東方回帰

★48――一五五二－一六一〇、イタリアのイエズス会士でカトリックの司祭。中国へ宣教に赴き、明朝の宮廷で活躍、東西文化の架け橋となった。

★49――イタリア生まれの宣教師ジュゼッペ・カスティリオーネ（一六八八－一七六六）のこと。中国のイエズス会メンバーの要請に応えて中国に渡り、宮廷画家、建築家として清朝に仕えた。

★50――一九世紀末－二〇世紀半ばに存命したこの人物は、鍼灸の研究と西洋への紹介と普及活動で知られる。『留滬外史』という書を著した。

★51――一八六八－一九五五、フランスの作家。外交官でもあり、一八九五年から十数年間清国に駐在し、『東方所観』（一九〇〇）を著す。

★52――一八八一－一九五五、フランスの古生物学者、地質学者、思想家。イエズス会士でもあり、一九二〇－三〇年代に中国に赴任、モンゴルやゴビ砂漠、中央アジアなど各地を研究旅行した。

★53――一九〇五－七二、アメリカのジャーナリスト。中国情勢、なかでも中国共産党に関する著作で知られる。

★54――一九一三－九四、第三七代アメリカ大統領。本項執筆時の大統領だった。

「食べ残しは駄目よ。中国で飢えに苦しんでる大勢のひとたちのことを考えなさい」
中華主義――『アジアの嵐』、リュミエール
帝国主義のイメージ。イギリスのアヘン貿易、租界について書く
リュミエール兄弟一九〇〇年の映画

Ⅷ　ナポレオン以降［――］毛沢東［――］長征　という流れではなく

Ⅸ　文化革命の定義へむけてのノート

Ⅹ　毛沢東主義者であることとは（中国の外側にいて）

物品：翡翠、チーク材、竹

一〇種の省察（各一ページ）
中国の食べ物
中国人の洗濯屋
麻雀
中国における拷問

この本は書く気になれば今でも書ける。けど、題名がまだ、了承もまだ、行かなければ（ごく短期でも、何も見られないにしても）、書き手として信憑性もない。

……

中国の神話における猿のイメージ：したたか、実利的オデュッセウス、アンチヒーロー的、「人間的」。

梅蘭芳《メイ・ランファン》★55の演劇（ブレヒト＋アルトーにおける中国の演劇の観念）

……

カフカは中国をどのように理解していたか――プラハから――一九一八－一九一九年の時期に？

★55――一八九四－一九六一、清代末から中華人民共和国時代まで活躍した京劇俳優。女形の第一人者であり、京劇の近代化を推進するとともに海外進出にも貢献した。

7/21/72

今日、ニコール［・ステファーヌ★56］に話す。『死の装具』の物語が一瞬にしてやってきた――タナボタ式に、膝の上に落ちてきた――経緯《いきさつ》を、ことの次第、全貌を：電車、ヘスター、インカードナ、ビジネス会議、病院、ニューヨークへの帰還――密談《ユイ・クロ》――死の国へ入る。――何もかも、きっかけはあの謎めいた単語「ディディ」、深夜のコーヒー・デートの最初にジョン・ホランダー★57が口にした単語、私がしょっちゅう行ってたブリーカー・ストリートのカフェ「タン・ミュー」でのこと。「え、なんて言ったの?」「ディディ――いや、ごめん。［リチャード・］ハワードのことだよ。いつも忘れちゃう。彼は子供時代、クリーヴランドでそう呼ばれてたらしい」。「ディディって?」「そう」。「綴りは?」「わからない。D-i-d-d-yじゃないかな」。その間ずっと、『死の装具』のことで頭がいっぱいだった――で、ジョンに帰りたいと謝った、もうそのまま居るのは無理だった。家に戻るしかない。長距離電話がかかってくる予定だった――一二時半に駆けもどり、『死の装具』を書きはじめた――冒頭の部分、ディディと彼の生活、自殺未遂について――熱にかられたように、朝の六時半まで……

今日その話をニコールにした、あの小説がどうやって私にもたらされたか、そっくりそのまま、閃光のように、「ディディ」という単語が出たことで――というのも、リチャード・ハワードとはなんの関係もないことだし、彼とは一抹の縁もゆかりもない――理由はあの単語に尽きる――一種の「ひと《ク・ド》目惚れ《ウ・フドウル》」、ジャック・ラカン★58［フランスの精神分析学者］流の、と言おうか。あの単語がすべてを解き放ったのだから——でも、なぜ？　どうしてあの単語が？　まだぜんぜん［理解できていない］——その話をニコールにした、この五年間で三〇回も語ってきたのと同じように（語りながら、実際の出来事より、自分の思い込みのほうがつのっていった気がする）——今日、突然、閃きが来て——また閃光——わかった。五年も経ってわかった（でも、どうして今日？）

なぜ、ディディ？　ジョン・ホランダーがリチャードの昔の渾名はブブとかトト——あるいは、ディッグ？——とかだったって語っていたら？　ありえない！　ディディ、ディディじゃなきゃ駄目。その五文字に限る。どうして？　誰にもまったくわからない。今日、わかった。

ディディ　Diddy
ダディ　Daddy

私が一生引きずってきた死についての思索の根源はこれ。
ディディ三三歳。亡くなった父の年齢。
そう？　彼は死んだ？

★56——一九二三-二〇〇七、フランスの映画女優、制作者、監督。もっとも知られる出演作はJ＝P・メルヴィル監督の『恐るべき子供たち』と『海の沈黙』。一九七〇年代前半SSと恋人関係にあり、映画を共同制作している。

★57——一九二九-二〇一三、アメリカの詩人、文芸批評家。

★58——ジャック・ラカン　一九〇一-八一、フランスの精神科医、精神分析家。フロイトの精神分析を発展させ、大きな影響を与えた。著書に『エクリ』。

私の作品すべてに通底する擬似的な死というテーマ、曖昧な死、予期せぬ蘇生――
アンダース夫人（『夢の賜物《たまもの》』）
バウアー（映画『デュエット・フォー・カンニバルズ』）
インカードナ（『死の装具』）
映画『ブラザー・カール』のレナ（失敗だったけど）

書くべきエッセイ――死について。
私の生涯のふたつの死。

一九三八年：ダディ：遠く離れて、受け入れられない。
一九六九年：スーザン［・タウベス］：私と同名、私の分身、これも受け入れられない

終わっている。ダディは死んだ。

レナの蘇りが失敗したのはスーザンが死んだから。彼女の死に方――と、彼女の蘇りについてカレンが見た夢――はその痛みが下敷きになっている（最後の自殺の場面は撮らないで、夢を中断させて映画を終わらせた！）。カレンの夢を見た。それをダイアン［・ケメニー］に話したら、マーティンと同じ返答だった。

……

［ドストエフスキーの］『白痴』の執筆ノートの一冊目には、ナスターシャ・フィリポヴナを殺したのはロゴージンではなくムイシュキン公爵だ、と書かれている。

……

一年に四日ほど、「訪れ」がある――何かがやって来る。閃きというよりは訪問という感じ。それらを糧に一年の残りの時間を生きる――指令＋自分が心にとどめた素描《スケッチ》を具体化する生活……自分を商品に作り替える。タイプライターが私の組み立て現場。とはいえ、ほかに何ができるのか？

……

［ウィリアム・］ホガース★59――なにごとも外在化されている。ひとの顔はそのひとの顔だし、また社会的地位だし、また職業だ。誰も彼も一〇〇パーセント当人そのもの……バルザック流の作品の着想――社会総体を描く（それを切開し、その内部の葛藤をさらし、そのもろもろの偽善を暴露する）。「解読させる」べく描く（欠陥を?）。映画。テーマ：葛藤：偽

★59――一六九七－一七六四、一八世紀イギリスを代表する画家。

善：感覚に訴える過剰さ。

アントニオーニの『太陽はひとりぼっち』――彼の最高傑作、素晴らしい映画。マルグリット・デュラス［フランスの作家、映画作家］のすべてがある――偉大さも豊かさもはるかに優る。株式取引所の場面はエイゼンシュテインにひけをとらない。［アラン・］ドロン＋［モニカ・］ヴィッティのふたり、映画の後半：屋外で歩きながらふたりで密やかな話をするところ。ドロン（本物のプロの俳優：［ジャン゠ポール・］ベルモンドとは逆、溢れる色気）がリズムを刻む――あの動き、けっして静止しない。

良い聴き手：温かく、注意深く、知性的な身体的実在――どんな言葉よりも大切だ。

プルーストはバルザックでもほかのすべての作家でもない。バルザックはバルザック自身であり、それにその他すべてが入っている！　社会描写に加えて社会についての理論、愛、天分、人格――バルザックを読み進んで出てくるものはまさに、時間を語るプルースト、認識を語るプルースト、同性愛者とユダヤ人［の接点］について語るプルーストがいる。

……

［二〇世紀フランスの作家ピエール・］ドリュ・ラ・ロシェル★60／三島［――］ファシズム∧　∨男らしさへの信奉∧　∨自殺

ひとつの主題：イデオロギーの現象学

［ワーグナーの］『ワルキューレ』★61について
……近親相姦は手っ取りばやいエロス（同性愛のように）——一幕の官能で結ばれたカップルは兄＋妹、再終幕では父親＋娘
『ワルキューレ』を聴いていて素晴らしい要素のいくつか——歌のないオーケストラだけの部分——これがオペラを見ると過小評価される。そうなると一挙に、音楽は演者（歌手）の所作の単なる伴奏ないしは視覚的補助要素になり下がる：物欲しげに見つめる観客のためのものではあるまいに。

7/28/72

誰もが芸術家だというのが理想的状態だなんて嘘だ（左翼かぶれのユートピア論的常套句）。万人が科学者になるのが望ましいなんていう戯れ言にも劣る。

あのがらくたをもとに世界は何をするのか？

芸術を万人のものにするなんて生態学的《エコロジカル》に言っても大災害［になりかねない］。際限ない生産性の思

★60——一八九三－一九四五、フランスの作家。ファシズムをヨーロッパの堕落を再生へ導く思想とし、対独協力者となる。
★61——代表作と言われる舞台祝祭劇『ニーベルングの指環』四部作の二作目。SSがここで語っているのは、神々の長ヴォータンが人間に生ませた双子の兄妹、ジークムントとジークリンデの愛についてである。

想。

無限の創意（技術）という観念とか無尽蔵の知識獲得という観念を凌駕していない。限度の概念。

「選民《エリート》」の活動に関わるのを怖れるあまり、ひとはこう言う。理想的には、誰もが芸術家であるべきです。

だが、少数でやるからこそ可能な活動もある。

あらゆるひとが芸術家たりうると断言するためには、こういう感覚が前提となる。つまり、芸術をもっぱらいっときの出来映え――または、やりっぱなし芸術――とみなさないと。そうなってしまえば、ひとがやったことはなんでもかんでも芸術だということになり、それがもし作品《オブジェ》の体《てい》をなしていても、保存したり美術館に所蔵したりする必要はない（できないかも）ということになる。こう考えれば「ジョン・」ケージには、万人が芸術家になることを望む、と言う資格がある。芸術についての彼の考え方には物の生産という要素がほとんど入っていない。保存したり記念物化したりすべきものは何もない。みな自己破壊される。

もう一度言う：それは生態系の問題。


墓地についてのエッセイ（または映画？）

＞二〇分（「ジョルジュ・」フランジュ）

1. 感受性の一形態としての「病んだ状態」
2. 理想的な都市としての墓地
   都市空間

3. 「街路」、「庭園」――花、「住処《すみか》」
構造物としての墓地［――］参考［二〇世紀イタリアの作家ウンベルト・］エーコ
趣味《テイスト》が良くない
キッチュ★62
「写真」――リングアグロッサ（シチリア）★63
4. 墓地と記憶（時間の払拭）
5. 個人性＜ ＞大勢の墓
6. 文学としての墓地［――］墓碑銘［――］可読性
7. 墓地＋家族（愛＝カップル）
墓地：人造物＋現実（8. は書かれていない）
9. 色彩：白

墓地：
マルセイユに新しいのが
アラモン［パリ近くの村で、そこにニコール・ステファーヌが家をもっていた］
リングアグロッサ（シチリア）

★62――ドイツ語由来の形容詞で、どぎつさ、仰々しい古くささ、安っぽい派手さなどが混じりあった独特のニュアンスをいう。

★63――シチリア島の東部、シチリア州カターニア県にある集落のひとつ。

ロングアイランド
ハイゲイト（ロンドン）
タルーダント［モロッコ］★64の近く
パナレア［シチリア沖の島］

9/3/72　NYC

自我：ボビー・フィッシャー★65、ジェイムズ・ジョイス、ノーマン・メイラー、リヒャルト・ワーグナー、マーク・スピッツ★66、［ハーマン・］メルヴィル
男性の同性愛とファシズムの、ピューリタン思想と共産主義の接点：性＋政治

……

9/16/72

……

インタヴューを受ける際のしゃべり方、恰好の手本は：ロバート・ローウェル★67……

中国の本——ハンナ・アーレント＋［アメリカの作家、ドナルド・］バーセルミを合わせた中間だ。
昨日、［当時の『ニューヨーカー』誌編集長］ウィリアム・ショーンに言った

『身振り研究《キネシクス》と脈絡、身体動作による意思疎通についてのエッセイ』——レイ・L・バードウィステル著（バランタイン出版、一九七二）★68
この本の語り口がこんなに反動的で嫌みだらけなのはなぜだろう?
性差別主義のせい（「適切な生殖行為」だとか、「彼」という単語とその使い方とか）
科学者の諸権利を前提にしている点——
患者
一般人／／専門家
素人
社会的な事柄についての考え方　たとえば、普遍性／特異性

★64——モロッコ南西部の町で、古い城壁に囲まれている。歴史も古く、市場には人々が集まる。
★65——一九四三-二〇〇八、アメリカ出身の第一一代世界チェス・チャンピオン。歴代でもっとも偉大なチェスの指し手とみなされた。
★66——一九五〇-、アメリカの競泳選手。七二年のミュンヘン・オリンピックで七種目の金メダルを獲得し、その全種目で当時の世界記録をマークした。
★67——一九一七-七七、アメリカの詩人。ボストンの旧家出身で、詩作にもその背景が現われている。
★68——Kinesics and Context: Essays on Body Motion Communication。このタイトルは「身振り研究（キネシクス）と前後関係、身体動作による意思疎通についてのエッセイ」と訳してもよい。

使っている専門用語が内包する道徳上の暗示

10/15/72　パリ

評論《エッセイ》形式における気高い口調の手本——アーレント『暗い時代の人々』［アーレントのゴットホルト・エフライム・］レッシング★69＋［ヴァルター・］ベンヤミンについての評論を再読すること、何度も！

香港——中国本土と香港のあいだの深圳川にかかる羅湖橋を歩いて渡る。人びとはつば付きの布製の帽子をかぶっている。［ここの最初の文章は、自伝的な短篇「訪中計画」★70にほぼ同文で登場する］

……

近代の楽園思想：自分たちの理解の範疇外の場所（カトマンドゥ、タラウマラ族★71、タヒチなど）

10/20/72

（長編小説の主題）ファシズムと「奇想天外《ファンタスティック》」との関係。

ラヴクラフト

『ファンタジア』、バスビー・バークレー★72の『The Gang's All Here　集まれ！　仲間たち』

人間の機械化

色彩をうまく使う

……

10/21/72

私の一生の根っこをなす二大隠喩

★69——一七二九–八一、ドイツの詩人、劇作家。啓蒙思想を代表する人物のひとり。

★70——一九七八年の著作『わたしエトセトラ』に所収。

★71——メキシコ北部の山岳に住む。A・アルトーやル・クレジオが彼らについて書いている。

★72——一八九五–一九七六、アメリカの振付師、映画監督。『The Gang's All Here』（一九四三）はバークレーの振り付け、監督によるミュージカル映画で、SSがエッセイで提唱した独特な「キャンプ」感覚の古典がまさにこの作品だ、という見方も多い。

訪中
砂漠

二部作（散文詩、サンドラール★73の流儀で）：砂漠へ戻る（トゥーソン）：訪中
砂漠——止まってる、何もない、余分なものがない、ひとが少なすぎる、単純思考、安物でキラキラの由来
中国——運動、優性文化、緑の景色、壮大な歴史、ひとが多すぎる

……

10/28/72

訪中が二月一五日に延期になったことをついさっき知った
「計画」まで書いたのに、いやはや。
自己保存本能！

……

［日付なし、一一月］

……

本をよすがに自己の生を再利用

11/6/72　パリ

短編小説あるいは掌篇のアイディア（きっかけは、昨夜ニコールの家を訪ねてきた［映画製作者］リーズ・フェヨルとその夫のクロード・ブルアー）：
ひとりの男——ハンサム——四二歳——ブリュッセル生まれ、モントリオール育ち。作家。酒飲み。長髪。着ている服はどれも女たちが買った。落伍者《ラテ》。「なんでも」知っている。何もとっておかない——所有物、古い原稿、日記。働いたことがほとんどない——たまのジャーナリズムの仕事、フリーランスの広告写真（一九七〇年、カンヌ映画祭期間中、「コロンブ・ドール」★74でジョン・レノン

★73——ブレーズ・サンドラール　一八八七-一九六一、フランスに帰化したスイス出身の詩人、小説家。世界各地を放浪した旅行家でもある。
★74——コートダジュールの由緒あるホテル。

とヨーコ・オノを撮った）、脚本の手直しの仕事。最初の長編小説を二年前に出す、版元はイタリアに近いアルプ＝マリティムの小さな独立系出版社ロベール・モレル――丘の上の一八〇ヘクタールの土地の真ん中に建つモダンな建物――スティール製のドアがひとつ、「金庫のようにきっちり閉まる」：彼の著書は一万部刷った――完売、だが売れたのは南仏だけ――パリでは一冊も（出版社が、注文が来てもパリの書店への配本は拒否する）：『微熱日記』：地味だが権威ある文学賞、ロジェーイミエ賞を受ける。すでに小説第二作を書き終え、三作目の執筆を開始。ロベール・モレル社を離れた――「辛かった」――「彼は大好きだから」――手紙：「親愛なるロベール。君から離れる。クロード」。説明なし、後悔のひと言もなし。「彼は好きにやってる。僕だってそうするさ」。――「理由は馬鹿馬鹿しいこときわまりない。パリの書店に立ち寄ったら、自分の本の評判くらい知りたいさ」。今は紹介してくれるひともいて（［フランスの小説家フランソワーズ・］サガンを介して）、［パリの］出版社、フラマリオンやグラセに出入りしており、そのうち一社が二作目の小説を引き受けることになっている。で、三作目は一〇〇ページほどまで書いた。

一生、書いてきた彼だが、三年前までは出版する「自信」がなかった。戯曲、短篇、長編小説。昔のものはすべて行方不明か、捨てたか、破り捨てた。

二度結婚――ごく若いときにカナダ娘と（貞節を要求された）、次いでパリに出てから――二〇代はじめと、三〇代後半――リーズ！　今は、カトリーヌという金持ちの女性とサントロペに住む。松林に囲まれた家。

コーネル★75に入る。しばらくニューヨークに住む。

金持ちの家の出（父親は何をしてる？）。四人兄弟のひとり（クロードは長男？）。兄弟のひとりは死んだ。三番目が？　四番目のフィリップは三九歳で、蒙古症で知的障害がある。フィリップは六歳まで「話し」をせず、九歳まで歩かなかった。「あいつに歩くのを教えたのは僕なんだ」。母親は現在八二歳。フィリップが生まれてこの方、一分たりとも彼のそばを離れたことがない。齢《よわい》八二にして、フィリップを笑わせるために庭でわざと転《こ》けてみせたりする。

「母は怪物」。

彼はリーズを「フェヨル」と呼ぶ［――］「おい、フェヨル……」

フィリップの写真何枚か（五フィート五インチ、分厚い丸眼鏡、生え際は後退しはじめている、半袖の白いシャツ、灰色のスラックス）、母親（白髪）、そしてクロード――髪は不潔でぼさぼさ、無精ひげ。

四五歳以上の母親から生まれた子の五〇人にひとりは蒙古症、三〇歳以下の母親なら二〇〇〇人にひとり。

「蒙古症白痴」という表現、適切な名称はダウン症候群。

クロード：「蒙古症のひとをかわいそうだなんて思わないでよ。連中は不幸せじゃない。幸福だよ」。望みは何？　「何もない。構わないでほしいだけ。ほっといて安らかにしてやること」。

「異議申し立ての純粋なかたちなんだ。異議を唱えてる。全面拒絶さ」［フランス語で記されている］。

「蒙古症のひとが言うことは何もかも本当じゃない」。学習したこと、模倣だ。

「拒絶は受胎のときから始まる。卵子が精子を拒む」。

★75――アメリカ、ニューヨーク州イサカにある私立の総合大学で、アイヴィー・リーグのひとつ。

蒙古症のひと同士は相手が健常な場合に比べ、お互い同士もっと「よそよそしい」。

記憶力がいいひとが多い。

「母にはフィリップが理解できない。彼が生きているのは母がいるからだ。彼は母のもの」。

「彼女が死んだら彼も同じ日に死ぬ」。ほとんどの蒙古症患者は若死にする。彼は今、世界で生きている患者のなかで最高齢のひとり。

彼「クロード」は母親に一七年会ってない。

「彼らはしゃべりたがらない。強制されるからしゃべれるようになるけれど」（真実ではない）。いわく、母親はほかの三人の息子や夫よりフィリップのほうをずっと深く愛していた。「彼が最強」。

「彼と一緒だと絶対退屈しない」。

「今書いてる小説は弟についてのものじゃないよ。僕には蒙古症の兄弟がいるけれど、それだけのこと」。

小説は一人称で書かれている。「蒙古症のひとの心のなかに自分を入れこみたい。そこから見る世界を描きたい――彼のように世界を見たい」。「健常者の」前提なし、構造なしの世界。

「母をえらいとは思わない。彼女がしてきたことは完全に自己本位。彼を死なせてやるべきだった」。

蒙古症のひとは、鳥のかぎ爪のような感触で手を握ってくる――篦《へら》のような爪――太い頸《くび》、しわがれ声、なで肩。

怒りや不快感を気ままに露わにする。彼らにとっては、茶碗は何かを飲むだけでなく、割るためにも存在している。

「僕には弟のことがわかる」。

母親は学校――蒙古症のひとの――を創立。でもフィリップは四六時中母親と家にいた。

「小説で僕は、蒙古症のひとにとっては真実じゃないことを想像して書くかもしれない。けど、構わない。僕には想像できる、その点は本当だから」。

クロードが生まれたとき母親は四〇歳、フィリップ（末弟）のときは四三歳。

これをどう変容させようか？
Cの日記
　あるいは
Cとサガンの往復書簡

日記なら、彼が自作の小説について思案する中身――弟のこと――彼の生――を入れるのもよし。でも、彼が外側から言えることが何かあるだろうか――つまり、第三作の目論見が母親と弟に対するいかに凶暴な復讐か、クロード本人は理解できるか？
この小説を書くなかで彼は弟になる――けど、彼は弟より知能が高い（だからこそ、主人公は自分の弟だということを否定するし、自分自身が弟に成り代わったつもりらしいけど、実際に典型的な蒙古症のひとの意識になりおおせるか。それが大問題だと思っている）
――小説を書くなかで、彼は母親になる――だが、母親より知能が高い。母親より良くフィリップを理解している。
自分の母と弟になったあげく、彼はそのどちらよりも強くなる。

彼はフィリップに成り代わる（が、フィリップより優れている）ことにより、母親の愛を受ける自分の権利主張を強めていく。想像のなかでより大きな愛を受ける息子の座を得る。フィリップからの愛も、母に代わって大きく受けることになる。

ずっとなりたいと欲していた存在になる――特有の哀しげで感傷的な「ボヘミアン・スタイル」で――非のうちどころのない異議申し立て人。

（Cは食べることも眠ることも憎悪している。がりがりに痩せている。たいていは朝の五時か七時のあいだに眠りに就く。飲酒は、それでも、している。?-?-?、これら一切合財にかてて加えて、フィリップが乗り移ったクロードの絵に描いたような異議申し立て）。

書簡の形式：性格の滲み出る声を意識すべきかも――女、クロードの前妻ないしは愛人、パリに住んでいて、サガンもどきの有数の小説家――たとえば、これらすべてを盛り込んではどうか。頭脳明晰で皮肉屋。

でも、書簡形式は長い小説になる。きびきびしたもののほうがいい――できるだけ圧縮する。

倒壊？　母親が死んで、その直後にはクロードも――フィリップの死ではなく。

……

私が一生追いかけてきた三つの主題：

中国

女性たち
畸形《フリークス》
それに、第四が：組織、指導者《グル》
三つ（か四つ）の植民地を管轄していて、利用することができる。
好きにしつらえられる三つ（か四つ）の部屋がある。
［余白に］こういうふうに自伝を書くこともできる。四部に分けて。

……

11/7/72

中国の本はDに捧げる：愛する息子、友、同志
デイヴィッドに捧げる

……

11/16/72

サイエンス・フィクション再見。ジュール・ヴェルヌ（十二ーチェ）の女性嫌悪《ミソジニー》

……

1973

1/6/73

ごく幼い乳児期、自分にはふたつにひとつの選択しかないとわかっていた気がする：英才か自閉症か。

知能が高いということは、私には、「より良く」何かをすることとは異なる。自分の存在を維持する唯一の在り方なのだ。よしんば知能が優れてなかったら、緊張病性の硬化《カタトニック》状態の境界で宙に浮いていた。


レーモン・ルーセルの『アフリカの印象』（一九一〇）をもとにした映画。彼は一九三三年に他界。

可笑しくて詩的で夢のような映画（物語の要は、ある劇的な人物が戴冠式に際して催す祝祭）。

ジル・ドゥ・レについての映画。

1/7/73

考えることがまた始まったのかもしれない。判断を下すには早すぎる。意識喪失が始まったと観念しそうになっていた。——あるいは、考えることが重苦しすぎて、放り出したのか、とも。

誰か（N［ニコール］）を愛していて、それでもまだ考える／飛ぶことなんて私にできるのか？

恋愛は撒きちらされて宙に浮かぶこと。思考は孤独な飛翔、翼を羽ばたいて。

自分が考えることについて考えなければならない。それが恐ろしい。

この三年間に経験した、感覚が奪われるようなひどい自信喪失——『死の装具』への酷評、自分は政治的に偽物だという気持ち、『ブラザー・カール』★1への壊滅的な評価、それに、言うまでもなく、C［カルロッタ］の大渦巻。

映画（とりあえずの仮説いくつか）：

私がやりたい唯一の映画はSF［サイエンス・フィクション］：夢、奇蹟、未来学。SF＝自由。

どんな「時代」の映画もそれ自体で反動的。

例：プルースト、『恋』★2、『ヴェニスに死す』

反対の例：ブレッソンの『ジャンヌ・ダルク裁判』★3——理由は？

プロの俳優がいないから……

というわけで、［翻案を一時SSが目論んでいたシモーヌ・ドゥ＝ボーヴォアールの小説］『招かれた女』も反動的な映画になっていたかもしれない……

反対の例をもうひとつ：ロッセリーニの『ルイ一四世の権力奪取』……

スターはどう？　［ゴダールの］『軽蔑』における［ブリジット・］バルドーのイメージの意識的な操作

映画における暴力についての評論《エッセイ》：

比較：(1)オデッサの階段の場面の女の目（［エイゼンシュテインの］『戦艦ポチョムキン』）：(2)［ブニュエルの］『アンダルシアの犬』では眼球が切られる

(1)思いやりを喚起するもので、残虐な感情をもてあそんではいないもの：(2)残虐性をあおるもの。ケン・ラッセルの『肉体の悪魔』は(2)から来る。嗜虐的《サディスティック》な攻撃にひるまず耐えることに観客がだんだん馴らされてきた過程が『サイコ』★4以来あった（『サイコ』、『反撥』★5、『恋人たちの曲／悲愴』★6、『肉体の悪魔』、［サム・］ペキンパーの『わらの犬』、ヒッチコックの『フレンジー』）。［フランジュの］『獣の血』★7はこれらのどこに位置づけるべきか？

★1――SSが監督した二作目の映画（一九七一）。スウェーデンで制作された。

★2――ジョセフ・ロージー監督のイギリス映画（一九七一）。脚本はハロルド・ピンター。

★3――ロベール・ブレッソン監督作品。実際にプロの俳優を一切つかわず素人を登用、出演者を「モデル」と呼んだという。

★4――アルフレッド・ヒッチコック監督の心理サスペンス映画（一九六〇）。

★5――ロマン・ポランスキー監督・脚本のイギリス映画（一九六五）。

★6――チャイコフスキーの半生を描いたケン・ラッセル監督のイギリス映画（一九七〇）。

★7――ジョルジュ・フランジュ　一九一二－八七、フランスの映画作家、脚本家で、シネマテーク・フランセーズの共同創設者。『獣の血』は一九四九年の作。

私の立場は、もし残虐な表現がいくばくかでも公衆の行動に結びつくなら、検閲もやむなしというほうに傾いているけれど、検閲を直視はできない。検閲に賛成することはできない。

●

「SSは一九七三年一月半ばから中国と北ヴェトナムに一か月の旅をした。この旅について膨大な記述は見つかっていないが、残された書類から見つかった関連記述の多くはここに採録されている。すべてが中国と直接関係あるものではない」

文化帝国主義が鍵となっている問題。合衆国は外国嫌いではないという見方も、論理的には筋がとおっている。アメリカ文化を輸出している——それに触れれば誰だって染まる（誘い込まれる）、そう自信たっぷりだ。

現在の中国のスローガン：「中国はより大きな貢献を世界にもたらそう」。中国は輸出できるものは何かという点に触れると謙譲の美徳を見せる。自国が模範になるとは考えていない、第三世界に対してさえ。

中国は放っておいてくれという姿勢だ。新たに理想郷《シオン》を作るには孤立が必要。かつてアメリカにはそのチャンスがあった。中国は違うし、今後も違う。

アメリカのイデオロギーの基礎はカルヴァン主義：人間の本性は土台が暗く、邪悪で、罪深く、自己

本位で、利己的、物質的、または相手に勝とうとする動機でしか動かない
中国に対してこちら側が見せる顔：⑴そこは現実ではない（見世物《ショー》であり、強いられたもの）、あるいは、⑵長くはもたない（いずれ物質主義にとらわれるようになればわかるさ（！））
消費社会は反駁不可能な誘惑だ（堕落させる存在だ）、という思い込み。合衆国の古き佳き建国当時への郷愁、だが……

次のような言葉を使わないためにはどうすべきか：

regimentation　統制
catechism　教義問答
brain-washing　洗脳
conformity vs. individualism　順応体質vs.個人主義
drab　生気なし

［アメリカの中国学者ジョン・キング・］フェアバンクが指摘したこと（一九七一年、［上院外交委員長でアーカンソー州選出上院議員のウィリアム・］フルブライトに対する証言、三八ページ）。アメリカの「個人主義」は中国語では「ホー・ジェン・チュイ」と発音され、ひとりひとり自分本位で利己的だという意味に受け止められる、「自由」は中国語では「ツュー・ユー」で、意味は統制不可能、自分勝手な行動、責任をとるべき義務に従わない、放縦を指す
小集団の自己決定は無意味だ――人民はひとつの単位、統一されなければならない、と［中国人は］

信じている。

相互扶助の儀式

食事：自分で自分の皿に食べ物をとることはけっしてしない、左右の人物にとってあげる（ひとつひとつの料理は大きな皿や鉢に盛られ、丸い食卓の中央に並べられている）。

中国人は「主席」のいない集団が理解できない（まともに相手にしない）。

西洋における「文化」、ブルジョア階級の要塞

文化、寺

エリート集団、その守護者

参照　ニザンの本

中国では今はまだ、万人が触れられる文化は、一種だけ

図像《イコノグラフィ》はひとつ：

毛沢東

「四人組」★8

革命バレエ★9

芸術は日常生活を反映する。

同じような行動予定——どこに行っても見学や説明会の日程が組まれているようだ：午前中に保育園訪問、午後は工場訪問、夜はプロによる歌と舞踊、西安★10、上海、あるいは杭州

女性解放

女性／／黒

男女間には重要な差異があるが、抑圧の程度や量の問題だけではない。歴史の大半を通じて女性たちは奴隷、主人の所有物だった——纏足《てんそく》や陰核切除《クリトリデクトミー》、夫を火葬する火で妻を殉死させる＞財産保有、選挙の際の投票、夫と別の独自の姓を名乗るなどの法的地位や権利がなかった＞堕胎法、職業差別など今、重大なのはこういうこと。女性たちは、これまで自分たちを抑圧してきた男たちと合流したことで、一部の社会——アラブや中国など——にとどまるがゲットーに近い状態に置かれるようになった

決定的な問い：統合か分離方式か

★8——文化大革命のなかで、毛沢東の妻だった江青、張春橋、姚文元、王洪文の四名の主導者が批判されて以降、彼らをこう呼んだ。

★9——勇敢な若い女性と人民解放軍兵士が敵と闘い勝利するといった内容の文化大革命期のバレエ作品。代表作に『紅色娘子軍』や『白毛女』など。一九七〇年代には映画版も作られ、中国各地で上映された。

★10——陝西省の省都で、古代の都・長安のこと。

分離方式は少なくとも男女の性別を前提とする（異性を入れない同性のみの集合は性の分極化の結果として起こる——統合が進み、性別による類型化がなくなれば、これは崩れる）。
注　分離主義の運動の今の傾向——「レッドストッキングズ」★11、「ゲイ解放戦線」、「ウェザーウーマン」★12、『アフラ』、これは「男性文学の基準を模倣しようとしていない」と評価されたフェミニストの文芸誌。

私自身の立場：純粋な統合主義者。

女性解放《ウィメンズ・リブ》は、あらゆる活動について、性別をもとに異なる基準を当てはめる手口の撤廃を目指すべきだ——例外は妊娠と、たぶん、非常に力強い体力を要するわずかな職種（炭坑労働者のような——でも、そういう仕事は急速に消えつつある）
固有の基準にのっとった「黒人文学」はありうるかもしれないけれど、「女性文学」なんてない。まさに、女性を排除する古くさい男性排外主義《メイル・ショーヴィニズム》★13から来る戯れ言でしょ？（参照　ヴァージニア・ウルフの取り扱い方）。女性には別個の「文化」なんてないし、そんなものを「創出」しようだなんてもってのほか。女性だけの別の文化があるとしたら私的なもの。目指すべきは、撤廃すべきものを全撤廃すること、それに尽きる。
徒党《コーカス》を組むこと——分離主義のグループ形成——の唯一の機能は次の段階への移行：意識の向上：陳情・誓願活動《ロビーイング》への。

学校、

一二－一六歳の期間の学校教育をやめてしまうのはどうだろう？　室内に詰め込まれて座りっぱなし、そんなことを強いるには、生物学的にも心理学的にも活発すぎる年頃だ。この時期、子供たちは共同生活をする——何か労働もするか、ともあれ、都市でなく地方で体を使うことを積極的にやる、性についても学習する——親から離れて。学校不在のこの四年間に加えて、さらにもっと年齢がいってから、学校教育を受けられる時期を設けるのもいいかもしれない。たとえば五〇－五四歳のあいだ、また義務教育に戻るとか（中断不可能な特別のことをやっていたり、特殊な仕事や創造的なプロジェクトに携わっている場合は、このタイミングを二、三年は延期できるようにしてもいい）。この五〇－五四歳のスクーリング期間ともなれば、新たな職能——いわゆる教養、一般的な科学（生態学、生物学）、それに言語能力——を身に付ける必要性を肝に銘じてわかっている。

学校教育の年齢についてこのような明快な変更を実現するだけで、(a)思春期の児童の不満、価値観の混乱、倦怠、神経症を減らせる、(b)五〇歳になると肉体的にも知的にも硬直——政治的にはますます保守化——してくるし、嗜好も後ろ向きになっている現状（ニール・サイモン★14の芝居が受ける、

★11——一九六〇年代のアメリカのラディカルな女性解放運動組織のひとつで、六九年からこう名乗るようになった。一八世紀イギリスで知的サロンに出入りする女性たちが「ブルーストッキング・レディース」と呼ばれた伝統と、革命の赤という伝統にのっとった命名であると宣言した。

★12——一九六〇年代後半、ヴェトナム反戦、人種主義追放、民族自決、女性解放などを軸に急進化したアメリカの学生運動組織SDSから、過激な行動も辞さない組織「ウェザーマン」が派生した。さらにそこに巣くう男性優越主義を槍玉に挙げて生まれたのが、女性解放を掲げるこの組織である。

★13——女性に対して男性が抱く優越感、男尊女卑のような古くさい排外主義のこと。ショーヴィニズムはもともと、異なる民族を排除したり、彼らに対して優越感を抱く傾向、思想、行動を指す語。

etc.）に風穴をあけることができるかも。

そうなれば、全社会を覆うような巨大な世代間格差（戦争から派生、若者と年長者のあいだの）はもはやなくなる——とはいえ、ずっとゆるやかな格差がいくつか存在する状態になるだろう。

結局、今後は大方の場合、寿命七〇、七五、八〇歳になろうというのに、まだ人生の三分の一ないし四分の一しか経験してない段階のみに学校教育を集中させるのはおかしい——それでは教育全般の質が落ちるばかり

六－一二歳の初等教育は集中的言語学習、科学、社会、芸術など。
一六歳で学校に戻る：教養科目を二年間
一八－二二歳：学校においてではなく徒弟制度による職業教育

［日付なしの政治的ノート］

［SSが書こうとしていたエッセイ］「文化革命の定義へ向けて」のためのノート

読む、再読する：
サルトルのインタヴュー、『ニュー・レフト・リヴュー』誌★15五八号、一九六九年一〇－一一月

3/15/73

……作家の威信はどこから来るのか？　私の信憑性はどこから来る？

模範的な人びと、模範的な行為。

「生きること」が仕事に還元されるのは嫌だ。「仕事」が生きることに還元されるのも。

私の仕事は厳粛すぎる
私の生はなまなましい逸話

3/21/73

……二五年ぶりに『魔の山』を読みなおしてる、今日、発見した。私がアルトーについての評論《エッセイ》★16で書いた、疲労させる《エグゾースティング》ものだけが本当に面白いというくだりは、『魔の山』の序文の一行を無意識に

★14——一九二七－、アメリカの劇作家、脚本家。六〇年代以降、喜劇作家としてブロードウェイで成功を収める。代表作に『おかしな二人』『サンシャイン・ボーイズ』など。

★15——一九六〇年からロンドンで出しつづけられている隔週刊の政治・経済・文化誌。ちなみにサルトルのインタビューが掲載された号は一一月、一二月号と思われる。

もじったものだ‥「徹底的《エグゾーステイヴ》なもののみが本当に面白いものになりうる」。

［日付なし、六月］

……「自我はいつ考えることを開始したのか?」（［イギリスの批評家］シリル・コナリー、三〇年前）

［この項の余白には疑問符が記してある］レニ・リーフェンシュタール★17が監督した、ぞっとする「ニーチェ派の」記録映画、『意志の勝利』

六月下旬、一九七三年、ヴェネツィア

低空飛行——マルコ・ポーロ空港へのアプローチ——景観は「月世界みたい」——メストレの製油所で台無し、けばけばしい色彩がいっぱい——浅い水の下に地球の骨格が隠れてる。

帝国主義的企図としてのアメリカの小説はどれか‥メルヴィル。

……

6/20/73　アラモン

……今、書きたい小説は、個人的な経験を糧にできるもの。それがあるから「訪中計画」、「事情報告」、「ベイビー」★18といった作品が書ける。同じ理由で、ヴェネツィアでは寓話を書こうとして挫折した。

［マルコム・］ラウリー★19の短篇、『アメリカン・リヴュー』誌掲載のもの：作家の意志という意味で最も素晴らしい例のひとつ：貫徹している、形成をやめない

……

★16――「アルトーへのアプローチ」のこと。SSが編纂した英文のアルトー選集の序文として書かれ、八〇年刊のエッセイ集『土星の徴しの下に』にも採録されている。

★17――一九〇二―二〇〇三、女優出身のドイツの映画監督、写真家。『意志の勝利』（一九三五）は、ヒトラーから直に製作依頼を受け、ニュルンベルクで開催されたナチスの三四年の第六回全国党大会におけるヒトラーと集まった（あるいは動員された）民衆の姿を記録したもの。当時としては大がかりだったこの映画とリーフェンシュタールの批判的分析を書いたSSのエッセイ「ファシズムの魅力」（一九七五）は、前記『土星の徴しの下に』に採録されている。

★18――「事情報告」は一九七三年、「ベイビー」は〇〇年発表の短編小説で、前記『わたしエトセトラ』に所収。

★19――一九〇九―五七、イギリスの詩人、小説家。ここで言及されているのは著者晩年の作「The Ghostkeeper」で、七三年に雑誌掲載された。作家がフィクションを書く過程を修正案やノートなどを交えて記しており、新ジャンルの「メタフィクション」だとする研究者もいる。

6/27/73　パリ

重要なのは、私を食べる存在：過去のことどものうち使えるもの——

　フィリップ★20

狂気の感覚

アメリカ

女性たち

常軌を外れた人びと《フリークス》

意志

カクテル＆増殖駆動《オーヴァードライヴ》

物語は声。

オーヴァードライヴ

［余白に、2/13/74 のものとして付記がある］これは、トラック運転手向けの雑誌名

書く価値ありと見える唯一の物語は叫び、雄叫《おたけ》び、悲鳴。物語は読者に万事余儀無しという思いをさせなければ

書きはじめの一案：「生まれてこの方、私は語りかけるべき知的なひとを探しつづけてきた」

物語は神経を震撼させなければ——私の内部で。最初の一行が聞こえてきたとき、動悸が起こればしめたもの。リスクを引き受けよう、と思うと体の震えが始まる。

……

かたち（語り口）が思い浮かぶと、物語の「存在」を感じて、何もかも整合性があると思える——そうくれば、もっと長く（細部にわたって）書ける。

……

「増殖駆動《オーヴァードライヴ》」というタイトルの物語

複数のひとたちが世界中を車でまわり、ありとあらゆる退屈な場所巡り《ツアー》をする：ノルウェーのベルゲン

短いものをまとめて『増殖駆動』というタイトルにするか？　『わたしエトセトラ』では左脳的すぎる［最後にはＳＳは『わたしエトセトラ』のほうをタイトルに選んだ］。

★20——前出のＳＳの元夫フィリップ・リーフのこと。『私は　生まれなおしている』によく登場する。

7/31/73　パリ

二年間、書きまくるべきかもしれない——一五篇とか二〇篇の短編小説《ストーリー》——本気で大掃除して、新しい多様な声を探る——三作目の長篇に取りかかる前に。二、三年以内に短篇の選集を二冊出せれば、フィクション作家としてふたたび認知され（いやはや！）、来たるべき長篇への関心が高まるかもしれない——予感。

……

今は怒りをもとに書いている——で、一種ニーチェ的な高揚を覚える。きつけ薬だ。高歌放吟する。誰彼構わず弾劾したい、追い払いたい。機関銃に向かうみたいな恰好でタイプライターに向かう。でも、自分は安全だ。「本物の」攻撃性の結果に直面しないでも済む。体に巻きつけた荷物《ブービートラップド・パッケージ》を世界に送り出している。

だから、私の声はますますアメリカ的になってきている。それというのも、ここへ来て自伝的な素材を直接扱っている／それに触れているから。もっと前のフィクションのヨーロッパ化された声（「中継器」）は、書くものの場所設定を変えた——あらかじめ転移を図った——から、そうなっただけのこと。

きっかけはポール・グッドマンについてのエッセイだった——それを宣伝するについては痛痒《つうよう》を感じつつも、思いきってそうした（し、宣伝効果も期待した）。第二段階は、一〇月、訪中はキャンセルされるものと考えていたときのこと。かなり落胆した――何よりも、訪中するつもりで頭をもたげてきたあれこれの空想［余白に以下の追記、「ダディ、M［SSの母親］、それに幼児期についての」］を無駄にしたくなかった（それを使う機会を逃したくなかった）。短篇の書き出しはこうした。「私は中国に行くのだ」。それはまさしく、むしろ行かないほうに傾く、と思っていたからだ。四歳の自分に発言権を与えたかった、三九歳の自分には毛沢東主義や文化大革命を理解するなんて無理だろうという前提があったから（実際に訪中が実現したとき、現実に行ったのはもちろん三九歳のほうだった‥四歳のほうはお出ましにならなくて、じつは、これは予期せぬ驚きだった。その時点ではもう胸のつかえがすっきりしていたからか？　いや――彼女はまったく来る気がなかったかもしれない――彼女の中国と現実の中国とは何も関係ないし、これまでだって、どんな関わりもなかったのだから）。完結させられない物語、その問題の解決策は、問題のなかに潜んでいる。問題と解答は別個、ばらばらのもの、というわけではない。問題を適切に理解すれば、それが解答になる。物語に箍《たが》をはめる要因を隠蔽したり払拭したりせずに、その限界を利用すること。そのことを表明して、それに抗して書き進むこと。

途中で断ち切り、飛躍するのも書き手の自由。

8/14/73　パリ

K［カフカ］の「ある犬の研究」を一五年ぶり（?）にまた読んだばかりだが、『夢の賜物』の冒頭

——最初の何ページかの主張——も、考えてみれば、あの長編小説全体の何か——はこの本のひき写しだ、と悟る。

惨めな生活、バラ色の神話

……

生まれてこの方、私は語りかけるべき知的なひとを探しつづけてきた。
私の母は、日ごと午後四時頃まで寝室のブラインドをみんな下ろし、アルコールに酩酊した状態で寝床に横たわっていた。私を育てたのは、アイルランドとドイツの血が入った象のような、そばかすのある女性で、日曜ごとに彼女にはミサに連れていかれ、夕刊の自動車事故の記事を大声で読んで聞かされた。彼女はケイト・スミス★21の大ファンだった。一七歳の私は、痩身ながら頑健な太腿、頭髪の後退が進み、のべつ幕なししゃべりっぱなしの男に出会った。話はいかにも俗物的で本好きなのがわかったが、彼は私を「スウィート」と呼んだ。数日後、ふたりは結婚し、七年間は話しつづけた。
宿題はラジオをつけたままやった。
月曜日はマハトマ・ガンディの日と決めていた。
体をまさぐるようにしゃべる
誰かを殴るように書く
強いアクセントで話す……

8/20/73

もうすぐ書き終える短篇は「Another Case of Dr. Jekyll　ジキル博士のもうひとつの事件」というタイトル――一九六二-六三年に書いた「組織」のいくつかの部分をもとに組み立てて「ウォルターとアーロン」としてまとめようとした短篇の素材を使っている。

かつてのテーマは今の私からすると、こう変わってくる：
若くて無垢な人物（「妄執」や「問題を抱え、解決に必死になっている」）∨年上、冷笑的、ファシスト・タイプ

例　トマス／バウアー［『デュエット・フォー・カンニバルズ』］
　　イポリット／ジャン＝ジャック［『夢の賜物』］

ディディ／インカードナの関係［『死の装具』］を逆にしたその関係では、体が良いのは中流階級の坊やのほうで、もうひとりの荒くれ者（労働者階級出身）はひ弱。

でも、スティーヴンソンの掌篇★22を数か月前に読んだとき魅了されたのは、その点だ……――H

★21――一九〇七-八六、アメリカの歌手。幼くしてデビュー、ラジオを中心に人気者となった。　★22――「ジキル博士とハイド氏」のこと。

［ハイド］のほうがJ［ジキル］より小柄でひ弱だし、年下

ところで、「グルジエフ」もやっと公然とテーマとして論じることができるようになったことだし、私もそこからやっと足が洗えそうだ——「グルジエフの映画」は作らないで、新しい、もっと良いことに傾注できる。

「ファシスト」賢人——

『夢の賜物』のテーマのひとつ

こんどの長編小説の主要部分（まだ書かれていない）は一九六五年六月に手をつけたが投げ出した、「トマス・フォークの大騒ぎ《オージー》」だ

『デュエット・フォー・カンニバルズ』のバウアー——映画の初案では精神科医だった——トマスは年下の助手。物語の場はバウアーの個人診療所で、そこにトマスが毎日通って働く［余白に：カリガリ、マブゼ★23］（「トマス・フォークの大騒ぎ」の大半はサウスカロライナ州の診療所での出来事で、トマスは神経を病んでそこへ行くことになる、この初期の構想では……トマスは若い医者ではなく患者だった）。［余白に：でも、映画でも同じくトマスの名になっている］

9/3/73

［ドイツの哲学者カール・］ヤスパースが『人間存在の哲学』で論じた「例外者《ジ・エクセプション》」の概念……

（一九三七年に行なわれた講義）

写真　ポップ・アートの後を継ぐもの

道徳的野望による判断

買う：ヴァレリー『カイエ』第一巻、（プレイヤード）

　レオ・スタインバーグ「他の批評基準」★24

ハーバート・ジョンソン★25の帽子

錯語症《パラフエージア》——要因は（ほかにもあるが）左脳の血管の梗塞で発語が混濁したり語順が乱れたりする

呼名障害《ディスノミア》——ものやひとの名を誤って呼んでしまう障害

失語症《アフエージア》（言葉が出ないこと）、二種ある

　伝導型——錯語症に似て語順が乱れる、または

★23——フリッツ・ラングの映画『ドクトル・マブゼ』（一九二二）、『怪人マブゼ博士』（一九三三）に登場する悪役。

★24——一九二〇-二〇一一、アメリカの美術史家。『他の批評基準』（一九七二）は一九六八年の講演が元になっているエッセイ集。

★25——一八八九年開業のイギリスの老舗帽子店。

ブローカ型――音声言語を正しく受け止めたり発したりすることができず、並行して、読むことがちゃんとできない

9/24/73

〔フェルナン・〕レジェ：
「釘をもってしては釘は作れず、釘は鉄で作られる」
絵画は海賊行為だ
「快適な生活とひどい作品、または、ひどい生活と素晴らしい作品、どっちかだ」

10/15/73

……すばやく起きる――まず、意志という白熱光にスウィッチを入れる
フランシーヌ・グレイ〔現代アメリカの作家フランシーヌ・デュ・プレシックス・グレイ〕の曾祖父母のどちらだったか、その姉妹のひとりで一八八〇年代にカルメル会★26の尼僧だったひと（当時すでに六〇歳代）――は一度も列車を見たことがない。窓の外を眺めるにはヴァティカンの許可が必要

だった。

……

アドルノ論のためにチェックすること：マーティン・ジェイ『弁証法的想像力』★27、『アーギュメンツ Ⅲ』一四巻（一九五九）所収の、アドルノについてのコスタス・アクセロス★28の評論、ジョージ・リヒトハイムの論述はノースウェスタン大学の『TriQuarterly』誌春号、一九六八年

中国の本のためにチェックすること：［ドイツ出身の二〇世紀の社会学者］カール・ウィットフォーゲル★29の中国についての本

ジョン・ケージの最新の本『M』に出てくるジャスパーの引用：「芸術不在の世界は想像にかたくない」。

病気にかかるのは、悲惨な事態から身を守る防衛感覚の発露だ

世界中の墓地を飛び歩く――いそいそと、夢中になって――ダディがブルックリンのどこの墓地に埋

★26――一二世紀、ある修道士がパレスティナのカルメル山中で修道生活したことが起源といわれるカトリックの修道会。
★27――一九四四-、アメリカの歴史学者、思想史家。
★28――一九二四-二〇一〇、ギリシア出身のフランスの思想家、編集者、翻訳家。
★29――一八九六-一九八八、ドイツ出身のアメリカの社会学者、歴史学者。

葬されているのかわからないから

［一九七三年のアラブ－イスラエル戦争当時、ＳＳは映画『約束の地《プロミスド・ランズ》』を作った★30。イスラエル国内と前線（スエズ、ゴラン高原）で撮影した記録映画。撮影ノートは見あたらないが、以下の記述はその期間のものと思われる］

イスラエル
モシェ・フリンカー――ユダヤ人／ドイツ人★31
ヨラム・カニウック――ホロコーストの記★32

少数民族［に関する］ふたつの神話
　革命的、非宗教的、社会主義
　正統派、宗教的、保守
∨∨消費社会（右の両方から拒まれる）

ユダヤ人∧　∨イスラエル人
ディアスポラ★33：怨嗟《えんさ》、軽蔑

12/9/73　ロンドン

……サンフランシスコ地震：サンアンドレアス断層。

誇大妄想もけっこう——想像力を拡張する——だけど、分裂症的《スキッツオフレニック》なのは困る（想像力を縮みこませる）。［トマス・ピンチョンの］『重力の虹』と私の『死の装具』を比較せよ。

次の長編小説《ノヴェル》：緊張病系の人物は誰もいない、誰も熟考しない、何も見えないし見ない＋まわりと繋がっていない（イポリット＋ディディ★34がそうだ）

ゴア・ヴィダルがメアリー・マッカーシーを褒めている——「共感《コンパッション》を大切にするあまりに陥る堕落というものがあるが」、「彼女はそうはなっていない」。私は陥っている。それが私の限界。次の長篇では、「共感ゆえに堕落している」主人公を中心に据えることは避ける。いけすかない御仁《シュマック》は禁物！

★30——前出のニコール・ステファーヌとの共同制作（一九七四）。

★31——一九二六－四四、オランダ、ハーグ出身のユダヤ人。一家もろとも強制収容所へ送られ、アウシュヴィッツでナチスに殺された。四二年からの日記が数か国語で出版されている。

★32——一九三〇－二〇一二、東ヨーロッパ生まれの父のもとテルアビブに生まれたイスラエルのユダヤ人作家。

★33——「拡散されたもの」を意味するギリシア語に由来する。一般に異境に離散定住している人々を指すが、とくに歴史的にユダヤ人について用いられ、その場合、語頭を大文字で表記する。

★34——それぞれ、SSの長編小説第一作『夢の賜物』と第二作『死の装具』の主人公。

エジプトにいたときのフローベールの堅物ぶり。

貪欲さ：強欲、所有権と所有物を基盤にした生活様式

……指導者《グル》をテーマにする――真っ正面からそのテーマを正直に扱うこと：肚をくくらなきゃ！

「ジキル博士」［SSの短編小説］には両義的な要素が多すぎる――崇高についての自分の感情が、自分でもはっきり摑めていない（［アメリカの文芸批評家］ビル・マゾッコの批評）

グルがみずから書く自伝？

文化の強姦――観光――

（例　サモア）

崇高について私はどう感じているのか？

物語：「サンフランシスコ大地震」――アンおばさん［SSにはアンという名の大伯母がおり、サンフランシスコの大地震でも無事だった］が売春宿の入り口に立っている

マルクス兄弟★35――笑える話にすべき。

12/10/73

「ユダヤ神秘主義の歴史家にして、ヴァルター・ベンヤミンの友人でハンナ・アーレントの宿敵だったゲルショム・」ショーレムが言うには、道義的な意味での悪の存在を自分に明らかにした人物はジェイコブ・タウベス「一九四〇年代後半、エルサレムでショーレムに師事し、スーザン・タウベスの夫」だった。そう言えば、私がジェイコブの名を出したとき、たしかに彼は青ざめた（デイヴィッドと一緒にエルサレムで過ごしたある夜のこと「一九七三年一〇月」）。

ハンナ・アーレントが言うには、ベンヤミンこそショーレムが心から愛したただひとりのひと（この話を聞いたのはニューヨークのリジー「エリザベス・ハードウィック★36」の家での晩。メアリー・M「マッカーシー」、「彼女の弟で俳優の」ケヴィン・M「マッカーシー」、バーバラ・E「エプスタイン、ロバート・シルヴァースと並んで『ニューヨーク・リヴュー・オブ・ブックス』誌の共同編集者だった」、ストラヴィンスキー夫人《マダム》＋「作家のロバート・」クラフト、「歴史家」アーサー・シュレジンジャー＋「彼の妻」アレグザンドラ・エメットもいた）。

……

★35――舞台出身の兄弟四人組の喜劇俳優で、一九二〇年代半ばから四〇年代にかけて活躍した。

★36――一九一六‐二〇〇七、アメリカの作家、文芸評論家。SSの年上の友人だった。

12/16/73　ミラノ

［トポイ］とは、レジスタンスのひとたちが書いた遺書に出てくる言葉：

もうすぐ私のせいであなたが被る苦しみについて赦してください

悔いはない

自分は死んでいく……（党／国／人類／自由）のために

自分のためにあなたがしてくれたことすべてに感謝する

Xというかたちで生きつづける

○○に伝えて、自分は……

もう一度、自分は……

似てる、国＋階級の如何《いかん》にかかわらず（トーマス・マンがまえがきを書いた本［『若き死者たちの叫び――ヨーロッパレジスタンスの手紙』］――エイナウディ社刊、一九五四年――トルストイ短編集収録の『イワン・イリッチの死』の解説）

なぜこれほど似ているのか？

役に立つ意思疎通をしたいという欲求

∴(a)簡潔

鮮明

微妙さ、洗練にこだわってる場合ではない

このような手紙は何よりも、実際的な交信のため。

その目的は‥

　苦しみを和らげる（軽減する）

　死後も生きつづけること、いかに記憶されるか、を担保する（形成する）

（アリストテレスの『弁論術』の実例としてぴったり）

そうは言っても違いもある‥

相手の重要性、人格の固有化、「極私的な」気持ちを表わすことへの自己規制、「感傷」（この要素が最も小さいのはアルバニア〔＋一般論を言えば、共産党員〕の場合で、いちばん大きいのはフランス、ノルウェー、イタリア、オランダ）

プロテスタントの国＋カトリックの国の違い

手紙を書く相手の大半は母親、父親ではなく――か、妻――子供

……

12/23/73　アラモン

今年は、粉々にされるような読書体験がふたつ――フローベールの書簡集と、（昨日読んだ）シモーヌ・ペトルマンによるSW［シモーヌ・ヴェイユ］の二巻の伝記★68

このふたつのせいで重苦しく憂鬱になっている――ときおり。ふたりに本物の怨嗟を感じる――両方ともいやというほど理解できるから――私自身の気性のふたつの極を表わしてるから（渇望、誘惑）。自分が「フローベール」だったとしても「SW」だったとしても不思議はないけど、もちろん、私はどちらでもない――片方の極がもういっぽうの極を矯正する、それを牽制する、それと妥協を図るから。

「フローベール」：野心：自己本位：無頓着：他者への軽蔑：仕事への隷属：自尊心：頑迷：呵責なさ：そつなさ：窃視：病弱：官能：不正直。

「SW」：野心：自己本位：神経症：肉体の拒絶：純粋さへの渇望：世間知らず：不器用：性的なことへの反発：聖なるものへの欲求：正直。

この伝記は、突き刺さる痛みをもってSWの神話を解体する！

彼女の死は自殺だった――しかも、長年にわたって自死を企んでいた（周知のとおり、餓死を願って）。

「私はフェミニストにあらず」、と彼女は語った。もちろんんだ。彼女がみずからを女として受け入れたことなんて一度もない。だから、自分を醜く見せたり（けっして醜くはなかった）、不恰好な服装をしたり、いかなる性生活も受け入れられないことになったり、不潔でだらしなく、住んだ部屋はことごとく整頓できておらず、といったありさまになった。よしんば誰かと寝ることになったとしても、相手は女性しかありえなかっただろう――その理由は、彼女が深部においてじつは同性愛者だったから（そうではなかったけど）というものではない。代わりに、少なくとも相手が女性なら、暴行されたと感じないで済むから。しかし、それもありえなかった――あの時代、彼女の具体的な立ち位置を考えれば…何よりも、彼女が一貫して生きながらえたさまを知れば、深いところでの＋後戻りの許されない、性的な事柄の排除が起こっていたことは察しがつく。

（私はなんと幸運だったか。SWと同じ「節制」の道を選んでいたとしてもおかしくないから。でも、性的なことでは救われた――せめて多少は――女性たちのおかげで。一六歳になる頃からこれまで、女性たちが私に目をつけ、選び出し、情動的＋性的に向こうから私に接近してきた。女性に強引にセックスを迫られたとも言えるけど、そんなに怖がることじゃないとわかった。女性にはおおいに感謝している――肉体をもらったし、男性とでも性交できるようにしてくれた）。

言うまでもなく、SWについて考えると、スーザン［・タウベス］のことが頭に浮かんでくる。純粋さへの飢餓感、肉体の排除、生きることが不得手、それがふたりの共通点。違いはなんだったのだろう？　SWには天賦の資質があり、スーザンにはなかった。SWはみずから脱性生活を達成し、それを肯定し、そこからエネルギーを得た――いっぽうスーザンは「弱かった」…女性からの愛をけっして受け入れられなかった…男から傷つけられ支配されることを欲していた…美しく華麗で神秘的でありたいと願っていた。彼女が何かを拒んでいたとしても、それは弱さを植え付けることにしかならず、エネルギーの源泉にはならなかった。彼女の自殺は二流。SWのは喝采に値する――それにより彼女はようやく、世界に自分をまんまと刻印し、みずからの伝説を確定して同時代人や後世の人びとを脅迫している。

あのスーザンは何を残したか？　誰も読まない長編小説一篇と、誰もその存在を知らないままニューヨークの部屋の押し入れにしまわれていたＳＷについて書いた原稿（読まれないまま）。

昨日の晩、思い出した。スーザンについて自分が書いた短篇「事情報告」の執筆段階でいっとき、ＳＷの声を採り入れたことを。ほとんど無意識に――今年の三月に書いていた頃のこと。そういう関係だったことが今、やっとわかった。

教訓《レッスン》：純粋さと叡智――両方を体現するのは無理な願望――両者は究極的に矛盾する。純粋性が暗示するのは無垢、自意識に邪魔されないこと――一定程度の愚かさを（も）含む。叡智が暗示するのは頭脳明晰、みずからの無垢の克服――知性。純粋であるには無垢でしかありえない。賢くなるには無垢なままでは駄目だ。

私の問題（であり、かつ、私の凡庸さの最深部における原因）：純粋であり、賢くもありたいと両方望んだこと。

欲張りすぎた。

結果：私は「ＳＷ」でも「フローベール」でもない。本当の叡智のひとつの試金石は純粋性を求める飢餓感。純粋さをもって行動できるか否か、私にとっての試金石は自分の鋭利な頭脳。

自殺には傾いていない――これまでも、一度も。

食べることは大好き、食べないようにするのも簡単ではあるけれど（食べ物をくれるひとがいない場合、身近に食べ物がない場合）。

1974

1/20/74　パリ

「服装《アビーユマン》」についての短い（長い?）映画

　軍隊の服装

結婚式の服（神話作り／白＋純粋）

俳優

　異性装者《トランスヴェスタイト》

お洒落はどれをとっても異性装趣味《トラヴェスティ》、女装《ドラッグ》に向かっている

参照『フェリーニのローマ』のなかの聖職者たちの服装を堪能させる場面。死との関連も……

2/6/74

……

「私にとって、一枚の紙片は逃亡者にとっての森のようなものだ」——アンドレイ・シニャフスキー
[二〇世紀ロシアの作家、反体制派]

……

偉大な作家たるものは：
　形容詞と句読点（リズム）について何もかも知っている
　道義を踏まえた知性がある——これが作家の威信の裏付けとなる

2/9/74

「考えながら生きよ、さもなくば、生きながら考えることになる」ヴァレリー

生命の館に侵入したスパイ

7/25/74　パナレア［イタリア］

インスタントな運搬法としての「観念」、直接体験から離れ、小さなスーツケースだけをお伴に。

体験を縮小化《ミニチュアライズ》する手段、運搬可能なものにする手段としての「観念」。ふだんいつも観念を抱えているひと——例外なく——住所不定《ホームレス》だ。

知識人は経験からの逃亡者。離散《ディアスポラ》の渦中にある。

直接体験のどこが悪いのか？　体験を煉瓦に変容させて体験そのものから逃れようなんて、いったいどうして望むのだろう？

直接的すぎるだなんて、そんなことあるのか？：

幽閉：明るすぎる。

官能性の欠乏？　でもそれは同義語反復《トートロジー》ではないだろうか。

［日付なし］

よくあることだけど、このあいだ、自分自身の死について考えていて、ひとつ気付いたことがある。

これまでの私の考え方は抽象的すぎ、かつまた具体的すぎた。
抽象的すぎる点：死
具体的すぎる点：私
というのも、中間項があった、抽象的であり具体的でもある：女性たち。それによって、死という宇宙の全像が立ち現われるのを目のあたりにした。
自分の死を支配しようとはしていない。

……

生まれてからずっと死のことを考えてきたし、＋今はもう少し飽きがきた主題だ。自分の死が前より近くなったからというわけではない――むしろ、死がついに現実感を帯びてきたから（∨スーザン［・タウベス］の死）。

……

女性と勇気。行動する勇気ではなく、耐える／苦しむ勇気。
大叔父の妻チェイム――夫の葬儀の後、彼女は帰宅して＋頭部を天火《オーヴン》に突っ込んだ。幼い私が抱いたイメージ――ひざまずいた姿勢。でも天火《オーヴン》は汚れてる。
女性＋睡眠薬＋水（でも拳銃は当てはまらない――［二〇世紀フランスの作家、アンリ・ドゥ・］モ

ンテルラン、ヘミングウェイ★1)

……

★1――モンテルランは一九七二年に拳銃で、ヘミングウェイは六一年にライフルで自殺している。

1975

［一九七五とのみ記されており、それ以外は日付なし］

語彙の蓄積――“Wortschatz,”“word treasury”――多大な努力、長い年月、忍耐を要する

ブレヒトの「粗い思考《プルンペス・デンケン》」――この思考＋言語は有効性を発揮するにたる重みがあり＋看過すべきでない。

……

死の床にあったレーニンのために誰かがジャック・ロンドンの短編小説「火を熾す」を大きな声で朗読した。

●

［ロシアの哲学者、思想家ワシリー・］ロザノフ――［ロシアの哲学者、歴史家のニコライ・］ベルジャーエフや［ウクライナ＝ロシアの哲学者、批評家レフ・］シェストフも参加していた［一九世紀後期から二〇世紀初期の］ロシアのある運動のもうひとりのメンバー

●

詩人：シプリアン・カミル・ノーウィッド（ポーランド人、一九世紀、ショパンの友人）
ヴラディミール・ホラン［二〇世紀チェコの詩人］

……

「本書は時代遅れの弾頭を搭載した最先端のロケットのようだ」（TLS［『ニューヨーク・タイムズ』紙別冊文芸特集］掲載の書評の冒頭の一文）

……

一九二五年に地滑り――ケンタッキー州中部の洞窟のなかでの――に巻き込まれたフロイド・コリンズという男はスロー・モーションのようなゆっくりとした経過で死んだ、ラジオ、ニュース映画、新

聞が押し寄せ、世界が注視するなかで。

……

「人が写真を撮るのは、ものを意味の外に追っ払うためなのです」――カフカ

……

3/15/75　アラモン

ポール［・セック］：「他人より優れた存在になろうとするんじゃない。自分自身よりもっと優れた存在になること」。

ブラザー・ローレンス：――フランス、ロレーヌ州の生まれで、実名はニコラ・エルマン――歩兵＋一兵卒としてしばらく従軍したのち、一六六六年、パリの裸足のカルメル会修道士たちの集団に平信徒★[1]として加わる（以降は「ブラザー・ローレンス」と呼ばれた）――僧院の厨房で働く：八〇歳で死去

一八歳で本格的に入信したが、きっかけとなったのはこういう体験。真冬のある日、雪のなかに葉の

落ちた枯れ木が一本立っているのを見て、春になって自分の身に起こる変化に思いをはせたという
参照　サルトルの『嘔吐』に出てくるマロニエの木

現在、バルトは『恋愛のディスクール』に取りかかっている——［ゲーテの『若き』ウェルテル［の悩み』］、オペラのテキスト

一八九二年撮影のニーチェと母親の写真——彼は四八歳［この写真は、SSが一九七五年三月から使いはじめたノートブックの表紙の裏に挟まっていた］（ニーチェがトリノで倒れた一八八九年から三年後）——彼は母親を見つめており、彼女は彼の片腕をとり、カメラのほうを見ている

ラジオ・ドラマ［SSはアルゼンチンの作家、映画作家のエドゥガルド・コザリンスキーのプロジェクトに協力していた］：
エバ・ペロン★2にはラジオ・ドラマの声優だった経歴がある
彼女が出演した番組——歴史上の偉大な女性たち（ジャンヌ・ダルク、フローレンス・ナイティンゲール、蔣介石夫人）

★1——聖職に就く責任のない教団員。
★2——一九一九–五二、アルゼンチンのファン・ペロン大統領夫人。貧しい生まれ育ちだったが女優になり、大統領となる前のペロンと結ばれる。大統領夫人となってからは「エビータ」の愛称で親しまれ、後年にその生涯が舞台・映画化された。

彼女の母親
最後の場面は、サンファン（アルゼンチン北部）で起こった洪水の犠牲者への募金集会で、エバがペロン（当時は高級将校）に紹介されるところ
もうひとりの女優との競い合い、その女優もやはりラジオ・ドラマの人気者で、名前も同じエバ

……

3/17/75

映画に出てくる同性愛者のイメージを考えてみる、とりわけ、そのことは暗にほのめかしているだけなのだが、同時に、同性愛に対する反感が露骨に出ている場合について——たとえば、三〇年代、四〇年代の映画でクリフトン・ウェッブ★3やエドワード・エヴェレット・ホートン、ジョージ・サンダースが演じた役柄の多くについて。プレミンジャー★4の『ローラ殺人事件』（一九四四）をまた見て、驚いた。ウェッブが演じた人物（後に殺人者と判明）が明らかに同性愛者の類型そのものだったから：皮肉屋、冷たい、優雅、世事に長けている、頭が切れる、芸術好き、アート・コレクター。

［「一九七五年のノートの一部」とのみ記されている］

一九六〇年代の私のエッセイで、(今の)私にとって問題をはらんでいるもの——「一つの文化と新しい感性」と「様式《スタイル》について」★5。また読み、問題を考え直すこと。

新しいアート、新しい政治と関連づけて見られる、そういう以前の自分の公のイメージにまた戻るのはごめんだ。だけど、そこに表われている嗜好/思想を今の時点でどう整理していこうか?

感性vs.道徳?

私の観点が変わったわけではない。客観情勢が変化したのだ。

私の役割:反対者としての知識人(じゃ、今だったら、また戻る自分自身に反対の立場を取れっていうこと?)

一九六〇年代、通用していたのは順応主義、中庸を行く文化、何種かの抑制/抑圧事項。だから、私は審美的立場として優秀さと必要性を採用した。それに、反政府+反戦が政治活動の焦点に(正しくも)なっている場合なら——良心のあるひとならば政治的反対者という役割こそ正しいと思うし、不可避だと考える。

しかし、一九七〇年代はじめ、濫用/誤用は別の意味で甚だしくなった——「解放」という思想の濫用と誤用。[一九六〇年代の]その時代固有の状況は、今ではハイスクールの生徒でも踏まえている

★3——一八八九-一九六六、舞台、映画で活躍したアメリカの俳優。同性愛者だったと言われている。

★4——一九〇六-八六、オーストリア出身で五〇-六〇年代のハリウッドで活躍した映画監督、プロデューサー。

★5——二編とも、一九六〇年代前半のエッセイを採録したSS初の批評集『反解釈』(一九六六)所収。

……あの時代に覚醒を促されたもろもろの思想は、今、どんな位置づけになってるのか？

アメリカの資本主義の特技とも言えるかもしれないけど、この国では、有名になったものごとはなんであれ同化吸収される。

対抗文化《カウンターカルチャー》の政治的な表向きの顔（革命的潜在力があるという気取り）には、私はけっして取り込まれないできた。キューバに関して書いたもの（一九六七）ですでに、その傾向に警鐘を鳴らした。——新左翼《ニュー・レフト》★6の政治的誤り（一九六七年頃）は、人びとを本当に二分する有効性のある身振り《ジェスチャー》（スタイル、服装、習慣）を新たに具体的に作り出すことは可能だ、と考えてしまったことだ。たとえば：長髪、ナヴァホ族の装飾品、健康食品、麻薬、ベルボトムのズボン。

5/16/75　ニューヨーク市

古い台本どおりに生きて、それをやり終えた、と感じることが誰しもある。他者の革命：フランス、ロシア、中国、キューバ、ヴェトナム——の同伴者。

参照　［アメリカの社会批評家クリストファー・］ラッシュの本『アメリカのリベラル派とロシア革命』。

もしかして、この手の議論はこれで最後？「右」だの「左」だのって用語も、手垢がついてない？

そこで論じられている動きは、少なくとも三種の異質な傾向の止まり木となった：自由主義《リベラル》の運動、無政府主義者《アナキスト》、そして過激派《ラディカル》。しかも、過激派には極左だけでなく極右ともツーカーのテーマがたくさんある——共通点は大きく、新左翼／左派《ゴーシスト》のもの言い《レトリック》は二〇年代、三〇年代のファシストのレトリックと区別がつかなし、いっぽう右翼（たとえば、［アラバマ州のジョージ・］ウォレス★7）も、左翼にありがちな人民主義《ポピュリズム》と同じもの言いだ。

大義に殉じる革命家気取りだった知識人たちは、結局、自分は依然として貴族であり、せいぜいリベラルの域を出ないことを思い知らされた（若者たちが都市ゲリラ気取りの行動をしたあげく、パンクに落ち着いたのと同じだ）。「リベラリズム」という代物は、どんなにあがいても出てこられない、輪郭のはっきりしない広大な湿原に似ている——そこから出てくるべきではないのかも。

正義に向かう情熱のもとにはリベラリズムがある——でも、リベラリズムに保証されたもろもろの自由が可能だと言われる、今よりも正義に近い秩序を求める願望は、そういつまでも持続できないかもしれない。リベラリズムの問題は、さまざま革命が起こってきても、リベラリズムはそれらに対して両義的《アンビヴァレント》な姿勢しか取れない点だ。つまるところ、反革命の立場にならざるをえない（毛沢東主義は当たっている）。民族の自己決定権（自分たち以外の民族や国民が内戦や革命を起こす権利）と言われれば、リベラルはそれを支持し、政府による叛乱分子の殺害に反対するにやぶさかでないし、そうしなければならない。まず、このパターンがある。でも、こうして権力を手にした政権の下ではリベ

★6——国や地域によりそのあり方は多様だが、ここでSSが言及しているのは、権威主義、統制、男尊女卑などへの反撥を文化的に表象した、おもに若者たちの文化的潮流または傾向、行動様式。

★7——一九一九‐九八、一貫して差別的な人種隔離政策を唱えつづけたアメリカの政治家。アラバマ州知事を務めたのち、一九六八年にアメリカ独立党候補として大統領選に出馬し敗れる。

ラルは生き残れない――これまでのひとつひとつの共産主義政権の経緯《いきさつ》を見れば、例外なく明らかなことだ。

複数性が内包する価値と批評の余地（社会内部で、批判精神ゆえに反対の立場を取ること）を堅持する、それが知識人だ。ゆえに、革命運動を支持する知識人は、みずからの放逐を認めていることになる。議論の余地ある立場だ――議論のためにこういう説を唱えたらどうなるか？――「知識人は贅沢品だ、将来ありうる唯一の形態の社会においては知識人の役割はない」となれば？　参照［アメリカの経済学者ロバート・］ヘイルブロナー

でも、大方の知識人はそこまで極端な姿勢は取りたがらないし、そうなれば、革命に同伴することから退散するだろう。参照：ラッシュの本：フランス革命に対するイギリスの反応についての［アメリカの編集者、作家メルヴィン・］ラスキーの説。

革命観光という現象――参照［ドイツの作家ハンス・マグヌス・］エンツェンスベルガーのエッセイ

……

フランツ・フープマン★8『The Jewish Family Album』（ロンドン：ルートレッジ社、一九七五）、写真四〇〇枚

思いっきり大声で書く

パラケルスス（一四九三?－一五四一）★9

5/20/75

……すでにドストエフスキー『地下生活者の手記』に表われている――終われない、永遠に続く、終止符を打ちえない本質をもつ物語、文学空間

参照［ドイツ出身のアメリカの政治哲学者、歴史家のエリック・］フェーゲリンのヘンリー・ジェイムズ関連の書簡に関するコメント、『サザン・リヴュー』誌掲載

……

（ボブ・S［シルヴァース］:）フォークナーの小説に出てくるひとたちについての、密度が高くて複雑な直観

★8――一九一四－二〇〇七、オーストリアの写真家、ジャーナリスト。

★9――スイス生まれの伝説的な医師、錬金術師。古典医学を批判して追放され、ヨーロッパ各地を遍歴。鉱物由来の医薬を用い、「医化学の祖」とも呼ばれた。

参照　あれだけの天分、手腕、知性がありながら、ベロウは偉大な作品群を生んでいない

5/21/75

『夢の賜物』に始まり、私が書いてきたすべてのフィクションの主題：思考のフィクション。考えることと権力の関係。つまり、弾圧、抑圧、解放のさまざまな形態……フィクションでこの主題をここまで全面的に扱ったひとは思いつかない。いくらかは、ベケット。

今夜、ジョウ［・チェイキン］と話したこと。彼いわく、演劇について考えても、演劇界で仕事をする理由、自分がやっていることの意味がいっさい思いつかない。演劇なんて頭にないときだけ（つまり、自分の作業の意味、価値、重要性を問う、それだけが頭にあれば）、作業に歓びが感じられる――現実だと感じる。私の返答。満足いく答えが見つからないのに同じ問いかけをしつづけると、回答がでたと思っても、たいていの場合は問いそのもの（答えではなく）に何か間違いがあったことがわかる。――一九世紀後半までは――芸術の存在意義を問うたり、その意味を明らかにするよう問いかけることはなかった。それでは、芸術に利用価値や実際的効用を期待することになる。私は当時のことについて、こう区別をつけてみた。隷属的で実効性のある活動――なぜそうするのか本人には理由がある――利用価値がある：必要だ、義務だ。と、もうひとつは、自由でみずからの意志から発し、

報酬を前提としない活動。芸術の実践が二番目の活動にあたり、だから芸術には求引力があるのだとしたら、こう考えるべきではないか。芸術に手を染めてもその活動を正当化できないからといって当惑したり意気消沈したりするのは、ある意味で間違っている。一番目のタイプの活動として見た場合にかぎって正当化できない、それだけのことなのに。まず芸術に惹かれたそもそもの本質である無償という点：われわれの活動──作業──の価値（真価）を問題含みであるかのように感じて懐疑的になるのは本末転倒ではないか。
（参照　ヴァレリー──曖昧さは、文学のみならず意識を軸にしたいかなる生き方にとっても、避けられない条件である。「でも、精神の輝きに不可欠な曖昧さは、破壊不可能なもの」）。

……

5/22/75

トルストイの『復活』についてのカフカの言葉：「救済について書くことはできない、救済を生きるのみだ」。

思想をめぐる『白鯨』を書きたい。メルヴィルは正しい：偉大な主題が要る。

ある線を越えた知性は芸術家にとって負い目になる。

レオナルド・ダ・ヴィンチとデュシャンは画家にとどまるには知性が勝ちすぎていた。ものごとを知性をとおして見た……ヴァレリーも詩人になるには知的すぎた。

ユダヤ人についての小説：サバタイ・ツヴィ★10、ポートノイ★11、ハイマン・カプラン★12、アンネ・フランク、ミッキー・コーエン★13、マルクス、エセル＋ジュリアス・ローゼンバーグ★14、トロツキー、ハイネ、エーリッヒ・フォン・シュトローハイム、ガートルード・スタイン、ヴァルター・ベンヤミン、ファニー・ブライス★15、カフカ

5/25/75

……生き方を変えなければ。背骨が折れてるのに、どうやって生活を変えるの？

D［デイヴィッド］は、私のなりふり構わない陽気さ――この二年間、起きてから寝るまで――にはごまかされなかったと言う。私のフィクション作品を読んでいたからだと。あんな物語を書く人間が本当にあそこまで陽気なはずない、と。

でも、倒れたくない、と言った。生き延びる人間のひとりになりたい。スーザン・タウベス（または、アルフレッド［・チェスター］とかダイアン・アーバス［アメリカの写真家、一九七一年に自殺

★16]）になるのはゴメンだ。声を出して［デイヴィッドに］向かって読んだ、カフカの一節を――みずからの結婚について賛否両論をまとめた文［一九一三年七月二一日］……カフカのような気分が私にもある、Dに言った、けど、安全な繋留システムを見つけてはいる、恐怖を追いはらうため――抗い、生存するための止まり木。

……

私が構築した生は、誰にも深く追いつめられたり困窮させられたりしない――もちろんDは例外。彼以外には、私を掴み、臓腑《はらわた》にまで入りこみ、断崖からつき落とすことはできない。あらゆるひとが

★10――一六二六‐七六、トルコに生まれたユダヤ人。名は、日本語で「シャブタイ」とも表記される。幼児からカバラに触れ、神秘主義研究に没頭。各地のユダヤ社会に信奉者が多数生まれて一派をなすが、一方で偽メシアとも見られた。

★11――ユダヤ系のアメリカの作家フィリップ・ロスのベスト・セラー『ポートノイの不満』（一九六九）の主人公。もとはロシア語で仕立て屋を意味する語で、ロシア系ユダヤ人の姓に多い。

★12――移民のためのニューヨークの夜間学校をユーモラスに描いた『ハイマン・カプランの教育』（一九三七）の主人公。著者はユダヤ系のアメリカの作家、政治学者レオ・ロステンで、レナード・Q・ロス名で発表した。

★13――一九一三‐七六、一九四〇年代から五〇年代にかけロサンジェルスで暗躍したギャング。ニューヨーク出身のユダヤ系。

★14――ジュリアスはユダヤ系で、電気・電子技術分野の科学者。一九五〇年に発覚した、原爆に関する情報をソ連へ提供したとするスパイ事件で妻のエセルとともに逮捕されて有罪となり、五三年に刑死した。

★15――一八九一‐一九五一、ミュージカル映画『ファニー・ガール』（一九六八）のモデルとなった舞台・映画女優。ニューヨークのユダヤ・ハンガリー系の家に生まれた。

★16――一九二三‐七一、ニューヨークで裕福なユダヤ系の家に生まれたアメリカの写真家。SSは早くから評価していた。心身に障害や変異をもつ人物に惹かれてポートレートを撮った。精神を病み、両手首を切って自死。

「安全」証書つき。このシステムの軸、至宝は：ニコール。

私は安全、そう、でも前より弱くなっている。独りでいるのがますます困難、二、三時間ですら。

――この冬の土曜日ごとに、パリでパニック状態になった。N［ニコール］は朝一一時にロケハンに出かけて夜中過ぎまで戻らなかった。フザンドゥリー通り［当時、ニコール・ステファーヌが住んでいた］から出かけ、独りでパリを歩きまわることができなかった。そんなだから、土曜日になると独りでこもり、仕事もできず、動くこともできなかった……

何よりもカルロッタの影がパニックを引き起こす――なにごとも――波風を立ててくれるな、という気持ちだから。葛藤状態はうんざり。やることなすこと、葛藤を回避するため。

代償：セックスなし、仕事とD、旗艦ともいうべきN、それと、あたりさわりのない母親的な友情（ジョウ［・チェイキン］、バーバラ［・ローレンス］、スティーヴン［・コッホ］、エドゥガルド［・コザリンスキー］、モニーク［・ランジュ］、コレットほか）に捧げる生活。穏やかで、なにごとも目配りを怠らず、馬車馬ばりに生産的、慎重、陽気、不正直、ひとには親切。

これからの残りの生は自分の「作品」を守ることに専念したい……って、本当？　自分の生活を作業工場に変えてしまって、自分を管理している今の私。

安全な繋留がいつまでも安全であるはずない、これを頭にたたき込むこと。よしんば（Nが倒産、フザンドゥリー通りの家を売らざるをえないなんていう事態）ともなれば、何を変えるにももっと難しくなる。――保護を受ける関係が私の好み。この傾向はまず母との関係から生まれた（弱くて不幸で、混迷し、魅力的な女たち）。Cとなんらかの関係を再開する、そのことに関するもうひとつの論点。三月にローマで会ったCは痛々しくぼろぼろだった。

6/7/75

「モダニズム」をまともな展望のもとに位置づけているふたつのテクスト：［ヘンリー・ジェイムズの］『ねじの回転』について、さかのぼること二〇年前に、フェーゲリンが［ロバート・］ヘイルマン宛に書き、自分自身の書簡について触れている文章がひとつ：もうひとつは、ヴェルディについてイザヤ・ベルリンが書いたもの（『ハドソン・リヴュー』誌★17、一九六八年）

ファシズムについて語るとき、ひとは過去の例を想起する――今世紀前半（イタリア、ドイツ、スペイン、etc.）。ほとんどのひとは今世紀後半に擡頭しつつあるさまざまな顔をしたファシズムについて語り、それらはこれまでと違って、もっと軽く、効率がよく、感傷的な面が小さくなる、と。エコ・ファシズム。

人種の純血性への懸念に代わって、環境（空気、水、etc.）の純性への憂慮、人種汚染との闘いに代わって、環境汚染との闘いを唱えて大衆を動員

……

★17――一九四七年にニューヨークで創刊された文学と芸術の季刊誌。

6/12/75

［メアリー・シェリーの］『フランケンシュタイン』をはじめて読んだ。一八歳の人物が書いたとすれば驚くべき作品、ラディゲ［二〇歳にならない若さで『肉体の悪魔』を執筆］よりはるかに刮目すべきだ。

「教養小説」だ——「野生児」のディレンマ（参照［フランスの映画作家フランソワ・］トリュフォーの『ＬＥＳ』［『L'Enfant sauvage 野性の少年』］、ヘルツォーク監督の『カスパー・ハウザー（の謎）』）……

［ジェイムズ・］ホエールのこれまでの映画★18の狂った男爵といった類いの主人公とは似ても似つかない、ヴィクトール・フランケンシュタインは、小市民《ブルジョワ》的な科学者——……で、カルヴァン派の信者★19：気取り屋で独善的、臆病、虚栄心が強い、自己賛美。主人公は怪物だ——愛の欠乏で狂気に追いやられた人物。

……

結婚＋［ゲーテの］『親和力』にある家族＋『フランケンシュタイン』をテーマに。

……

［二〇世紀フランスの詩人］オリヴィエ・ラロンドの生涯――『アート・アンド・リテラチャー』誌一〇号。天体図がかかっている寝室。猿。錬金術めいた詩。阿片。黒いカーテン。

『夢の賜物』＋『死の装具』の関連性：『夢判断』の最終部のフロイト、夢の叙述と、それに特有の効率的展開を、精神総体と統合しようとした：「単純に想像してみよう、精神の生産活動を支える道具を、一種の複雑な顕微鏡や写真機のような道具として」

……

「人間は墓に向かって走る。
川は大いなる深みへと急ぐ
すべての生けるものの終末は死だ、
宮殿はいずれ積み重なる。
過ぎ去った日よりも遠いものはなく、
来るべき日よりも近いものはない、

★18――一八八九－一九五七、イギリスの映画監督。ホラー映画の元祖のような存在で、『透明人間』『フランケンシュタイン』『魔の家』『フランケンシュタインの花嫁』『ショウボート』などを撮った。

★19――プロテスタントの改革派。フランスの宗教改革者ジャン・カルヴァン（一五〇九－六四）の思想に影響を受けた、プロテスタントの改革派。

どちらの日々も　墳墓の内奥に隠されている人間
からは遠く、はるかに離れてある」
——シュムエル・ハ゠ナギド
（九九三年コルドバ生まれ、一〇五六年グラナダにて没する）★20

……

6/30/75　［パリ］

シオラン（五時半－深夜）——

受容しうる唯一の生き方は失敗（「しくじり《エシエック》」）

異端以外に興味を惹かれる思想

サルトルは赤ん坊——自分は彼に憧れ、嫌ってもいる——彼には悲劇、苦悩の感覚がまったくない

一年以上も時間をかけて出版するとは不遜だし、その傲慢さを全うするために出版物があるかのよう

だ

ある年齢に達すると、あとはあらゆることが瓦解する〔原文はフランス語で書かれている〕

人生の価値を感じさせてくれる唯一のものは陶酔《エクスタシー》の瞬間

何をするかではなく、何者であるかが問題だ

面白いのは二種の会話：形而上学的観念についてと、ゴシップと逸話

著述という行為、精神衛生として見たら……

自由な知識人：学生のいない教授、信徒会をもたない司祭、共同体のない賢者

★20――九九三－一〇五六。シュムエル・イブン・ナグレーラのまたの名。軍人、政治家としてグラナダ王国の宰相を務める一方、優れた詩人としても活躍した。

7/19/75　パリ

エッセイ――きわめて概論的、箴言《アフオリズム》的な――はスピード、速度について書かれるべきだ。二〇世紀の意識において唯一の新しいカテゴリーかも。

スピードは機械と同一視されている。移送とも。光、すっきり、流線型、男性らしさとも。

スピードは退屈をけちらす（退屈という一九世紀的問題の解決策）。

保守的	革命的
過去	未来
有機的	機械的
重い	軽い
石	金属
確実性	意外性
静寂	騒音
意味	無意味

［イタリアの未来派トンマーゾ・］マリネッティ★21からマクルーハンまで。イヴァン［・イリイチ］のスピード批判との対照

……

真面目　風刺
記憶　忘却
平穏　エネルギー
習性　新奇性
分析　直観
遅い　速い
病的　健康

これはファシスト的美学、リーフェンシュタールとどう合致するか？
この思想の系譜。ニーチェ、etc.

自然　演劇としての生*
悲観主義　楽観主義
感傷　雄々しさ

★21――一八七六－一九四四、詩人、作家。一九〇九年にフランスの『フィガロ』紙にフランス語で「未来派宣言」を発表、イタリアの前衛芸術運動である「未来派」を主導した。

平和　　戦争
家族　　自由

これらすべて（未来派など）と意識の産業化というエンツェンスベルガーの考え方との関係。ファシズムは意識を産業化するか？

ひとつ言えること……実際、「ファシスト美学」は存在する。

∨マリネッティ：「なんらかの価値あるものはみな演劇的だ」。

そして、たぶん、「共産主義的美学」などというものはないのかも——用語上の矛盾がある。ゆえに、共産主義諸国で認可されている芸術は凡庸で反動的。

共産主義諸国の公認芸術は、客観的に言って、ファシスト的だ（例　スターリン主義時代のホテル＋文化施設）、［毛沢東時代の中国の映画］『東方紅』、etc.）。

だけど、ファシズムが過去を感傷的な憧憬の対象にする点はどう考えるべきか？　ナチはワーグナーを公認の音楽にした：マリネッティはワーグナーを忌み嫌った。

理想的な共産主義社会は隅々まで指導を重視している（社会全体が学校だ）：あらゆる案件が道徳的観念を軸に規定されている。理想的なファシスト社会は隅から隅まで美学を重視している（社会全体が劇場だ）：あらゆる案件が審美的観念を軸に規定されている。

これもまた、美学が政治に転化した例だ。

「審美的判断」について。かならずあれよりはこれ、という好み（明示的、暗示的を問わず）が関わっている

審美的な判断をからませるべきではないカテゴリーがある、という共通認識はあるのか？　それは、審美的判断という観念そのものを構成する核となっているか？

なにごとであれ、審美的に判断すると決めてかかったとしたら、どうなるか？　こういう考え方をわれわれはすでに潰しきったか？

注　審美的判断にはかならず好みの問題が関わってくるが、かならずしも好みに審美的判断が反映されるとは言いきれない。

その件にそぐわない感情を排除した姿勢、「単なる」審美的判断をいっさい感じさせずに、「父よりは母のほうが好きだ」と言ってのけるひともいる。

しかし、想像だけど、「第一次世界大戦より第二次大戦のほうが好きだ」と言われたら、戦争の見方が不適切だ、思慮に欠ける——戦争が見世物《スペクタクル》のように扱われている——と思うに違いない。

……

7/22/75

音楽的思考《ミュージカル》、呪術的思考《マジカル》。
哀歌調《エレジアック》。

負の顕現《エピファニー》：サルトルのマロニエ（『嘔吐』★22）。正の顕現：アウグスティヌス★23の虫、ラスキンのしげった葉★24。今では、自然と本物の接点をもっている書き手は数少ない。作家の基準は都会的、心理学的、頭脳的——基底部分の要素は世界から脱落してしまった。肯定的な意味での自然は時代遅れだし、近代には合わない。

ニュアンス、分別、音楽性——これらを自分が書くものに採り入れようと試みている。以前はなかった要素だ。官能に託す余地ゼロで、考えたことをすべて言わなければならない、と思っていた。ハロルド・ローゼンバーグ★25：「芸術のスタイルが正当性を獲得するには、宮殿であれダンスホールであれ、聖人や高級売春婦の夢であれ、芸術の枠外の世界のスタイルをもとに自己矯正をしなければならない」。
最近は、エリザベス・ハードウィック、ビル・マゾッコ、ウィルフリッド・シード★26、［ウィリアム・H・］ギャス★27＋ギャリー・ウィルズ★28のような非ユダヤ人《ゴイ》［ユダヤ人の立場から見た異邦人］が書く散文に惹かれる。観念にではない、だけど、なんとも音楽的。貧困なユダヤ人！

視像《イメージ》に苛立つ、しばしば：私には「とんでもない《クレイジー》」としか思えない。なぜ、XがYのようでなければならないのか？

このあいだの晩、N［ニコール］が空想ゲームをしようと言ったとき、私はひどく苛立った。お題：クリスティアンヌ。思いつきを言うわよ、とN。もし彼女が食べ物だったら？（でも、彼女は食べ物じゃない）自動車だったら？（でも、彼女は自動車じゃない）英雄だったら？（でも、英雄じゃない）、etc. といった次第。頭のヒューズが飛びそうだった。似たもの同士でも、違うものは違う。

★22――『嘔吐』の主人公ロカンタンが公園のマロニエの木のごつごつした根元を見て吐き気をもよおしたことを指す。
★23――アウレリウス・アウグスティヌス　三五四－四三〇、古代キリスト教神学者、哲学者。当時のラテン語圏の神学に大きな影響を与えた。その「虫」とは、生命を維持する宇宙の秩序についての考え方を象徴するもので、ウジ虫のような小さな生物が大きな動物の死体から出てくるところにそれが働いている、とした。
★24――一九世紀イギリスの社会・芸術評論家ジョン・ラスキンは、深い根とつながりながら上へと向かう木の葉に強い力を見いだしていた。
★25――一九〇六－七八、抽象表現主義美術をいち早く評価したアメリカの美術評論家。
★26――一九三〇－二〇一一、イギリス出身のアメリカの小説家、エッセイスト。
★27――一九二四－、アメリカの作家、評論家。
★28――一九三四－、アメリカの作家、ジャーナリスト、歴史研究者。専攻はアメリカ史、政治、宗教とくにカトリック教会史。

8/7/75　パリ

（シオラン風の）エッセイ：「芸術が滅びるなら滅びさせればいい……」

テクスト：［ヘンリー・ジェイムズの］『カサマシマ公爵夫人』（［ライオネル・］トリリングの序文付き——「文明の代表選手」としての主人公ハイアシンス・ロビンソン★29……）

『グラキュース・バブーフの抗弁』［バブーフはフランス、ジャコバン党の論客。一八世紀末、総裁《ディレク》政府《トワール》に裁かれる］（＋モレリ［フランスの啓蒙思想家で、ユートピア的著述家］）

中国の素材

バブーフによるモレリの引用……——……「他人よりもっと金持ちに、あるいはより賢く、より強力になりたいという人間の欲望を永遠に一掃する、社会をそのように動くものにしなければならない」。

注　「より賢い」中国

……

それとも、これは小説の主題か？　ジェイムズは一八八〇年代に『C公爵夫人』を書いた。私たちは当時の彼より多くのことを知っているか？　一〇〇年後だったら、ハイアシンス・ロビンソンは自殺しただろうか？

品格ある小説の主題は二種ある：
　聖なるものごと
　　文明の「問題」

現代のハイアシンスにあたるのは誰だろう？　文化は依然として「価値あるもの」だろうか——一九二〇年代に文化の背中がダダイズム、シュルレアリスム、etc. によってへし折られてもまだ？

［ページ上部に四角く囲って］参照　［テオフィル・ゴーティエの］『モーパン嬢』：現実主義的で功利的な共和派ジャーナリズムへの攻撃——「……しこうして、世界でも偉大なこと、尊厳＋詩の存在が不可能になった……」

パリに行っても、ハイアシンスは観光客の群れに出くわすことはない、彼が賞賛するありとあらゆるものが卑俗になっているさまを目にすることはない。製本所で働く彼の同僚たちは今ではヨーロッパ大陸でヴァカンスを過ごす。
（キリスト教もまた、芸術にとってそれほど良いものではなかった——その道徳的な口調がやわらげられて、時代に即した多元主義的な物言いになる以前は）
（［パブロ・］ネルーダ★30＋ブレヒトといった偉大な詩人たちが、民衆と社会正義への要求に役立

★29——ロンドンの若く貧しい製本職人で、公爵夫人と出会い、革命運動や生きることの甘美さなどを経験していく。

つ詩を提供したとき、どうなったか）

『リトル・レッド・ブック』［『毛沢東語録』］が説くところでは、誰もが思想をもつことができるが、（中国の伝統的）叡智の観念は否定すべきだ、としている。

『C公爵夫人』についてトリリングの言……：「ごくわずかな人びとしか認めたがらないことをハイアシンスは看取している。文明には代償、それも高い代償が伴うことを」。

――中国！

8/8/75

アール・デコ、最後のインターナショナル――全体性のある――スタイル（美術から家具、日用品、服まで）。これまで五〇年間の様式《スタイル》はすべてアール・デコをめぐる批評だった。例 最後のインターナショナル・スタイルの二番手アール・ヌーヴォーの目が回るような曲線をアール・デコはまっすぐに、直線に戻した：バウハウス（ミース［・ファン・デル・ローエ★31］、［フィリップ・］ジョンソン）はいっさいの装飾を御法度とした：が、構造は変わらない。

ファシスト建築――パロディ＋アール・デコ（アルベルト・シュペーア★32、「ムッソリーニ」）

五〇年間もなぜ、新しいインターナショナル・スタイルが出てこなかったのか？ 新たな思想、新たな必要性がまだ明確になっていないからだ(ゆえに、アール・デコの変種と洗練種でどうにか満足し、さらに目先を変えて+組み合せ《フュージョン》の妙を楽しんでるだけなのか、パロディの域を出ない——ポップな——昔のスタイルのリヴァイヴァルをもち出してきた)。今世紀最後の一〇年には新たなスタイルが擡頭するだろう、生態学的《エコロジカル》な危機が高まるにつれ——エコ・ファシズムが頭をもたげてくるかもしれない。

低層建築
穴蔵
窓なし
石

摩天楼は天に唾棄するものとみなされ、+実用性が薄まる

★30——一九〇四-七三、バスク系チリ人で外交官出身の詩人。一九七一年ノーベル文学賞を受け、G・ガルシア=マルケスに「すべての言語のなかで二〇世紀最高の詩人」と称えられた。SSは、チリで共産党が非合法化されたためイタリアの孤島に亡命した彼の生活を題材にした九四年のイタリア映画『イル・ポスティーノ』(一九九四)が大のお気に入りで、ことあるごとに人に鑑賞を奨めた。

★31——一八八六-一九六九、「神は細部に宿る」や「より少ないことはより豊かなこと」などの名言で知られるモダニズムの代表的な建築家。バウハウスの第三代校長を務めたが、ナチスにより同校が閉鎖されるとアメリカに亡命した。

★32——一九〇五-八一、ドイツの建築家。ヒトラー政権のナチス要人でもあり、なかでも最もヒトラーと親しかったひとり。ニュルンベルク党大会会場は、ナチ党主任建築家としての初期の仕事であった。

今世紀最も影響力のあった「画家」：マルセル・デュシャン。芸術という観念を解消させる

最も影響力ある詩人：マラルメ。難解な書き手という観念を前に進める。いつの時代にもかならず難解な作家はいた（例　古い時代の秘教的なテクストと通俗的なテクストの峻別）が、彼以前には、難解さそのもの――つまり、純粋性――つまり、内容の排除――をさらに推し進めて、価値の基準にまでした書き手はいない。いまだかつて実技、実践では及びもつかないほどの影響力ある観念（実践ではなく）をマラルメは提出した。

一九一〇年代――芸術が政治的論法《レトリツク》（無政府主義《アナーキズム》の）を受け継いだ。参照　マリネッティ

一九六〇年代――フェミニズムが階層性《ヒエラルキー》、知性（ブルジョア、男根崇拝、抑圧的な）、理論優先に対抗して政治的論法（左翼主義の論法）を受け継いだ

間に合わせの希望、間に合わせの絶望

自己の充足のために「汝」が必要になるパターン

芸術の力＝否定する力

……

フィクション：啓蒙と贖《あがな》いの目論見

障害：

悲観主義、悲嘆の問題（それらへ向かわせる誘惑）

文化との関係性の断絶

緊張病《カタトニア》の誘惑

……

「静寂の原子ひとつひとつは熟した果実がもたらす幸運だ」——ヴァレリー

これに対して

「ガートルード・」スタイン、「絶えずしゃべっていた、しゃべっているときの変わらぬ同じ気持ち……聞いているのみならず見ているという感じ、そうじゃなかったことなど思い出せない……」

これに対して

イエズス会士の沈黙、トラピスト★33の掟、ハーポ・マルクス★34、バッキー・フラー★35

……

9/4/75　NC

……

歓び——歓びの権利を忘れていた。性的歓び。書くことに歓びを感じ、書くと決めたことの基準のひとつとして、歓びをよすがにしてきた。

私は反対者としての作家だ、論争的な作家。攻撃の的になっていることを支持し、認められていることを攻撃するべく書く。でも、そうするなかで、感情的に不安定な状態に追い込まれる。世間を説得できるなんてひそかな期待を抱いてはいないし、自分の多数派的趣向（考え方）が現実に多数派の趣向（考え方）になってしまうと狼狽せざるをえない…で、また攻撃したくなる。自分自身の作品に対しても、どうしても敵対的な見方をしてしまう。

面白い作家には敵がいる、問題があるものだ。突き詰めていくとスタインが優れた作家、役に立つ作家とは言えないのも、それが理由。

聖書の時代この方、ひとと性的に繋がるのは相手を知る方法だった。二〇世紀になって——はじめて

——それは主として自己を知る方法として重視されるようになった。だがそれは、性行為に託すには大きすぎる荷物だ。

……

歓び　純粋さ
　葛藤？

歓びは「無関心」を寄せつけないが、揺るぎない歓び以外は不運だし、意志の力でもぎとった歓びも不純だ

［イギリスのエッセイスト、ウィリアム・］ハズリット★36：「自然な想像力という意味では、アメリカ人の意識には欠陥がある。意識は過剰な緊張や押したり引いたりの作用で活性化させることが必要だ」

★33——カトリックの修道会のひとつで、修道院での瞑想生活を重視する。一七世紀半ば、フランス、ノルマンディでの宗教改革の過程で生まれたもの。労働を課し、厳格に沈黙などの戒律を守り、必要でない会話は禁じられている。

★34——一八八八－一九六四、マルクス兄弟の次男で、しゃべらない道化的な役柄を演じ、言葉の代わりにラッパを拭いたり口笛を吹いたりすることで笑わせる一方、ハープを美しく奏でた。

★35——アメリカの建築家、思想家。バッキーは愛称。

★36——一七七八－一八三〇、イギリスの批評家、随筆家。人間味のあるエッセイや批評で知られ、画家でもあった。

ニューヨーク市で見た映画
ロバート・アルトマン『ナッシュビル』（一九七五）
ノーマン・ジュイソン『ローラーボール』（一九七五）
ニック・ブルームフィールド、ジョーン・チャーチル『Juvenile Liaison　若者たちの関係』（一九七六）
ジョン・フォード『メアリー・オブ・スコットランド』（一九三六）
ジョージ・スティーヴンス『乙女よ嘆くな』（一九三五）
ウディ・アレン『ウディ・アレンの愛と死』（一九七五）
＊＊＊＊エイゼンシュテイン『イワン雷帝』第I部
ルノワール『牝犬』（一九三一）――ミシェル・シモン
メイズルス兄弟『グレイ・ガーデンズ』（一九七五）
ヘルツォーク『カスパー・ハウザーの謎』（一九七四）――ブルーノ・S
オーソン・ウェルズ『黒い罠』（一九五八）
ベルイマン『魔笛』
［ハワード・ジーフ］『Hearts of the West　ハーツ・オブ・ザ・ウェスト』（一九七五）
ウォルター・ヒル『ストリートファイター』（一九七五）――チャールズ・ブロンソン、ジェイムズ・コバーン
……

最初に道徳の恐怖支配《モラル・テロリズム》という言い方をしたのはカント（一七九八年に出た小さな本『諸学部の争い』）

二週間のパラグアイ訪問

「［二〇世紀アメリカの作家］アイリス・オーウェンズはTVのようなもの」（スティーヴン・K［コッホ］）

……

1976

［日付なし、二月］

……清明さがふと訪れる
悲しみで狂いそうになることもある

フーコーはかつて墓地についてエッセイを書きたいと思ったという――ユートピアとしての墓地
……いかなる状況もそこに注入されるエネルギーの量によって決まる――私は愛と希望にものすごいエネルギーを注ぎ込む――悲しみと喪失感にも同量のエネルギーを注入してしまう。
デイヴィッドについて考える必要がある――ユイ［この時期のパリでのアメリカ人の友人］いわく（正しくも）、私はデイヴィッドのことを語るのではなく、自分とデイヴィッドとの関係についてばっかり話してる――彼女がデイヴィッドってどんな子？と訊ねてきたとき、たしかに言葉がでなかった――当惑した――自分の最大の美点について語れと言われてるような気がして。これが問題の鍵‥彼と自己同定しすぎている、彼と自分を過剰に重ね合わせている。デイヴィッドにとってはいい迷惑――彼に対して感じている賞讃と信頼、その大きさを思うとなおさら。

私は修復の途上にある――修練〔フランス語で書かれている〕――新たなエネルギー源を模索中。

……

〔ドイツ系アメリカ人の文芸評論家〕エーリッヒ・カーラー★1が、〔トーマス・〕マンが死ぬ一〇年前、こう書いている‥「人間の置かれている条件について個人として責任を感じる、マンはそういう人物だ」。

●　●

……しかり、私は純粋志向《ピューリタン》、それも二重に――アメリカ人でユダヤ人

★1――一八八五－一九七〇。プラハ生まれでドイツで哲学、社会学、心理学、芸術史を修めるが、ナチ政権によりドイツ国籍を剥奪され、一九三八年にアメリカに移住した。物理学者のアインシュタインや作家トーマス・マンとも親交があった。

面白く、明解に、雄弁にうまく話せるなんて、「自然」じゃない。集団、家族、コミューンで生活しているひとたちはほとんどしゃべらない――言葉で表現する手段は少ない。雄弁――言葉で考えること――は独りでいること、根無し草《デラシネ》であること、つらい個人性が高まったあげくの副産物。集団のなかなら、歌う、踊る、祈るほうがもっと自然：(自分固有のものを) 捏造するのではなく、そこにはすでに発語の媒介が所与のものとしてある。

……

●

2/18/76

意識が熱くるしいくらいに高揚する――

幼少期、成長過程では、体に押されて――体もろとも――浮き上がる：歳を重ねたり病気になったりすると、体は下のほうにずり下がり、沈み、落ち込んで、自我が置き去りにされる、かき消える。

これまで生まれてきた人間の半数――か、もっと多く――はこの二〇世紀のいま生きている。

シオラン：ニーチェ派のハズリット。

●

2/22/76

……頭の体操をするジムが私には必要。

……

6/1/76

彼らがもっているエネルギー＋希望と恋愛せよ［SSの乳がん治療にあたった医師たちのことを言っている］

手紙が書けるようになったら、そのときは……

●

外科医のグリーンの手術衣

●

［この項は余白に横線を記して強調してある］種類の異なるテクスト、途切れ途切れの地平線のような。

私は誰から、何から、勢いを得ている？ 第一に言語から。人物ならなかでもヨシフ［・ブロツキー］★2。本：ニーチェ、リジー［エリザベス・ハードウィックのフィクション］の散文。

しかめっ面した著述というのがある——精悍で、おかしくて、したたか。冷笑的《シニカル》ではない。邪気はある。

ベケットの主題：詩、年寄りの意地悪。

……

6/14/76　パリ

最小限のユートピア
思索と摑みきるための時間の余地をつくる

——気性として忠誠心に篤いか？
——はい。忠誠を溜めこんでます

「替え玉《ダミー》」★3はSFというよりは寓話、お伽話。彼の選択（途中でドロップアウト、浮浪者）は、不具者の選択——みずから拒んだひどい生活の延長線上にある。

手本：［ヴァージニア・］ウルフ「書かれなかった長編小説」、［ロベルト・］ヴァルザー★4「トゥー

★2——一九四〇-九六、ロシアの詩人、エッセイスト。一九八七年ノーベル文学賞受賞。作品は政治的というより、自由を希求する純粋な抒情が香る。しかし、ソ連当局から「寄生虫」と糾弾されて六三年に逮捕されるなど迫害を受け、七二年に国外追放される。この間、多くの作品は西欧や地下で読まれた。八〇年にアメリカの市民権を得、ミシガン大学などで教鞭を執りながら研究と創作を続ける。SSはアメリカのペンクラブ活動を通じて東側からの亡命知識人の支援に熱心だったが、ブロツキーには格別の敬意をいだき、本書にも記されているように恋人としてヴェネツィアなどに同行している。また、「まえがき」にも述べられているように、臨終にその名を呟いたうちのひとりであったという。

★3——一九六三年発表のSSの短編小説。『わたしエトセトラ』所収。

★4——一八七八-一九五六、ドイツ語で、フィクションともエッセイとも分かちがたい散文作品を書いたスイスの作家。

ンのクライスト」、［ブルーノ・］シュルツ★5の「書物」。

……

●

詩人たちは現実の、あるいは恣意的に培われた意識内の地域主義によって自己限定されている——あたかも、彼／彼女には独自の「宇宙」がある、とみなされるのを期待しているかのようにアメリカの詩の弱さ——反知性。偉大な詩には思想がある。

6/19/76　ニューヨーク

日曜の晩に戻った。心細いまんま考えつづけてる、自分に重荷を課すかのように苦しんでいる。ピンで固定された虫みたいにのたうつ。何も助けにならない。怖い、麻痺してる。私に必要なもの：

エネルギー
謙虚さ
頑強さ
規律

ぜんぶ合わせると＝勇気。

頑強さ＋規律は同じではない、忘れないこと。頑強だったのはしょっちゅうだけど、私にはまったく規律がない。

……

出来の悪い作家になっても構わないと勇気を奮い起こすだけでなく——本当に不幸になる潔さも必要。絶望。それに、自分を救って楽になるとか、近道して絶望を省略したりすべきではない。現実に不幸なのにそれを認めるのを拒めば、自分の主題を剝奪することになる。何も書くことがなくなる。あらゆる主題は燃焼させる。

……

8/15/76

……体の変化、言語の変化、時間感覚の変化。時間が速く過ぎる、とか、ゆっくり過ぎると感じるのは、どんな意味があるのか？

★5——一八九二–一九四二、ユダヤ系のポーランドの作家で画家。

年齢を重ねるにつれ+時間がますます速く過ぎるように感じる理由は、より大きな単位でものを考えるからだ、というのがジャスパーの見方だ。四〇歳なら何気なく「五年後には」とか「五年前には」と言えるが、それは一四歳のときに「五か月たったら」とか「五か月前には」と言っていた感覚と同じなのかも。

ブロッキーが言ってた、主題はふたつ：時間と言語。

……

8/30/76

［黒豹《ブラック・パンサー》党《パーティ》の元リーダー、エルドリッジ・クリーヴァー★6の報道写真を貼り付けた下：］「懐疑的」。懐疑的。懐疑的であるべき。

（一九七〇年代の主要な教訓）

イギリスの「新しい」小説家たち：B・S・ジョンソン、アン・クウィン、デイヴィッド・プラント、クリスティン・ブルック＝ローズ、ブリジッド・ブローフィ、ゲイブリエル・ジョシポヴィッチ

Saurian　トカゲ類

Perplexed　困惑した

スタンダールいわく、「犯罪的とも言えるほどの情熱で」母親を愛していた

9/3/76　パリ

一八九一年刊行のJ＝K・ユイスマンス『彼方』と一九七三年刊行の「J・G・」バラード『クラッシュ』の似ているところ★7
どちらも悪魔崇拝がテーマ：ともに黒ミサを描いて礼賛している：金属的で超人間的な性の探究を描いている：――だがユイスマンスにとっては、その伝統はすでに実在していた、まさしく中世この方。ところがバラードにとってそれは「新規の」ポストモダン、あるいは未来志向の性、ないしは悪魔主義だ。
両者とも近代を拒んでいる。

★6――一九三五－九八。ロサンジェルスで一〇代から軽犯罪や白人女性の暴行をくりかえす。その罪で服役中に雑誌に寄稿しはじめ、黒人の現状をもたらしたものは何かを政治的・哲学的に問いかける告発の書『氷の上の魂』を著す。同書は一九六〇年代後半以降の、アメリカ内外の周縁化された民族や集団の自決権を目指す運動に息を吹き込んだ。六六年の釈放後、公民権運動の穏健な平等要求に満足せず革命的民族主義を標榜してブラック・パンサー党）に加わり、一時その情報相として活動する。

★7――ユイスマンス（一八四八－一九〇七）はフランス世紀末のデカダン派、バラード（一九三〇－二〇〇九）は中国生れのイギリスのSF作家。

両者とも身体の冒瀆（自己冒瀆）を讃美。

常識はいつも間違っている。それはブルジョアの理想をかかげて民衆を煽動するものだ。都合の悪い真理や不思議を単純化したり、固定したり、隠蔽したりする、それが常識の作用。常識はそういうことをする、してしまう、と言ってるだけではない。そういう作用をすべく仕組まれているのだ。もちろん、効果を上げるためには常識にもいくばくかの真理が含まれていなければならない。だが、その主たる内容は否定的だ：（暗に）これがこうなのだから、あれはこうではない、と言っているにすぎない。

同じような意味で、世論調査もすべて表層的でしかない。人びとが考えていることの表皮だけしか明らかにならない、それも常識として組み立てられたもの。本当に考えていることはつねに部分的に隠されている。

隠されている部分を捉えるには、使われている言語を研究するしかない——深層に及ぶ研究：隠喩、構造、口調などを。また、身振り、人びとが空間内を動くさまを分析する研究も。

宗教、政治を問わずすべての正統主義《オーソドキシー》は言語の敵だ：あらゆる正統崇拝の立場が「通常の言いまわし」なるものを想定し、遵守することを要求する。

ノヴァーリスによるロマン主義の定義：卑近なことを異様に感じさせ、驚異的なことを平凡に見せる

……

ベケットはドラマにとって新たな主題を見出した：——次の瞬間、自分は何をするのか？　すすり泣く、櫛《くし》を取り出す、溜め息をつく、座る、黙る、冗談を言う、死ぬ……

［日付なし］

デュシャン：「解決はない、問題がないのだから」。ケージ、スタインにも通じる。
ナンセンス！　モダニスト・ニヒリスト・利口者の戯言《ブルシット》。
見渡せばあちこちに山ほど問題がある。

［日付なし］

（テッド・S［ソロタロフ★8］と話したこと）
一九五〇年代：みんな三〇歳になりたがった——責任が取れる（結婚、子供、キャリア）、真面目にやる
自分の価値はわかっていた——経験の意味を知らなかった

★8——一九二八－二〇〇八、アメリカの作家、編集者、文芸評論家。

トリリング――出来の悪いラビ――ブルジョア的な悲哀を悲劇的な人生観に仕立て上げた

11/5/76

［一九七四年から七七年にかけての転移性乳がんの外科手術と治療について、ＳＳは驚くほどわずかしか書いていない］

死はあらゆることの反対だ。

自分の死に追い抜かれないよう、その先を走ろうとしてる――死の前に立ち、振り向いて、直視する、死が私に追いつき追い越す関係、そこで私は死の背後に位置し、正しい歩調で歩き、堂々として慌てない。

ヨシフ・Ｂ［ブロツキー］：同性愛について（［アレクサンドリア生まれで同地に住んだ詩人、コンスタンティン・Ｐ・］カヴァフィ★9の場合）、一種の最大限志向《マキシマリズム》

書くことの作用は自分の主体を爆発させること――それを別のものに変容させる（書くことは変革の連なり）。

書くこと、すなわち自己の負の要素（限界）を優位なものに転換すること。ちなみに、自分が書いて

いるものが好きじゃないとする。よろしい、では――これもまた書く方法だ、面白い結果を生む道だ。書くことは、［オスカル・］ココシュカ［による絵画］の五本のジグザグの線のようなもの――［ギュスターヴ・］ドレ★10［のイラストレーション］に見られる、多様な交差を見せる平行線模様のようなもの。

二〇世紀アメリカ（すなわち、一九二〇年以降：ジェイムズ以降）の偉大な小説：［ドライサーの］『アメリカの悲劇』★11、［ドス・パソスの］『U.S.A.』★12、［フォークナーの］『八月の光』。
フィッツジェラルドが書いたもので今後も生き残るのは『グレート・ギャツビー』だけ――ほか（『夜はやさし』『ラスト・タイクーン』）は通俗的な読み物
［ロバート・］フロスト★13の詩「Away!」を読む――
［ウォルト・］ホイットマン★14＞［パブロ・］ネルーダ
ジョイス、トマス・ウルフ（『ブルックリンを知っているのは幽霊だけ』）★15＞［コロンビアの現代

★9――一八六三－一九三三、エジプトの古都アレキサンドリアで富裕なギリシア系の家に生まれた詩人。官吏を務めるかたわら四〇歳を過ぎてから作品を発表。愛国意識、キリスト教、異性愛といった伝統的価値観への懐疑が滲み出ていると評価される。

★10――一八三二－八八、フランスの挿絵画家、画家。版画や彫刻も手がけ、古典文学の挿絵で知られる。

★11――セオドア・ドライサー　一八七一－一九四五、アメリカの作家。『アメリカの悲劇』は代表作。

★12――一八九六－一九七〇、アメリカの作家。『U.S.A.』は『北緯四十二度線』『一九一九年』『ビッグ・マネー』の三部からなる代表作。

★13――一八七四－一九六三、アメリカの詩人。ニューイングランドの農村生活に培われた哲学的テーマの作品が多い。

★14――一八一九－九二、アメリカの詩人、エッセイスト。民主党系の政治に幻滅し、自由詩型の詩で人間性を賛美した。奴隷制など社会問題に関するジャーナリストとしての著述やエッセイも影響力をもった。

作家、ガブリエル・］ガルシア＝マルケス★16

ヨシフ：ラテンアメリカの声は使い古しの声

文章術（すなわち、聞く方法）：適切な音程を見つける、ふさわしい倦怠（アンニュイ）

［ローマ帝国最後の異教徒皇帝、背教者］ユリアヌス、『ガリラヤ人論駁』

［キリスト教史の初期の研究者］エウセビウス、「コンスタンティヌス大帝の死への哀悼文」

ユリアヌス∨カヴァフィ、オーデン｝衰退する多元主義文明vs.道徳を説く野蛮人《バーバリアン》の単純な論理、という主題

……

匿名《インコグニート》のテロ

カヴァフィ：「ギリシア的憧憬への頌歌」（ブロツキー）

正しいか誤りかを判じるプロテスタントの論理vs.善か悪かを判じるカトリックの論理

ラテンアメリカは悲劇的な歴史をもつ、ロシアのように。独裁者、etc.　もだえる文学。

バルト★17の著述に見られる女性嫌い《ミソジニー》

結核／ガンについてのエッセイ［のちに書籍化され、『隠喩としての病い』★18になる］

結核：情熱による疲弊（分解）――情熱は身体の解体まで行きつく。結核という病名がありながら、それは愛と呼ばれた。

……

記念病院のインターン：「癌は、まず正面のドアを叩いてから入ってくるような病気じゃない」［SSは一九七四年、ニューヨークのスローン・ケタリング記念病院で乳房全切除とリンパ節摘出の外科手術を受け、引き続き二年間にわたり化学治療と免疫治療を受けた］。知らぬ間に進行する秘密の侵略としての病気。

アフォリズムのスタイルで書く、セクションごとに小見出しをつけて（**情熱：侵略：死、**etc.）――

★15――一九〇〇‐三八、アメリカの小説家。ウィリアム・フォークナーに「この時代でもっとも素晴らしい作家だった」と賞讃され、ビートニク世代の作家たちにも影響を与えた。「ブルックリンを…」は三五年『ニューヨーカー』誌に掲載された地域特有の俗語と発音を多用したフィクションで、このタイトルにしたのは「ブルックリンを知るには一生かかる」からだと言っている。

★16――一九二八‐。コロンビア出身だが、親米色をきらい九七年にメキシコに移住した。八二年ノーベル文学賞。受賞理由は「現実と幻想を結び合わせて、一つの大陸の生と葛藤の実相を反映する豊かな想像の世界」を創出した、というもの。

★17――ロラン・バルト　一九一五‐八〇、フランスの批評家、文化研究者、思想家。SSは彼を敬愛していた。

★18――SSがみずからがん患者になったことを契機に、病いがどう受け止められてきたか文明史・文化史の観点から論じた一九七八年の著書。その後、『エイズとその隠喩』（一九八九）も書いている。

形式は、「〈キャンプ〉についてのノート」と写真についての最初の評論の中間あたり。

……

記念病院のある患者：「体そのものは元気《ファイン》なのだが、医学的にはそうじゃない」

……

（病いについて執筆中にギャス★19の評論を読む）

11/12/76

技術による複製は、ベンヤミンが言ったほど単純に「時代」の問題じゃない。彼の言い方は誤解をまねく。そこにはそれ自体の歴史がある——むしろ、「それは」歴史に挿入されている。複製の産物はいずれ「歴史的」なものになる、同時代の先端を行くものになるだけでなく。昔の石版画《リソ》、写真、コミック本、映画、etc. は現在ではなく過去の匂いをふりまく。B［ベンヤミン］は技術による複製の結果あらゆるものが永遠の現存物となった、と考えた——ヘーゲル流の歴史の終焉（であり、歴史の廃絶）。その後四〇年間この「時代」に生きた結果、彼の言うとおりではないと証明された。

……

ひとりの作家の仕事が想起される範囲。

詩は普遍性の発声だ――詩人の誰かが言った

嗜好は対位法的、反動的（嗜好《テイスト》の定義）

スタイルは主題を見出したときにはじめてその存在が始まる。本当にそうか？

［オーストリアの美術史家］アロイス・リーグル★20（工業美術における形態＋意匠について）

……

「これでは主題になってない：掴みどころのない、心がこもっていない、期待のもてない世界に対峙する繊細な感性が表われているだけ。競い合う関係を作りなさい」（シークリット［アメリカの作家、姓はヌーネス★21］宛てに私が書き送ったこと）。

★19――ここで言及されているのは七六年刊の『ブルーであることについて *On Being Blue*』。

★20――一八五八－一九〇五。内面の創作動機という切り口で各時代や地域文化の美術史を研究した。ウィーン学派の祖と言われる。

……

「ライナー・マリア・」リルケの『マルテ・ラウリス・ブリッゲの手記』★22——「断片的な随想を連ねた」小説の最初のもの。きわめて重要で先駆的な作品だが、過小評価が甚だしい。

ベンヤミンは文芸評論家でも哲学者でもなく、無神論の神学者で、文化を対象にして錬金術の手腕を発揮している。

象徴主義の芸術作品についてリヴィエールが素晴らしい著述をものしている——彼は破棄すべきものが何かを述べている（理由は、使い古されたから、エリート主義が過剰だから：手抜き：生に対し否定的だから、といったところ）——けど、私はまだ象徴主義的思考の軛《くびき》から解かれていない……プルーストは象徴主義が見て取っていたあらゆることを包含していたが、それでもなお小説を書いた。

主張を表明する新たな形態を私は捜している。

……

12/8/76

……「考えることは誇張することだ」――ヴァレリー

……

宗教、政治を問わずすべての正統主義《オーソドキシー》は言語の敵だ：あらゆる正統崇拝の立場が「通常の言いまわし」なるものを想定し、遵守を要求する。

参照　中国

……

12/12/76

……ヴォルテールはデファンテーヌ★23を擁護した。同性愛に対する刑罰、生きながらの火刑から救

★21――一九五一―。本項執筆時は、コロンビア大学でSSの文章創作の講義を受けていた。

★22――日本では通称の『マルテの手記』としてよく読まれてきた。北欧出身の若い詩人マルテのパリでの生活を、街、人、芸術、心境などについての随想として書いている。

った。

一九〇六年、ジャワ島（バリ島？）支配階級エリートの集団自決★24

……

アメリカ文化は、フェミニストの権利奪取［を唱える「主張、要求」］をやすやすと認めがち（限度はある）だが、ヨーロッパ諸国（例　フランス、ドイツ）はそれほどでもなく、その違いは個人性――個人の権利、個人の自己充足の権利――を崇拝するアメリカ人の特性に由来する。

★23――一六八五－一七四五、フランスの批評家、ジャーナリスト、翻訳家。審美的、道義的な批評を重視する新たな批評姿勢を打ち出す。

★24――一九〇六年九月二〇日バリ島で、オランダの武力侵攻とバリの神々への冒瀆に対する抗議として、何百とも一千人余りとも言われるバリ人が、パドゥン王国の王族とともに集団自決したことを指す。

1977

「書いたものが引用される、それを期待するなら、自分が書くときは他者のものを引用しないことだ」（JB［ヨシフ・ブロツキー］）

……

「すべての芸術は音楽の域に到達しようとがんばっている」――このひどく虚無的な声明が一個一個の動画カメラが追ってきたスタイルの基底に巣くっている、メディア史を貫いて。でも、これは固定《クリ》観念《シエ》、一九世紀的な固定観念だ。枯渇した意識の戯言に比べても審美眼に欠け、世間のしんどさに比べても世界観に欠け、不毛な頽廃に比べても活性ある形式の表明の体《てい》をなしていない。「すべての芸術が到達しようとがんばっている行き先」については、これとはまったく別ものの観点がある――ゲーテだ。彼は第一義的な芸術、最も高貴な芸術、＋新米には手も出せず畏怖をもって仰天するしかない芸術を推奨し、＋それは建築だとした。真に偉大な映画監督たちの作品にはこの建築的感覚が表われている——つねに壮大なエネルギーが放射され、＋固定されず活気のある力の流れが途切れない。

2/9/77

癌／結核の評論のタイトル：

「病いの言説」

または

「隠喩としての病い」

優れた詩はロマンティックなかたち＋現代的な内容を備えている（ブロッキー）

自分自身についてしか考えないことは死についての思考に終わる。

近代主義の利己主義《エゴイズム》的質

　空想

　唯我論

小説（一九世紀∨）の存在は何を意味しているか

　世界への興味（唯我論的ではない）

　人間の行動に判断を下す能力（道徳主義）

忍耐

プルースト（その最大にして最も偉大な散文作品はふたつの世界をまたにかけて踏ん張っている——世界と唯我）

モラリストとしての小説家：オースティン、［ジョージ・］エリオット★1、スタンダール、トルストイ、ドストエフスキー、プルースト、DHL［ロレンス］もちこたえられる判断が見当たらないとき、近代思想の小説が存在を表わす（例『アンナ・カレーニナ』★5：結婚肯定、熱情は破壊的だというスタンス）。ひとはつねに正反対の例題について思いを馳せる。

トルストイ流の小説の概念は放擲《ほうてき》されて、偽物（ジェイムズ・ミッチェナー★2など）が幅をきかせるが、その最大たるものがゴア・ヴィダルだ。近代思想が生んだ「芸術としての小説」のほうが無限に優れている。だが、それは行きづまり状態。今あるのは近代思想の暗号化された正統主義の主張（ジョン・バース『Lost in the Funhouse　歓楽館で迷子』★3、サロート、クーヴァーの『Pricksongs &

★1——一八一九-八〇、ヴィクトリア朝を代表するイギリスの女流作家。本名メアリー・アン・エヴァンズ。

★2——一九〇七-九七、アメリカの作家。特定の地域の何世代にもわたる人びとの生き方を描いた長編歴史物語、いわゆる「サーガ」が多い。

★3——一九三〇-、アメリカの小説家。歴史とフィクションの混交と文体の妙を活かした短篇で知られる。

Descants』★4）——いずれもテーマがない）。

今、小説を書く。その問題点：どんなストーリーも語るほど重要に思えない。

なぜか？

そこからいかなる教訓（意味）をも汲みとれない、その能力が読者にないからだ。

トルストイには主題がある：結婚の本質（『アンナ・カレーニナ』）：歴史のもろもろ（『戦争と平和』）、etc.

ストーリー不在だとすれば、どんな物語も重要あるいは必要とは思えない。いやでも固有なものとして受け止められる唯一の素材は書き手自身の意識だ。

一八世紀：
「理性」が動機に繋がらない
感傷と熱情の振り分け／
情動：感情とおだやかな情熱
（例　慈愛、自己利益、同情）——シャフツベリー［伯爵］★5、［デイヴィッド・］ヒューム、ルソーを見よ
情動の可塑性の発見

［余白に］道義的な能力としての想像力

ギリシア人との比較：
　理性が動機になった
二種の情動——人物を表わすもの＋外部から侵入してきた要因に由来するもの（現代人はこの区別をしない——すべて「内在する」と見ている）
情動の可塑性はほとんど重視されなかった。

［余白に］参照［アリストテレスの］『ニコマコス倫理学』

……

2/20/77

昨日、ふたつ経験——ランチを一緒にしたのは［旧英領西インド諸島の作家］ナイポール★6、それ

★4——ロバート・クーヴァーの一九六九年の短編集。本作で著者はその評価を確固たるものにした。
★5——一八〇一－八五。名前はアンソニー・A＝クーパー。イギリスの社会改革活動家で、貧民学校設立や労働条件改善に尽力した。

に、［ロシアのフォルマリスト、ボリス・］エイヘンバウムの『若きトルストイ』を読んだ――自分がいかに規律に欠け、堕落しているか思い知らされる。

明日から始める――今日にも：
　毎朝八時前には起床
（週に一度はルールを破ってもいい）。
　ランチのお伴はロジャー［・ストラウス］だけ。
（いや、「外で誰かとランチはしない」。二週に一度はルールを破ってもいい）
　ノートブックに毎日書き込む
（手本：リヒテンベルクの『［リヒテンベルク先生の］控え帖』）。
　ひとには午前中に電話しないよう伝えるか、かかってきてもでない。
　読書は晩だけにする。
（執筆から逃避するかのように本を読みすぎている）
　週に一度は手紙に返信を書く。
（金曜日も？――どっちにせよ病院に行く日だし）

……

2/21/77

好きなもの：火、ヴェネツィア、テキーラ、夕日、赤ん坊、無声映画、高いところ、粒の粗い塩、山高帽《トップハット》、毛あしの長い大型犬、船の模型、シナモン、羽毛布団、懐中時計、刈ったばかりの草の匂い、シーツ類《リネン》、バッハ、ルイ一三世期の家具、寿司★7、顕微鏡、広い部屋、UPS（Underground Press Syndicate★8）、ブーツ、水を飲むこと、メイプル・シュガーの飴。

嫌いなもの：アパートで独りで寝る、寒い天気、カップル、フットボールの試合、水泳、アンチョヴィ、口髭、猫、雨傘、写真を撮られる、リコリス★9の味、髪を洗う（洗ってもらうのも）、腕時計をはめる、講演、葉巻煙草、手紙を書く、シャワー、ロバート・フロスト、ドイツの食べ物。

好きなもの：象牙、セーター、建築図面、放尿、ピッツァ（ローマ風の生地）、ホテルに泊まる、紙クリップ、青い色、革のベルト、リスト作り、寝台車、請求書の支払い、洞窟、アイス・スケート見物、質問をする、タクシーに乗る、ベニン★10の工芸品、青リンゴ、オフィス家具、ユダヤ人、ユーカリの木、ペン・ナイフ、箴言《アフォリズム》、手。

★6——V・S・ナイポール　一九三二―、トリニダードのインド系に生まれ、イギリスで活躍する作家。出生地のインド人社会を自由闊達に描く作風が評価され、一九七一年にブッカー賞、二〇〇一年にノーベル文学賞を受けた。

★7——この頃からSSは頻繁にニューヨークの寿司屋に通っていた。

★8——Underground Press Syndicate。初期のアンダーグラウンド新聞や刊行物の発行者五団体が一九六六年にアメリカで結成したネットワークで、後にAlternative Press Syndicateと改称。

★9——マメ科の植物で、甘味料・ハーブの一種。

★10——アフリカのかつて王国だった地域で、日本ではベナンと発音することもある。

嫌いなもの：テレビ、豆の焼いたの、毛深い男性、ペーパー・バックの本、立っていること、カード・ゲーム、汚い、または整頓されてないアパート、平らな枕、日向《ひなた》に出る、エズラ・パウンド、そばかす、映画のなかの暴力、目薬をさしてもらう、ミート・ローフ、マニキュアを塗った爪、自殺、封筒をなめて閉じる、ケチャップ、ソファに置く長いクッション、鼻にさす薬、コカ・コーラ、アルコール中毒のひと、写真を撮る。
好きなものごと：太鼓《ドラムス》、カーネーション、ソックス、生の豆、サトウキビを噛む、橋、デューラー★11、エスカレーター、暑い気候、外科医、背の高いひと、砂漠、白い壁、馬、電動タイプライター、サクランボ、ラタン製の家具、腰掛けたとき足を組む、縞模様、大きな窓、新鮮なディル★12、声を出して読む、書店に行く、家具の少ない部屋、踊り、「ナクソス島のアリアドネ」★13。

2/22/77

……

私はあまりにも多くのひとに礼儀正しすぎる、思いっきり怒ってないから。怒りが足りないのは考えを突き詰めていないから。「多元主義」、「対話」という気楽な逃げ場。
非妥協的な姿勢は拒む。そうしてるとエネルギーが失われる――毎日。
素晴らしく非妥協的な主張――ＳＷ［シモーヌ・ヴェイユ］、アルトー、アドルノ（『新音楽の哲学』）。

同意するか否か、自分にはどちらの義務もないと思う。それらは私の中枢神経興奮薬《アンフェタミン》、「精気」の支柱。この要素が極端な人物との関係性のなかで私は作業してる、でも、自己規定からすれば——私自身のものの見方は極端ではない。

安易すぎるあとずさり？ 全力を出しきっていない。

歓びをめぐる大問題。ひとつ問われる「重大な」姿勢は、歓びを得るか否か。道義的基準はどの程度当てはまるか？ ピューリタンと見られて喜ぶひとはいないが、それにしても……

参照 音楽に歓喜を求めるのは道義的腐敗、歴史的に言えば反動的、というのがアドルノの考え方［アメリカの演出家ロバート・ウィルソンの］『浜辺のアインシュタイン』★14について私もこう思ったのではなかったか——そのくせ、あの作品を楽しむことができた自分に安堵した。

アドルノがあのように書いたのは一九四〇‐四一年だった点を銘記すべき（ナチの恐ろしさの記憶が生々しい——し、未決の問題が山積：アドルノは亡命者だ）。『新音楽の哲学』を書いた同じ人物が、アウシュヴィッツ以後に詩の存在はありえない、と（一九四七年に）書いた。一九六〇年代のヨーロッパの消費社会でも同じことを言っただろう。

★11——アルブレヒト・デューラー 一四七一‐一五二八、ドイツ、ルネサンス期の画家、版画家、数学者。

★12——種子や葉を香味料や生薬として用いるセリ科の植物。

★13——リヒャルト・シュトラウスのオペラ。モリエールの戯曲『町人貴族』をホフマンスタールが改作したものに曲を付けたと言われる。

★14——アメリカの作曲家フィリップ・グラスと演出家・振付家のロバート・ウィルソンが制作し、振付家でダンサーのルシンダ・チャイルズが参加したオペラ作品。

……

「世界を審美的に眺める方法」を知りたいなら――フーゴ・バル★15の『時代からの逃走――ダダ創立者の日記』……

2/23/77

……

アイリーンから聞いた話。強盗に遭い＋暴行された、四年前。住んでたビルで：午前一時頃、帰宅してエレベーターに乗る際、黒人の男がこじ開けてきた。叫び声をあげると、「こんどわめいたら、ぶっ殺す」。強引に八階（最上階）で降ろされ、屋上へ行く階段の途中まで連れていかれる。そこで目隠しされる。

私の質問。「ねえ、カンジた？」答えはイエス――そんな質問をしかねない人間にこの話を打ち明けたのは、私がはじめてだとのことだった。「でも、誰だって訊きたいんじゃない？」と私。

明けて今日、彼女に電話した。「言いたかったのは、貴女の友だち連中がどんな愚かな連中かっていうこと。でも、四年前の事件だっていうから訊いたのよ――＋明らかに貴女はしっかりしてたし、トラウマもないみたいだし、冷静に話してくれたし——だから、気にしないであんな質問ができたの」

……

2/25/77

シカゴ大学の教育：「近代」についてなんの思想もない。テクスト、思想、議論は時間を超えた対話があってこそ成立する。基本である主題や問いはプラトン、アリストテレスが提出している（理論と実践の関係：単数あるいは複数の科学：徳と知識の関係性、etc. etc.）。それに、これらを近代人もまた議論するならば、彼らにも興味がある議論だし、価値はある（ベンサム★16、ミル★17、デューイ★18、［ルドルフ・］カルナップ★19も読む）。

抜本的に時代を超える姿勢に最も反するのが、「近代」という分類が生まれてから擡頭した姿勢だ。その基本にある主題や設問は近代という時代の最初に表明された（ルソー：ヘーゲルにより）ものだ

★15——一八八六－一九二七、二〇世紀初期の前衛芸術運動ダダの牽引者のひとり。

★16——ジェレミー・ベンサム　一七四八－一八三二、功利主義を最初に唱えたとされるイギリスの哲学者で経済学者、法学者。

★17——ジョン・スチュアート・ミル　一八〇六－七三、イギリスの哲学者。ベンサムの功利主義を擁護し、晩年にはみずから社会主義を唱えた

★18——ジョン・デューイ　一八五九－一九五二、アメリカの哲学者、教育学者。社会思想の面での影響も大きい。

★19——一八九一－一九七〇、ドイツの哲学者。論理実証主義の立場をとる。

が、近代派との対照関係で考えるかぎり、それ以前の思想家たちが興味をもってもおかしくない。
歴史主義のアプローチを取るならば、異なる問いを提出することになる（歴史主義は問いを変質させる——そして、テーマをなきものにする）。N［ニーチェ］が看破したように、歴史主義は基本的に破壊的な考え方だ。たとえば、フーコー★20：人文科学のまさに主題（「人間」）が破壊される。

……

［日付なし、三月］

［以下の項目はキッチュ★21をめぐる複数の記述をまとめたもので、一九七〇年代半ばから末にかけて書かれた。興味ある内容なので採録することにしたが、それぞれの部分をSSが書いた正確な時期は確定できない］

毒にも薬にもならないならともかく、傷つけるだけの強度のある言葉がある——例　キッチュ——それが依然として生きている
キッチュは単にものごとの質を指す言葉ではない——プロセスもキッチュに「なる過程」がある
歴史的範疇《カテゴリー》としてのキッチュ：「威信《オーセンティック》」という基準が重要になったときのことが思い浮かぶ——一九世紀

キッチュが展開している場、日本（テリーの観察によれば）
WB［ヴァルター・ベンヤミン］の気配《アウラ》はキッチュのイメージ。
キッチュはスタイルではなく超《メタ》スタイルの範疇
ロシアの「Poshlost　ポシュロスト」★22と「キッチュ」との関係

●

民主的な政治／認識論においてキッチュが果たすべき役割はあるか？
参照　トクヴィル★23（全体主義的なキッチュを批判するのはたやすい）
……

★20——ミシェル・フーコー　一九二六－八四、フランスの哲学者。著書に『狂気の歴史』『監獄の誕生』『性の歴史』など。二〇世紀後半の欧米の思想界に大きな影響を残した。

★21——ベンヤミンは、送り手と受け手の距離も知性も崇高も意に介さずに手っ取りばやく面白がるだけの代物がキッチュだとし、芸術と峻別した。

★22——ロシア語で、キッチュに相当する意味合いを包む美学用語。英語圏でも一部で用いられた。安っぽいまがいもの、独りよがりの野卑なものごと、陳腐さなどに当てはめられ、二〇世紀前半からさまざまな議論が繰り返された。ちなみに、ナボコフはゴーゴリについての英文の著述でこの言葉の綴りをあえて「poshlust」とし、posh（安っぽくけばけばしい）＋lust（欲望）という意味を掛け合わせた。

★23——アレクシス・ド・トクヴィル　一八〇五－五九、フランス人の歴史家、知識人、政治思想家。

［ヴァルター・］カウフマン★24：キッチュは無邪気だ
下手なアートとキッチュとは別ものだ――例　イタリア一五＋一六世紀の何エーカー分にものぼる平面に描かれた絵画。

……

政治的宗教はキッチュからすれば当然の世界
ふたつのタイプ
(1)メーデーのパレード（［ミラン・］クンデラ★25――「生きること万歳」）。
(2)ホルスト・ヴェッセル（［ナチの］突撃隊員、ハンブルク［ママ］で口論の末に共産党員の密告者に殺される：病院で一か月以上、生死の境目をさまよう〔カッコ受けなし〕：苦痛――ゲッベルス★26が毎日見舞う（アメリカの歴史家［チャールズ・］ビアード★27の日記にこの様子が書かれている）
ニコライ墓地での彼の埋葬の様子が『Hans Westmar　ハンス・ヴェストマー　大勢のひとり』（一九三〇年代初期制作のナチスの映画）に描かれている
ゲッベルスが捏造した神話
再生＋復帰の神話

……

ディズニーランド＋ニュルンベルク党大会★28は、ふたつの異なるタイプのキッチュ

3/6/77

評論を書く：芸術へのマルクス主義的（道徳的）アプローチについて（「世界の審美的な見方」についての評論を補完するもの）

テクスト：
［イタリアの革命家、思想家のアントニオ・］グラムシ★29
［イギリスのマルクス主義者で思想家のクリストファー・］コードウェル★30（スターリニスト、

★24――一九二一‐八〇、ドイツ系ユダヤ人で、アメリカに移住した哲学者。哲学のみならず詩作、評論など幅広い思想、文芸、研究活動を行なった。

★25――一九二九‐、チェコ生まれでフランスで活動した作家。翻訳、文芸評論も手がける。

★26――パウル・ヨーゼフ・ゲッベルス　一八九七‐一九四五、ドイツの政治家。ナチ政権の宣伝相を務めた。

★27――一八七四‐一九四八　アメリカの歴史研究者。二〇世紀前半に大きな影響力をもちリベラルな政治思想で知られ、第二次世界大戦へのアメリカの参戦には反対した。

★28――国家社会主義ドイツ労働者党（ナチ党）の大会。一九二三年から三八年にかけて毎年九月にニュルンベルクで開かれ、ドイツ民族と党の結合を象徴する大プロパガンダを展開した。

★29――一八九一‐一九三七。イタリア共産党創設者のひとり。

俗物)
ベンヤミン

4/19/77

明解＝既知の事柄
わかりにくい＝注意を集中して捉えようという気になる「意味」ではなく、傾注する気にさせない「意味」の問題

プルーストの『見出された時』★31から一〇ページ分書き写す(脳裏に刷り込むため――一五歳になる前に読んだ本のように)：
史上最も偉大な小説を書いている自覚はプルーストにはなかった(熱心な支持者だったリヴィエールのような同時代の人物にも)。その自覚があったとしても何も良いことはなかった。だが、優れたものを書きたいという願いが彼にはあった。
私も優れたものを書きたい。
覇気が足りない(真に非妥協的になる、というだけの問題じゃない)。優秀になりたい、好ましく思われたい、etc. 実際の気持ちを、現実にある不遜な、利己的なところを自覚せず、自分ではそのままでよしとして進んでしまうのを怖れている。

歌いたい。

「イディッシュ語で書いた作家、アイザック・バシェヴィス・」シンガー★32についてはじめてPR『パーティザン・リヴュー』誌」に寄稿した記事に、私はすでに書いた。近代の緊張症なんてまっぴら。

充分すぎる知性、教養、展望が私にはある。障害は性格上の問題：大胆じゃない。

冷酷さ

デュシャン：画家にとどまるには頭が良すぎる、レオナルドに似て：でも、構築するのではなく――破壊する、パロディ。素晴らしい構築者レオナルド：素晴らしい脱構築者デュシャン。機械に向かう空想力は同じ、でも、デュシャンはどこをとっても戯れ《プレイフル》、ニヒリスティック……

「日付なし、七月」

「形容詞は名詞の敵だ」――フローベール

★30――物理学から哲学まであらゆることにマルクス主義を適用し、共産党に加わる。三六年にはスペイン市民戦争で国際義勇軍に参加し、翌年に戦死。
★31――『失われた時を求めて』の第七篇にして最終篇。
★32――一九〇四‐九一、ポーランド出身のアメリカの作家。七八年にはイディッシュで書く作家として初めてノーベル文学賞を受けた。

7/12/77

プロジェクト：自分のなかの写真家の眼（語れない）を詩人の眼に変えて、それをもって聴く――言葉を。具体的に見る：抽象的に書く。目指すのは：作家として、こういう具体性を手に入れること。
今夜のインド料理店におけるディナーでの、ボブ・S［シルヴァース］の鼻のアタマのてかり。

7/19/77

魔法使い（女）の物語
私のなかの最もアメリカ的なこと（エマソン、etc. と並んで）は、抜本的な変化を信じていること。
ヨシフ［・ブロツキー］いわく、詩を書くことを開始したときから意識的にほかの詩人たちと競い合っていた。いざ、［ボリス・］パステルナーク★33（や、［アンナ・］アフマートヴァ★34――あるいはフロスト――や、イェイツ★35――や、ローウェル、etc.）より優れた（より深い）詩をものしてみせる、と。で、今は？ と訊いてみた。「今は、天使たちと議論してる」
羨ましいと思い、競うことは大切。私はまだ足りてない。

今夜、**ニコールからの最後の電話**を受けたあと苦しさはそのまま放っておこう、そのまま、放っておく。

そう、もはやここが私の正面入り口じゃなくなった。ならば、去ることにする。

忘れないこと：これが、第一級の作家になる好機、最後のチャンスにならないともかぎらない。

書くためには、どんなに孤独でもまだ足りない。よりよく見るためにも。

ある意味では——ひとつの意味では——この三年間、ニコールと無駄な時間を過ごした。わかってたけど——でも、そうしたかった。今はもうその可能性もなくなった、だけど……

7/20/77

気高い意識を。深みを蓄える。「いいひと《ナイス》」にけっしてならない。

短編小説《ストーリー》（これから書く）：

★33——一八九〇-一九六〇、ロシアの詩人、小説家。シェイクスピアなど西欧の文学翻訳者でもある。詩集『我が妹 人生』、小説『ドクトル・ジバゴ』などがよく知られている。
★34——一八八九-一九六六、ロシアの詩人。近代詩人として重要視されるひとりで、本書にも登場するブロッキーなどの後進に支持され、与えた影響も大きい。
★35——ウィリアム・バトラー・イェイツ　一八六五-一九三九、アイルランドの詩人、劇作家。ロマン主義、神秘主義、モダニズムに惹かれ、日本の能の影響も受けた。

［フランク・オハラの詩］『私の感情の思い出』★36［原文ママ］
「歴史家の肖像」
「スピード」
「天使と議論」
「そして月曜日はマハトマ・ガンディと」

DURCHHALTEN（スピードは落とさないで）――私のベッドの脇にD［デイヴィッド］がメモを置いていた

……孤独は想像力をはるかに豊かにする、だから言語の豊かさも増す。

8/4/77

文化的局面それぞれには謎の地帯がある……
――島
――科学者の実験室

8/11/77

「でも、愛してる」＝「貴女を完全には失いたくない」〔原文はフランス語で記してある〕

何かを面白い《インタレスティング》と言う——もっとはっきりした判断の表明を延期する：良いとか悪いとか
デュシャンの影響を受けた芸術界で最も広く流通している用語だ。ケージ、etc.
あるいは、この用語は判断を無意味にする

……

8/21/77

……

［アメリカの写真家リチャード・］アヴェドン★37とディナー：「過去は僕にとってまったく現実味

★36——一九二六－六六、アメリカ、ニューヨーク派の詩人。ニューヨーク近代美術館の学芸員だった。事故で急逝した彼を追悼し、翌年に親友、作家、美術家らが出版した詩画集が『私の感情の思い出』。

★37——一九二三－二〇〇四。ファッション、アートの分野で活躍した写真家。

がない。現在＋未来だけに生きてるんだ、僕は。だから若く見えるのかな？」
ドリアン・ゲイ［原文ママ］★38

……

9/8/77

……

九、一〇、一一歳のとき自分で書き、発行し、五セントで売った四ページの週刊新聞（ゼラチン版印刷《ヘクトグラフ》）
会話しているときに浮かぶ視像《イメージ》――の問題――に苛立つ。自分ではすでに特定のことを考えている、像を思い描いている。：のに、唐突に別のものを見るよう仕向けられる。［アメリカの作家］ウォーカー・パーシーがニューオリンズから彼の家への行き方を説明してくれたとき。「ポンチャートレイン橋を渡る――二六マイル――紐みたいにまっすぐだ」。私は橋、プランテーション小屋、淀んだ入江、苔におおわれた木々の姿をその前から思い描いていた。そこへ、ともあろうにこの紐の話……今日、ポール［・セック］の性に対する姿勢についてのおしゃべり。「あれは最低の選択だよ」。そう言ってから、だらしない恰好になり、腕をぶらぶらさせた。「僕の紐が切られたんだ」（これまた紐！）

9/17/77

蔑み、憤りではなく

「怖れていることがひとつだけある：この苦しみに値しない自分でしかないとしたら」
——ドストエフスキー

「怖れていることがひとつだけある：この苦しみが私に値しないものでしかないとしたら」
——ソンタグ

ブレッソン、『シネマトグラフ覚書』でレオナルドをこう引用している：芸術の文脈で言えば、重要なことは、いかに終わるか、それにつきる。

体操選手、ダンサー——みずからの身体との恋愛関係

★38——SSは「Gay」と綴っているが、「Gray」が正しいと思われる。加齢と容貌の変化という話題から、オスカー・ワイルドの『ドリアン・グレイの肖像』の主人公で、時が経っても美貌を失わない青年を連想したのだろう。

アポリネールはエッフェル塔＋パリの屋根を羊飼い＋羊に喩えている。これによってものごとが地理に矮小化されてしまう、それを想像してみる。

自己という穴蔵。

エミリー・ディキンソン★39いわく「芸術は、何かが徘徊するよう準備している家だ」

今では、そんな準備もいらない。

とすると、時間の問題――イメージがいつやってくるか。見えるものに先立って、あるいは同時に来るべき。さもなくば散漫にならざるをえない。

9/20/77

アルコール：気分を反転。

キャル「ロバート・ローウェル」の詩。とても悲しい。喪失ばっかり。生まれたときから老いていた。

私、プラス貝殻：子供、思春期、大人

「ちょっとした理論など、自分に生み出せますかな」

臨終の床にあったソロー――あの世についてどう思うか問われて…「いっぺんにはひとつの世界だけにしてくれ」
現時点では、英語で書いている詩人のなかに第一級の詩人はいない。
ロシア人に一八世紀はなかった。

ヨシフ［・ブロツキー］…
大事な恋愛相手、彼の息子を生んだ母親…マリーナ（マリアンヌ）［・バスマノヴァ］★40
彼がベケットを読んだのはいつか？
「求めていた一行が見つかると、そのたびに、その次のもう一行を見つけるのがより困難になる」
栄光《グローリー》、栄光、栄光
挫折した詩人で散文作家になったひとを彼は好む。例　ナボコフ
「なんであれ、二秒以上眺めていると摩訶不思議に思えてくる」。

……

★39――一八三〇-八六、アメリカの詩人。生前発表された詩は数篇にすぎなかったが、その後明らかにされた一七〇〇篇以上の遺作が高く評価されている。
★40――一九四〇-九六。ロシアの格式ある芸術一家出身の若い画家だった彼女をブロツキーに紹介したのは、当時、彼女に肖像画を描いてもらっていた前出の詩人アフマートヴァで、一九六二年、レニングラードでのこと。間もなく労働収容所に送られたブロツキーのもとにも通い、六五年に男児が生まれた。その二人にも別離が訪れたが、ブロツキーは多くの恋歌を彼女に捧げている。

「それぞれのモノはそれ自体に向けて小便を放つ」。

「他者と一緒にいる――親しみのなかで――と、仕事に必要な栄養が摂れない」。

「また別の場所――言語」

［日付なし］

ヨシフ：デレク［西インド諸島出身の詩人デレク・ウォルコット★41］について
照準を合わせる、そう仕向けるために多少は突っつかないと：そうすれば彼は考える。
彼にはあらゆることが現象にすぎず、文化とは映らない
花が好き、土ではなく
ものごとを関連づけて考えない
何も学習できない
怠け者

9/26/77

ボブ［ロバート・シルヴァース］の家で［アメリカの画家R・B・］キタイ★42と話す。「超越」芸術について。絵が描けなければそれは不可能（しかも、もはや美術学校では絵の描き方を教えない）。最後の偉大な画家はピカソ＋マティス。存命の最良の画家：ベーコン★43（＋バルテュス★44）。描写的絵画、具象にしか関心ない。一九世紀のフランスの絵画はどれもアングル★45を気にかけていた――彼を抜きにしては印象派の登場はなかった。今、あのように描ける画家がいるか？ 今の画家たち――ルシアン・フロイド、フランク・アウエルバッハ、デイヴィッド・ホックニー★46――イギリス：キタイが挙げたアメリカの美術家はデ・クーニングのみ。「ところで、レンブラントのことを思えば、この話ではいったい何が重要なのか？ 現在の画家を云々するにも、レンブラントを基準に考えねばならないんじゃないの？」それに：多くの画家は老いてから最良の絵を描いた――ミケランジエロ、ティツィアーノ、ゴヤ、ティントレット、レンブラント、ターナー、モネ、マティス、ピカソもそう言えるかも（現時点の評価は別として）。
手仕事《クラフト》としての絵画。

★41――一九三〇-。西インド諸島のセントルシア生まれ。劇作家でもあり、九二年ノーベル文学賞を受けた。
★42――一九三二-二〇〇七。アメリカ生まれで、ウィーン、ロンドンなどで美術を学び、英国ポップ・アート界においてデビューした。
★43――フランシス・ベーコン　一九〇九-九二、アイルランドの画家。具象絵画、とくに人物や顔にこだわった。
★44――一九〇八-二〇〇一、フランスの画家。実兄は作家・思想家のピエール・クロソウスキー。
★45――ドミニク・アングル　一七八〇-一八六七、フランスの画家。古典主義的な絵画にこだわった。
★46――デイヴィッド・ホックニー　一九三七-、イギリスの画家。アメリカを拠点に活動。六〇年代ポップ・アート運動に参加。

ドン・バーセルミ★47：「自分が決めたルールだからって、白鳥を絞め殺せだなんて命令されるいわれはない……」ジーンズの店から出てきた万引きが捕まるところを目撃したあとのドンのひと言――「ジーンズの包みの紐で奴がリンチされなきゃいいんだが」。

10/11/77

ソニア・オーウェル〔ジョージ・オーウェルの未亡人〕が話してくれたことだが、下っ端の政治局員の娘――結婚目前――がこう言ったらしい、「もう一度、モスクワで退屈な結婚式なんてごめんだわ！」――政府専用機で五〇〇人の招待客がカスピ海の別荘の式場に飛ぶ――揃いの出で立ちで身をかためたドアマンや給仕、客ひとりひとりが座る椅子の背後にはべる給仕たち、真っ白な帽子を頭にのせたメイド――旧体制《アンシアン・レジーム》そのままの特権の一九七七年版。給仕やメイドはしらけていたか、それとも楽しんでたのか？

……

11/23/77　ヒューストン

「SSは美術のコレクターにしてパトロンだったドミニーク・ドゥ・メニル家のゲストとしてまねかれた。この項に登場する作品のいくつかは同家にあったもの」

最初から抽象芸術が登場したわけじゃない。何かが抽象的に見えるのは（例　女性的な偶像としてのヴァイオリン）、見る側に素養がなく、＋対象を解読できないから。

ケルトの頭部像（木製、アイルランドのもの）——六世紀？——はマオリのものみたいだった。

メロヴィング朝以前のゴール人時代★48——もっと古い??——の金貨。ロマネスク芸術の基礎となった。

アレクサンドロス大王の顔：ペガサス、etc.

ピカソのように部分がバラバラ

紀元前三万年の骨（動物の）。動物の姿が彫りつけてある——ラスコー★49のような絵柄。

SW「シモーヌ・ヴェイユ」はきわめて知性が高いだけでなく深い。共感の範囲は広く、階級を超えていた。

「余白に：」「ジョージ・」オーウェルは違った。

★47——一九三一—八九、アメリカの小説家。ポストモダン文学の流れのなかでおもに短編小説を書いた。「ドン」はドナルドの短縮形。

★48——「ゴール Gaule」はフランス語で、古典ラテン語では「ガリア Gallia」。ケルト人の一系統が住んだ地域の名称。

★49——フランス南西部、ヴェルゼール渓谷のラスコー洞窟。二〇世紀半ばに「人類最古の絵画」といわれる洞窟画が発見された。

ファン・ゴッホとも違う：ヴェイユの場合は、個々人に対する熱い共感のままに実生活を生きることはできなかった、神経症のせいで。さりながら、いかんせんゴッホには彼女ほどの頭脳はなかった。太陽が昇ると、もはや月は見えない（問題を解決しないまま放置する：それはもはや存在しないも同然）。太陽を捜している。

ファン・ゴッホの手紙――ムイシュキン公爵★50から来た何通もの手紙を所有しているみたい

……

『約束の地《プロミスド・ランド》』はトラウマの肖像だ……

［エフゲニー・］バラティンスキー：ロシアの詩人（「むしろイギリス的」とヨシフ［・ブロツキー］は言う）、プーシキンの友人

12/4/77　ヴェネツィア［SSはヴェネツィア・ビエンナーレに参加すべく赴く］

晴れ、さわやかな一日――夕暮れが早い――こんなに美しいヴェネツィアを見たのははじめて

［イタリアの作家アルベルト・］モラヴィア★51が空港に迎えにきてくれる、［イギリスの詩人でS

Sの友人」スティーヴン・スペンダー★52がちょうどヴェネツィアを発つところだった。初日のディナーは［フランスの詩人、評論家］クロード・ロワ＋ロレー・ベロン［フランスの女優、劇作家］＋ゲオルギイ・コンラッド［ハンガリーの作家］と一緒に、ドゥ・ポッツィ・ホテルで、その前に一時間ほどフローリアン［カフェ］に。ヨシフの朗読会は午後九―一一時、アテネオ劇場。彼が立ち上がって自作の詩を朗々と読むのを見て、体が小刻みに震えた。彼は唱ってた、すすり泣いてた…堂々としていた。ボリス・ゴドゥノフ★53…グレゴリアン・チャント…ヘブライ人のうめき声。その後、ヨシフとその晩二度目のディナー、散歩。で、はじめてホテル・エウローパに。午後二時にニコールからの電話！

ニーチェの主たるテーマ（？）は天才。そのなんたるかを…天才の自負を、天才におとずれる多幸感、誇大妄想、純粋さ、呵責なさを、彼は理解していた。それらを歴史理論にまとめあげた（次いで、ドイツ人たちがそれを政治に転化）。N［ニーチェ］はみずからを天才だと任じていたが、シェイクスピアやミケランジェロとは異なり、傑作をものしていない。『ツァラトゥストラ』★54は彼の最悪の駄作…キッチュ。彼はエッセイに最も優れたものがある――ほとんど断片だが。

★50――ドストエフスキー『白痴』の主人公。
★51――一九〇七-九〇、イタリアの作家。ネオレアリズモを代表するひとり。
★52――一九〇九-九五。小説家でもあり、社会正義、階級闘争への意識が色濃い。
★53――ムソルグスキーのオペラ『ボリス・ゴドゥノフ』の主人公で、一六世紀後半の実在のロシア皇帝の生涯がもとになっている。
★54――ニーチェ一八八五年の著作。アフォリズムを多用する散文作品。ツァラトゥストラはゾロアスター（拝火教）の開祖ザラスシュトラのドイツ語表記。

作家には二タイプある。この世の生がすべてだとし、あらゆることを描こうとするタイプ：挫折、戦い、産みの苦しみ、がむしゃらな競争。それがトルストイ。他方、現世は（われわれが知らないことの――どれほどの歓び＋苦しみに耐えられるかを知るための）一種の実験場だ、とし、核心のみを描こうとするタイプ。ドストエフスキー。ふたつの選択肢。DのあとにTのように書けるとはたいしたものだ。試金石はまず、Dに負けないほど優れているか否か――精神としてDに劣らず真摯か、＋そこを出発点とし、あとは書くしかない。

が、トルストイを擁護して言えば、彼は何かが間違っていると感じていた。だから、最後には優れた自作の小説を否定した。芸術家としてのみずからの精神性が要求する高みに到達できなかった。そこで、芸術を擲《なげう》って行動（精神生活）に邁進した。Dは、道義的理由だけでは芸術を放棄することがけっしてできなかった、芸術を通じてより高い精神性に達する方法がわかっていたから。

唯一、重要なのは思想。思想の背後にあるのは［道義的な］原則。真摯であるか否か。犠牲をはらう覚悟は当然の前提。私は自由主義者《リベラル》じゃない。

「反体制《ディシデント》」芸術にはひっかかるものがある。それを「反体制」と決めつけているのは当の支配当局だ。ソ連では抽象画が反体制的とされ、米国ではそれが大企業のお好みで、ポーランドではそれが問題視されないで二〇年間にわたって流行ってきた。たとえ抽象であれ具象であれ、内実（？）やスタイルそれ自体が争点になった事例はない。

今回のビエンナーレにはパネル・ディスカッションも討論の場もまったくない。講演原稿だけ――それぞれバラバラ、謄写版刷のもので、講演者が話し終わるやいなや配布される。

ソルジェニーツィン★55は長編史詩《エピック》の書き手：それ以外の何ものでもない。文体もどこをとっても折衷的（一九世紀の言語、党の体質丸だしの文体、etc.）。ジャンルの混交：社会主義的写実主義の小説、評論、風刺、だらだらと書き連ね、さらにドストエフスキー風の哲学小説など、スタイルがごちゃ混ぜ。彼がすごいとすれば、この八方美人ぶり抜きにはありえない。

［フィデル・］カストロについての冗談。革命直後の大集会での演説で、みんなに仕事に勤しめ＋革命建設だ、と彼が訴えた。「仕事をしよう、ルンバは駄目」と言うのに対して民衆が声を上げて言い返した：「シッゴットッ、ＯＫ！　ルッンッバッ、ＮＯ！」、ルンバのノリで。

ヨシフ：「検閲は作家にとって悪いことじゃない。理由は三つある。まず、国民全体を読者としてひとつにまとめる。第二に、作家は壁に直面する、体当たりする対象ができる。第三、隠喩を使う場合の言語の効力が強まる（検閲が激しければそれだけ、寓話的《イソップ》な書き方が要求される）」。

あるちょっとした冗談に描かれているユダヤ人の置かれている現状。Ａ　すべてのユダヤ人＋すべての床屋を殺す命令が下された。Ｂ　なぜ床屋も殺すのか？

★55——アレクサンドル・ソルジェニーツィン　一九一八－二〇〇八、ソ連の作家。『収容所群島』、『イワン・デニーソヴィチの一日』で一九七〇年ノーベル文学賞を受ける。七四年にソ連から追放されたが、九四年に帰国。

12/5/77

……

ゲオルギイ・コンラッドはジェイコブ〔・タウベス〕と瓜ふたつ――昨日の午後に顔を合わせたとたん、親しみ+反発を感じ:で、今朝は、フローリアンにてふたりで朝食、遅れてヨシフも合流――もちろん、一九六九年八月、ブダペストでスーザン〔・タウベス〕が関係をもった相手が彼だったことが判明。

朝二時、〔ホテル・〕ロカンダ・モンティンからアッカデーミア〔橋〕まで歩いて渡り、サント・ステッファノ広場を横切り、ホテルに戻る:――雪がちらほら、静まりかえり、人通りのない街路、霧、鼓動が激しくなるような冷気――美しすぎる。汚れのない酸素を吸い込んでるみたい。

……

体をまさぐられること。これをイタリア語では「ラ・マノ・モルタ〔死んだ手〕」と言う。

〔ロシア出身のフランスの作家〕ボリス・スヴァーリン★56がシモーヌ・ヴェイユに与えた影響。彼は一九三四年、スターリンを弾劾する本を書いた――ガリマール社の顧問だったマルローはこの本を出版するのを次のように書いて拒んだ:「貴君と貴君の友人諸氏は正しい。貴君たちがもっと強くなったあかつきには私も貴君らの側に立ちましょう〔原文はフランス語で書いてある〕」（同書は一九三八年になってやっとフランスで出版された）。

〔余白に〕三大悪――女性嫌い（性差別主義《セクシズム》）、反ユダヤ主義、反知性――私はこれらと戦っている。

異議申し立ては、あれとこれの関係のどちらの側に立つか、という相対的な考え方ではなく、関係性の質をめぐる考え方の表われだ。

ヨシフ：「つねに泣き叫んでいたい気持ちだ」。

収容所〔ソ連のグラーグ★57〕に囚われているひとたちはよく絶対的な事柄――瑣末だが選択の余地のない事柄――について語る。世の中で最も忌まわしいこと。幽閉場所のどんな鉄格子でも切断できる金属製の薄い板（一九五〇年代に製造された靴の底の一部に使われている）。非力さのもうひとつの側面。

★56――一八九五―一九八四。キエフでユダヤ人一家に生まれ、フランスに移住した。歴史家、出版人としても活動。政治活動も継続し、フランス共産党の創設に尽力した。永年にわたるトロツキーとの盟友関係で知られ、スターリンには批判的だった。

★57――ソ連の内務人民委員部と内務省などが管轄した強制労働収容所・矯正収容所を指す。

［パーヴェル・］フィローノフ★58――二〇年代（五〇年代まで活躍）のロシアの芸術家で、ヨシフは彼こそタトリンやリシツキー★59、etc. より優れていたと見ている。

二〇年代のロシア構成主義：良い……だが、工業の自己愛《インダストリアル・ナルシシズム》の域を出ない。

優れたことをやろうとするなら、芸術家は充分に専門技術《プロフェッショナル》を備えていなければならない。

東ヨーロッパからの亡命作家。こちら側、西欧では、邪魔するものは何もないが、あらゆることが敵対的だ。

ヨシフ：「そこで僕は自分が何者か悟った。僕は個人性を字義どおりに受け取っていた」。彼のユージーン・オネーギン★60に通じる面がここにも出ている。

「勇気《カレッジ》」という言葉は誰でも三人称でしか使えない。「私は勇敢《ブレイヴ》だ／勇気がある《カレージャス》」とは言いがたい。誰彼は勇気があるとも言いがたい。これは行動についての表現だからだ。挙動をどう解釈するか、の問題だから。いかなる主観的な状態も表わさないから。対照的に、「怖れ《フィアー》ている」は一人称で使う。「私は怖い」と言うこと／感じること、これはありうる。

現在、ユダヤ人と結婚してソ連を脱出するロシア人が多い。ソ連ではユダヤ人が輸送手段になっている。

12/6/77

濡れた石の匂い。雨。「フォンダメンタ」［運河と並行する街路］に叩きつける雨のピシャピシャいう音。蒸気船《ヴァポレット》ののどかでこもった船出の合図の音。霧。足音。七羽のカラスのように並んで停泊しているゴンドラ、幅の狭い運河に繋留され、ゆらゆら、ふらふら。

消極的な考えだけが役に立つ。「考えは輸送手段だ。輸送手段になる考えにしか関心ない」。「ひどい物語を書いてしまった」と考えはするが、「優れた物語を書いた」とは考えない。後者は他者だけが言うことだ。当人はせいぜい、ひどいものは書いていない……という感触をもつ程度。勇気についても同様。「自分は勇敢だった」とは思わず、「怖くはなかった」と思うか、少なくとも、びくびくしてたのはばれなかった、とか、恐怖に駆られて行動したのではない、と自問自答するのが実際のところではないか？

彼［クロード・ロワ］は疲れている。ありとあらゆる人物と知り合いになった。

★58――一八八三―一九四一、ロシア、ソ連の画家、美術理論家。二〇世紀前半のロシア前衛運動に加わり、二三年にマニフェスト「世界的開花宣言」を発表し、次いで「分析的芸術工房」を結成。前衛芸術家のなかには外国での活躍を目指す者もいたが、ソ連での活動を続けた。

★59――エル・リシツキー　一八九〇―一九四一、ロシアのグラフィック・デザイナー、建築家、写真家。革命後の二〇年代から国際的に活動する。

★60――チャイコフスキー作曲の同名のオペラ『エフゲニー・オネーギン』の主人公。原作はプーシキンの同名の小説。

亡命詩人「ブロツキー」、レニングラード生まれ、午前二時に独りで人影のない濡れた街路を歩く姿。ここは「少しばかり」レニングラードを思い出させるのだと言う。

ひとりっ子もいいとは思うけど、私はひとりっ子として育ったわけではない。おかげで、母の自己愛の強さ、しょっちゅういなかったこと、子育て能力の欠如からも最悪の被害は受けずに済んだ。妹のほうが母の欠陥の犠牲になったのを私は見た。私は母の態度を「自分が嫌われてるから」と、母と私の個人的な相性の問題だとは考えなかった。自分の母はこういう人間なんだ、と自分に言い聞かせてた。私に対して意地悪だ、私が気に入らないから愛してくれないんだ、という考えは思い浮かばなかった。小さい頃から、「客観的に」ものを見ることが身についた。

私の場合、何かをそっくり理解してしまうと、それは死んだ状態になる。ということもあって、「亡命」に惹かれる。母国や自分の場所にずっといれば、いちいちの段階でできること、できないことがわかっている。もろもろの事態の下支え、緩衝剤として、可能な手段があると承知している。角を曲がっても、思いもしなかったものごとにぶち当たって愕然とすることはない。

「反体制」芸術の代わりに「非承認」とか「未承認」芸術では？

あらゆる政治言語は疎外されている。現状の政治言語それ自体が敵だと思う。（ヨシフの立場）

いたるところに反体制派がいる世界、＋しかも彼らは自由。あるいは、もはや反体制派が不要な世界（すなわち、良い社会）。ここでは、理想的とされているのはこのふたつ——真逆のふたつ。

……

12/7/77

虚無思想《ニヒリズム》と（今では）呼ばれていること、単に思考しつづけたら私はそれにたどり着いた。どんなことを考えれば虚無思想に至らないで済むのか？

猫も杓子も権利（人権、etc.）の話ばかり……

……社会的思考（社会を受け入れた上での）しかなく、さもなくば個人主義――度しがたく非社会的な世界観。

いたるところに孤独な人物がいる――その多くは、お互いを好ましいとは思わなかったはず――非社会的な立場を掲げている。オスカー・ワイルド、ベンヤミン、アドルノ、シオラン。

晩年のベンヤミンはたしかに共産主義の言語を使った、ゆえに今、彼はわれわれの眼に異色に映る。だが、それは彼が一九四〇年に死んだことと無関係ではない。彼の死に先立つ年月は、共産主義的言語が威信を再獲得した時期だ――ファシズム（敵と目されていた）と戦うにはそれが必要と考えられた。ベンヤミンがアドルノと同じくらい生きながらえていたなら、アドルノに負けないほど非社会的になり、左翼に対しても幻滅したはず。

（ヨシフ＋ミラノのアデルフィ出版の主宰者ロベルト・カラッソとディナー、ランチは［ポーランドの演劇評論家］ヤン・コット＋［ロシア文学研究家の］ヴィクトール・エーリッヒと。朝食が一緒だったのは［スイスのジャーナリスト］フランソワ＋［彼の妻］リリアン・ボンディ。

ジョン・ケージが最近ミラノでやったパフォーマンスについてのロベルト・カラッソの話――二時間半、ソローのテキストから採った意味をなさない音韻の羅列――ミラノで最大のリリコ劇場で二〇〇〇人を前に、リンチさながら。二〇分遅れで開始。一〇〇人が舞台上にいた場面もあった。誰かがケージに目隠しをし、また外した。

帰るひとはいなかった。ケージは最後まで動かないで、舞台上の机に向かって朗読。全員が喝采。ケージの勝利だった。

意味の洪水のまっただ中に空っぽ《エンプティネス》の部分を入れたい、とケージは望んでいる。［余白にSSは繰り返して「意味」と記し、感嘆符を打っている］彼は音楽家ではなく正真正銘の破壊者だ。空っぽのケージ。

●

まったく検閲がない時代、作家の重要性もない。

だから、検閲に反対するのはそんなに単純な問題じゃない。

平行観念

共産主義＋虚無主義、それぞれのレトリック。善を求めるひと＋悪を求めるひとは同じほうを向いている。

マルクス＋フロイトは間違っていた。正しかったのはマルサス★61。何が起ころうが、前面に出ているのはより抑圧の激しい社会……今われわれが生きている社会を一九世紀は認めないはず。

……

霧。コッレール美術館の前に立って、バシリカは眼に入れないでサン・マルコ広場を見わたす。霧に包まれた新しい、シュルレアルなヴェネツィア――部分ごとにばらばら、で、繋ぎ合わせても、「遠

★61――トマス・ロバート・マルサス　一七六六－一八三四、イギリスの経済学者。一七九八年に主著『人口論』を著し、貧困が発生する構造を分析した。

く」の部分は欠けている（一部が）。

12/8/77

精神の体操：観念を下方に、身体に移動させる。本能の一部にする。自分の生理を変えなければ仏教徒にもヒンドゥー教徒にもなれない。

●

冠水。サン・マルコ広場に足場。運河の水がいつもより緑が濃く、透き通っている。階段が水につかっている。水が傾き、うねり、ピシャピシャ音をたて、左右に揺れ、石の壁に叩きつける。

残酷と抑圧の違い。ナチスは残酷を制度化した——悪を布告した［SSはしゃれこうべの図を描いている］——体をいたぶり拷問し、政策／原則として殺した。アウシュヴィッツほど残酷で非情なことはいまだかつてなかった。だが、より政治化されていたという意味では、スターリン政権のほうが抑圧的だった。私的意味あいが入り込む余地がより小さかった。悪よりは善をふりかざしたもの言いが前面に出ていた。

イタリア語で「空気の揚げ物《アリア・フリッタ》」＝混乱《コンフュージョン》

T・S・エリオット：芸術作品を宗教的基準で判断する＋審美的尺度で宗教を判断する。どちらも、現在ある最良の尺度ふたつを適用することになる、と言えるかもしれない

［余白に］「これらは隠喩になる」。

●

……

言葉の聖なる本質

［ロシアの詩人、作家のオシップ・］マンデリシュタームは二〇世紀の偉大な散文作家のひとり──詩は書いていないにしても、今世紀で最も偉大な作家／詩人になるとも言える。

「左右どっちから来たのでもなく、どこか地球外の場所から来た……」

●

［挿入されている、12/8/77のいくつかの項より］

一七一三

一九四〇年代の早い時期、アンドレ・ブルトンは、マイヤー・シャピロのもとを訪れて、ニュートンの光についての論文が書かれたのは一七一三年だったのか質問した……が、シャピロが違うと言うと非常に落胆したらしい。その日付を絵画作品の制作年として書き入れようと思いついて、質問したようだ。

シャピロはヤン・ミュラー★62（一九五八没）［ドイツ系アメリカ人の美術家］と知り合いで、彼の絵も蒐集していた

……

●

12/9/77

小説のタイトル、大きな……善の誘惑（腐敗）。共産主義。西欧側にいる「共産主義へと向かっている志望者たち」のうち誰がソルジェニーツィンになるか？

パウンド∨ローウェル。詩は頭に入りこんでくるあらゆるものごとの記録でなければならない。

●

［エズラ・パウンドの伴侶］オルガ・ラッジ★63をヨシフと一緒に訪問、午後五－八時――サン・グレゴリオ二五二番地（サルーテ聖堂の近く）

オルガ・ラッジはエリオットのことをかならず「ポッサム（フクロネズミ）」と呼ぶ……。いわく、セント・エリザベス病院を出てから死ぬまでの時期、パウンドは改心や改悛の兆しを見せなかった……眼が潤んだかと思うと、彼女は息をつき（一回だけ）、こう言った：「エズラは正しかったのよ、そう。民主主義は過剰。言論の自由もありすぎます……」。いわく、［アメリカの作家］ナタリー・バーニー［余白に記述：デュナ・バーンズと知り合いだった］はパウンドのゲストとして戦時期の大半をラパッロ★64で過ごした……ごく狭い居間に［アンリ・］ゴーディエ＝ブルゼスカ作★65のパウンドの大きな胸像＋ウィンダム・ルイスによるパウンドの肖像が飾ってある……しきりに言っていたのは、パウンドには「ユダヤ人のファースト・ネーム」があったが、それを変えようとはしなかったこと――「最初から――一冊目の著書から――彼みずから「エズラ・パウンド」と署名し、「E・ルー

★62――一九一二－五八。ニューヨークを拠点とした具象画家で、新表現主義とも見られた。

★63――一八九五－一九九六。アメリカのヴァイオリン奏者だったが、詩人パウンドの永年の伴侶としてよく知られる。この時期以降に健康を害し最愛のヴェネツィアを離れたが、現在は同地のサン・ミケーレ島の墓地でパウンドの隣りに眠っている。

★64――北イタリア、ジェノヴァ県の海岸に面した町。パウンドは一九二〇年代からこの地に住んでいた。

★65――一八九一－一九一五、フランスの彫刻家。原始的な技法で知られる。

ミス・パウンド」とも「ルーミス・パウンド」とも」書かなかったという。ルーミス家は名家だったともいう（「ニューヨークの家系便覧を見ると、ルーミスっていう名士が多いわよ」とのこと）。「聖書時代からの名」と私は言った。「そう、ユダヤの名前ね。だから、ひとが言うようにエズラが反ユダヤの思想の持ち主だったら、あのユダヤの名前を残しとかなかったわよ。今ならどうかしら？」彼女はイギリス風のアクセントで話す。延々としゃべって、「おわかり？《オ・カピート》」と挟む。

「……私は昔の水夫のようなもの」と、帰りがけ、彼女がドアロで言った。コートを着おわったヨシフ＋私はさらにそこに一五分足止めされて、とどまるところを知らない話を聞いた。「で、彼の話はなんでしたっけ？　そうそう、死んだ鳥についてだったかしら？」最後のひと言は、これまでも何回も口にしたに違いない。

シニャフスキー★66は、何百冊もの本と黒いプードルの愛犬マティルダを除けば、家族をそっくりソ連から脱出させた。妻はこれまで数回ソ連に帰国している。取引成立。

キャルの書いたもののコピーに残っている書き込み――標題ページとその下には、「ロバート・ローウェル」の名前全体をかすめるように一本の線：「エズラへ。誰に対するよりも深い愛と敬意をこめて。CAL」

新しい職業：フリーランスの薬物調合者《ドラッグ・デザイナー》。

それぞれの世紀（時代）がその時期独自の高貴な野性的生き物を発明する。われわれの時代のそれは第三世界。

［この項の脇には縦の線が引かれている］ヨシフ：「詩人のアフマートヴァがよく言っていた、「若い頃は建築＋水辺が大好きだった：今は大地と音楽ね」」。

蒸気船《ヴァポレット》で荷下ろし作業をするキーキーいう音、夜中でも聞こえる。水面《みなも》をかすめて飛ぶカモメのクークーいう啼き声。湿った匂い。バシリカの左側、黒と白、そのほうが良い＋昼間より夜のほうが鮮やかに見える。昼間は多くのものが見えすぎる。夜のほうが五官が冴える。

カルヴァンは精神貴族だった。彼の垂直性はいいと思う。ルターは野暮。自分が破壊している当のものごとの要点すら理解していなかった。

［カルロ・］リパ・ディ・メアナ［ヴェネツィア・ビエンナーレのディレクター］（ニコリともしな

★66――アンドレイ・シニャフスキー　一九二五‐九七、ソ連、ロシアの作家。政治的弾圧を受けて国外へ脱出し、ソルボンヌ大学で教鞭をとり、雑誌の創刊・出版を続けた。

いで）：「知ってのとおり、イタリア人は朝食にライオンのジュースは飲まない」。
愚鈍なのは嫌いと言うときの私の真意は、精神的な卑しさは我慢ならないということ。でも、それをずばり言ってしまっては野卑になる。

12/10/77

［ベケットの］『マロウンは死ぬ』を読んでいる。人生を変える散文作品——つまり、ものを書くこと自体が変わる。これを読んだあとでは、英語でこれまでと同じ書き方ができるだろうか？
ゲオルギイ・コンラッド：「戦闘的な立場をとりながら被虐的《マゾヒスト》な作家：天分をみずから奪っている」〔原文はフランス語で書かれている〕。
私の政治的立場：いずれも反対の立場。反対していること(1)暴力——+、とくに、植民地主義戦争、帝国主義よる「介入」。何よりも拷問に反対。(2)性的な、そして人種的な差別。(3)自然と過去の景観〔精神的な、建築的な〕の破壊。(4)人びと、芸術、思想の〔移動を阻害することならなんであれ。
〔輸送

（ひとつ、何を支持しているかと訊かれれば――端的に――権力の脱集中化。多元主義《プルーラリティ》）。つまるところ、古典的な自由論《リバタリアン》／保守／抜本派《ラディカル》。それ以外にはなれない。なろうと思うべきではない。どんな新しい社会形態を「構築する」ことにも、どんな党に入ることにも興味ない。左か右か、どっちかに自分を位置づけるいわれはない――というか、そうすべきだとは感じていない。私の言語はそういうものではないはず。

●

「充分に」書いていないと後ろめたい気がする。なぜ？「後ろめたさ」って？ ヨシフも同じだと言う。なんで後ろめたさを感じなきゃいけないの？と訊いてみた。「昔は年に二〇作は良い詩を書いていたから。今は七作とか一〇作だけ――たしかに、ほとんどはかつてより良い詩だけど」。

ヨシフが得意げに「ニノチカ」の物真似をするといちゃもんをつけたくなる［ソ連のスパイ役のグレタ・ガルボ主演、エルンスト・ルビッチ監督の一九三九年の映画『ニノチカ』］（この部屋、どっち側が私の場所？ etc. と言って面白がっている［映画の台詞の言い換え］）。

リパ・ディ・メアナ：「ヨーロッパの知識人にはタバスコとしての役割がある」。いやおうなく、極端な立場に引っ張られる。

敵は思想：すべての問題はつまるところ政治の問題。したがって、解決も政治的手段による。

●

「同じかたちで延命するものは何もない」(「フランスのマルクス主義の文芸批評家」ピエール・マシュレ)。西洋社会でギリシア芸術が最近まで生き延びてきたのは、主たるかたちとしては覇権主義的な理想としてだった。マルクスが言うところの「規範、そして、到達不可能な手本」となりうる力量があっての話だ。

●

「次の項目は四角で囲まれている」西洋における芸術：一時は望まれもせず、でも現在は受け入れられている、この、われわれ自身の内部を覗く望遠鏡。

一七十一八世紀には、ギリシア芸術は基本的にそこに到達しうる手本として存在した。産業革命とともにそれは手の届かないもの(「理想」)と目されるようになった。今は、古典に代わって各国で国民文学の研究が行なわれている。「芸術の総合性を論じる本拠地は文芸評論になった」(「現代イギリスの文芸批評家、歴史家」ペリー・アンダーソン★67)

形式主義的方法――歴史に無知ないしは無関心なひとには適している。言うまでもなく、この点が今ではこの方法の魅力の一部となっている。文学のテクストや絵を理解するのに「素養」はいらない、知性さえあれば。作品そのものに触れるだけ、それ以上は無用。

12/12/77

教会：聖シルヴェストロ（サン・シルヴェストロ広場にある）。そして、聖イグナツィオ（サン・I［イグナツィオ］広場。［ローマ］）：バロック（反改革、イエズス会）の妄想。高すぎる天井――見上げると目眩《めまい》がする――礼拝堂の中央から見なければ意味がないまやかしの円天井《キューポラ》！　今は、それを見るのに一〇〇〇リラ払う！

★67――一九三八―。イギリス出身で、カリフォルニア州立大学ロサンジェルス校で教鞭をとった。五六年のハンガリー動乱を契機に反スターリン主義的社会主義を模索し、『ニュー・レフト・リヴュー』誌の創刊に携わる。

ベケットは、ジョイスの正反対。小さくなって、より緻密に、口うるさく、荒涼としてくる……ますます小さく、短く。今、ベケットの逆は可能か？　つまり、ジョイス流ではなくても？　ただ荒涼とした風景だけではなく：より大きくて、それほど年寄りじみてなく――

［日付なし、「一九七七年のノートより」とだけ記してある］

本当にそれを拒む場合だけ、死は最も重大な問題になる（否定されるものはなんであれそうだが）。それはどこにもなく、どこにでもある。われわれは死を拒んでいるのに、病者はわれわれにとって最も強く惹きつけるものをもっている。もはや価値の超越的源泉を探り当てることができないからだろうか、死（意識の消滅）が価値、重要性の紋章になる（ある意味では、死に関わることのみが価値を帯びる）。そうすると、死の概念の拡大化と矮小化に繋がり、もしかしたら、現代の文化が生み出す人工物の執拗な暴力＋暴力的な死の図像に、最も深いところで拍車をかける（現代の本格的な小説のプロット展開に殺人がいかに頻繁に登場するか。殺人の多用は常軌を逸している――比較のために考えてみれば、前衛的なフィクションの教養ある作家たちが、実生活において身近で、殺人に遭遇することなど、きわめて珍しいことだ）。

最も優れた映画（順位不同）

1. ブレッソン『スリ』
2. キューブリック『２００1年宇宙の旅』
3. ヴィダー『ビッグ・パレード』
4. ヴィスコンティ『郵便配達は二度ベルを鳴らす』
5. 黒澤『天国と地獄』
6. 〔ハンス＝ユルゲン・〕ジーバーベルク『ヒトラー〔、あるいはドイツ映画〕』
7. ゴダール『彼女について……〔私が知っている二、三の事柄〕』
8. ロッセリーニ『ルイ14世〔の権力奪取〕』
9. ルノワール『ゲームの規則』
10. 小津『東京物語』
11. ドライヤー『ガートルード』
12. エイゼンシュテイン『戦艦ポチョムキン』
13. フォン・スタンバーグ『嘆きの天使』
14. ラング『ドクトル・マブゼ』
15. アントニオーニ『太陽はひとりぼっち』
16. ブレッソン『抵抗……〔死刑囚の手記より〕』
17. ガンス『ナポレオン』

18. ヴェルトフ『カメラを持った男』
19. [ルイ・] フイヤード『ジュデックス』
20. アンガー『快楽園の創造』
21. ゴダール『女と男のいる舗道』
22. ベロッキオ『ポケットの中の握り拳』
23. [マルセル・] カルネ『天井桟敷の人々』
24. 黒澤『七人の侍』
25. [ジャック・] タチ『プレイタイム』
26. トリュフォー『野性の少年』
27. [ジャック・] リヴェット『狂気の愛』
28. エイゼンシュテイン『ストライキ』
29. フォン・シュトローハイム『グリード』
30. ストローブ『アンナ・マグダレーナ・バッハ……〔の日記〕』
31. タヴィアーニ兄弟『父/パードレ・パドローネ』
32. レネ『ミュリエル』
33. [ジャック・] ベッケル『穴』
34. コクトー『美女と野獣』
35. ベルイマン『仮面/ペルソナ』
36. [ライナー・ヴェルナー・] ファスビンダー『ペトラ・フォン・カントの苦い涙』

37. グリフィス『イントレランス』
38. ゴダール『軽蔑』
39. ［クリス・］マルケル『ラ・ジュテ』
40. コナー『クロスローズ』
41. ファスビンダー『シナのルーレット』
42. ルノワール『大いなる幻影』
43. ［マックス・］オフュルス『たそがれの女心』
44. ［イオシフ・］ヘイフィッツ『小犬をつれた貴婦人』
45. ゴダール『カラビニエ』
46. ブレッソン『湖のランスロ』
47. フォード『捜索者』
48. ベルトルッチ『革命前夜』
49. パゾリーニ『テオレマ』
50. ［レオンティーネ・］サガン『制服の処女』

［リストは228作品続き、そこでSSは放棄］

1978

1/17/78　ニューヨーク市

今夜はMET［メトロポリタン歌劇場］で『タンホイザー』（［アメリカの文芸評論家］ウォルター・クレモンズと）。この音楽はセックス――エロティシズム――官能に訴える。だからワーグナーは愛されつづけてきた。残念ながら、オペラのストーリーとなると話は別だ：卑俗なところ：キッチュの問題（セックスvs.真心）：ナチの原点にある好戦的な国民一体感。ワーグナーに対するニーチェの見方は当たっていた――彼自身が自覚した以上に的を射ていたと言える。でも、さりながら――あの肉感的なところはどうにも……

命を意味するヘブライ語、「チャイ」は二文字で書かれる、ヘットとヨッド。それぞれの文字は数にも当てはまり、ヘットは八、ヨッドは一〇、足して一八。慈善のための寄付は一八ドルというしきたり。何かの募金に「一チャイ出す」……「三チャイ（五四ドル）提供する」、家族に一チャイ、友人たちに一チャイ、……etc.）……

パターンを見つける必要性、パターンを作る必要性……

……

1/21/78

セックスの評判は低下しつつある。一九六〇年代――エネルギー、歓び、うっとうしいタブーからの解放、冒険の代名詞に思われた。今、多くのひとは、セックスは得るものより面倒のほうが大きいと見ている。期待はずれ。それに比べたら仕事のほうが純粋だ、と、働くことへの欲求をいかにも崇高なものに思わせる。性的衝動が壁の向こう側に取り込まれた……男性の同性愛「世界」はおとなしいタイプ／がむしゃらなタイプの同性愛者（「妖精《フェアリー》」、「ファグ」、「フルーツ」）――あきらめずに、みずからの性的欲求を正面から受け止めようとしているタイプ――を追放し、＋同性愛を色欲、悪徳、セックス・マニアの牙城に明け渡した。

●

一九世紀全体を通してみて、「ノヴェル」と「ロマンス」の区分は重要（［サミュエル・］ジョンソン

★1の英語辞典のノヴェルの定義――「通常は恋愛を題材にした小規模な物語」）。内容はなんであれ長い散文のフィクションを帝国主義的に「ノヴェル」と総称するようになったのは、つい最近のこと。「これはノヴェルか？」「小説《ノヴェル》は死んだのか？」といった問いかけがなされるのはなぜか？　もうひとつの考え方からすれば、こういう問いかけこそ愚の骨頂。

――紗幕《スクリム》（カーテン用の透けて見える綿布）

3/1/78［あるいは3/9/78――［筆記が不鮮明］

自己批判――方法論の構築、テクストの脱構築――の材料としての文芸批評にはもはや刺激を受けない。自家撞着に陥っている批評。

『隠喩としての病い』は近代以前の散文だけを射程に入れた、新しいやり方による文芸「批評」の試みだ――世界を批評するための。

それはまた『反解釈』でもある――二度目の。テクスト主軸ではなく、主題を設定して書いたもの。

病気を「気のもちよう、精神状態」の問題に転化するのには**大反対**。

疾病を隠喩的に解釈することや道徳がらみで考えること、その根底には医学的な現実がある。

いずれかの階級または関係性から見れば解放に繋がるはずだと、正当な希求だと思われた近代思想。そのあまりにも多くのものが、どちらかといえば隷属をまねくものだったことが判明した。

ドン・B［バーセルミ］：「今、あなたのお皿にはいっぱい載っている、わかります」。

SF：非情な黙示録。

エレクトリック・ギターを抱え、体にぴったりのTシャツ、バックライトを当てた髪の毛、そのいでたちで登場する怒りの塊と悪魔たち。

3/16/78

……「針で縫えるほど薄いプロット」。［映画批評家ジャネット・マスリン、『アメリカン・ホット・ワックス』★2についての評、『ニューヨーク・タイムズ』紙掲載］

★1――一七〇九―八四、イギリスの文学者。編纂した『英語辞典』はもっとも有力な辞典のひとつ。

★2――一九五〇年代のアメリカを舞台に、ティーンエイジャー向けのラジオ番組でロックンロール音楽を紹介したDJ、アラン・フリードの物語を描いた映画（一九七八）。

「気にしなくていい、たいしたことじゃない……」

●

3/24/78

［アメリカの振付家］マース・カニンガム★3が先日インタヴューで言っていた（『ニューヨーク・タイムズ』紙）。ここという注目されるべき焦点がなく（脱中心？）、＋観客が好きなように鑑賞できる、それを意識して彼のダンス（イヴェント）は作られている：「TVのように。チャンネルが切り替えられる」！

……

諦観と闘いたい――だけど、そのための道具として私は、諦めるという行為しかできない。

……

読書が去ると同時に正しい綴りも去った。

5/10/78

太陽が沈んでからの一〇分間、地平線に留まっている赤い光が脈打つありさま……太陽が隠れていった直後の山の端《は》

火山の頂上のようだ――

5/14/78　マドリッド

ベンヤミン――の新しい巻――を読んで、前ほど特別とも謎とも感じない。自伝的な作品は書かないでほしかった。

都市についてのストーリー。都市を横切り、彷徨《さまよ》うふたりの人間――ひとりは性的な冒険（買春？）

★3――一九一九－二〇〇九、ダンサー出身の振付家。作曲家、思想家のジョン・ケージの生涯のパートナーとして、マース・カニンガム舞踊団を軸に多くの実験的な作品を創作した。

を求めて、もうひとりはアパートを捜して。Aは前向き：欲望。Bは後ろ向き：後悔、失ったアパートを懐かしんでいる。二種の時間経験、二種の空間経験（迷路）。

5/20/78　パリ

一八七四年、マラルメはファッション誌を創刊――し編集――した：『ラ・デルニエール・モード（最新流行）』。そこでレイアウトと活版印刷術と出会い（?）、いろいろ実験をした。

5/23/78

老齢の［ドイツの出版人］カール・ハンザー★4：ビーダーマイヤー期の掩蔽壕《えんぺいごう》に住んでいる。

情動はいっぱいあるのに、五チャンネルしか使えない。

ベンヤミンは一九二〇年代にラジオの台本を書いた――＋多数の批評。時間にあかせて女性たちを追いかけた：頻繁な女買い――セックスを介して階級をまたぎ禁断地区に踏み入るブルジョアの憧れ《ロマンス》。

［スウェーデンの作家］ラース・グスタフソン★5の長編小説＋評論。［ジークフリート・］クラカウアーの長編小説。

今は、新しい思想ではなく、新しいものを発明する時代だって。本当？

［ハンス・マグヌス・］エンツェンスベルガーが［タイタニック号］沈没について二〇〇ページの詩を書いている——叙事詩の主題——ひとは死にいかに向き合うか。もはや政治はたくさん！

［イタリアの作家］イタロ・カルヴィーノは一九世紀のパリを設定して短篇をいくつか書いている。

●

今の私は二種の眼鏡を使っている、近くのものを見るのと遠くのもの用。このやり方では不都合な場合がある——たとえば、書店とかカフェで、本を読みながら人びとの観察もしたいとき。

★4——一九二八年にミュンヘンでカルル・ハンザー社を創立した。「ビーダーマイヤー」はドイツ、オーストリアを中心に一九世紀前半に広がった市民文化で、身近な日常に目を向けた。「掩蔽壕」とは、銃撃や爆撃から人や兵器を守るべく地下などに作られた施設。

★5——一九三六-。詩人でもあり、アメリカで教鞭をとった。

消費社会の言語：飽満の隠語ばっかり。

……

5/24/78　ヴェネツィア

ヴェネツィアに来ると泣きそうになる。朝早く、サン・マルコ広場を独りで歩く。聖堂に入って数人の敬虔な信者たちとミサを聞き、聖体拝領★6。

ピューリタニズム：さまざまキッチュなことがある、道徳面で。（［ブルガリア出身のイギリスの作家エリアス・］カネッティ）

強い人格のひとつの徴《しるし》は、非属人的な、つまり人格を伴わない事柄を好む点だ。

5/25/78

ベンヤミンのエッセイ――都市のテーマ。作家としてのベンヤミン。プルースト、［ルイ・］アラゴ

ン★7の『パリの農夫』の衝撃（［ベンヤミンが］アドルノに宛てた手紙、一九三五年五月三一日）

構造

迷路

本

カネッティとの比較。

［オーストリアの評論家カール・］クラウス★8のエッセイは重要。

のらくら者《フラヌール》。売春の隠れたテーマ。階級の壁を越える。

シュルレアリストの感性。

マルクス主義の求引力。ブレヒトへの追従《ついしょう》。

文芸ジャーナリストを生業《なりわい》とすること。せめて、彼が教授（ショーレム、アドルノ、マルクーゼ、［マックス・］ホルクハイマー★9のように！）になっていたら

本の虫《ブッキッシュ》タイプの放浪者という人物像――シュテッペンウルフ：［カネッティ★10の小説］『眩暈《めまい》』のキ

★6――おもにカトリック教会の礼拝で行なわれる儀式。キリストの血と肉とみなすワインとパンを身体の中に受け入れる、つまり、呑み込む。カトリック教会ではイーストの入っていない薄いパン（聖餅）を使う。

★7――一八九七－一九八二、フランスのダダ、シュルレアリスム文学の先駆けとなった詩人、作家。『パリの農夫』は散文の代表作。

★8――一八七四－一九三六。ユダヤ系で、ウィーン世紀末文化の代表的作家。

★9――一八九五－一九七三、ドイツ出身の哲学者、社会学者。フランクフルト学派の一員としてアドルノと共著『啓蒙の弁証法』を著している。

ーン。

亡命という状況。ヨーロッパの死という主題。だが、ついにその亡命を維持できなくなる：アメリカ。ある手紙のなかで言っている、ドイツの文化が殺されたことには涙を流すべきだが、ワイマール共和国を懐かしむのは見るに耐えない、と。

ベンヤミンは最後のヨーロッパ人を自認していた。単なる知識人ではなく、ドイツの知識人であると。

ヘーゲル（あるいはニーチェ）ではなく、カント
「弁証法」は曖昧、複雑であると受け止められた
ワーグナー - ニーチェ、etc. は手を出さなかった

モスクワの描かれ方：平凡、明解

5/27/78　ヴェネツィア

九回目のヴェネツィア滞在：
一九六一――M［母］、I［アイリーン］と（［ホテル・］ルナ：オテル・デ・バン）
一九六四――D［デイヴィッド］、（ボブ＋グイーノ）と――ルナ
一九六七――D［デイヴィッド］と（映画祭――ホテル・エクセルシオール）

一九六九――C［カルロッタ］と（［ホテル・］フェニーチェ）
一九七二――N［ニコール］と（［ホテル・］グリッティ）
一九七四――N［ニコール］と（ゴッセンス・アパート）
一九七五――N［ニコール］と（グリッティ）
一九七七、一二月――ヨシフ［・ブロツキー］と（［ホテル・］エウローパ）

そして彼はヴェネツィアに引きこもった、「タイタニック号」の沈没について二〇〇ページの詩を書くために。

想像力：――頭のなかに多くの声がある。そうなれる自由。

各時代には三種類の作家がいる。ひとつめのチーム：いずれ「有名」になり、「地位」を得て、同じ言語で書いている同時代の作家たちの位置付けを測る参照点になる作家たち（例　エミール・シュタイガー★11、エドマンド・ウィルソン★12、V・S・プリチェット★13）。ふたつめのチーム：国際的――ヨーロッパ、南北アメリカ、日本、etc. の全域の参照点となる作家たち（例　ベンヤミン）。第

★10――エリアス・カネッティ　一九〇五－九四、ブルガリア出身でユダヤ人の作家、思想家。『眩暈』は唯一の小説。
★11――一九〇八－八七、スイス出身の作家。芸術研究の分野で「解釈学」に新見解を提出した。
★12――一八九五－一九七二、アメリカを代表する文芸批評家のひとり。歴史的視点に優れ、『ヴァニティ・フェア』誌、『ニュー・リパブリック』誌の編集にたずさわった。
★13――一九〇〇－九七、イギリスの作家。とくに短篇で知られ、文芸批評家としても評価が高い。

三のチーム：多くの言語において数世代を通じて参照点となる作家たち（例　カフカ）。私はもう最初のチームに入っていて、第二チームに入りかけている――自分では、第三チームで活動することだけを望んでいる。

●

ディオニュソスは両性愛《バイセクシュアル》だった（参照　［オーストリア系アメリカ人の精神分析家、作家］ヘレーネ・ドイッチュ★14の講演）

……

●

6/21/78　ニューヨーク市

一九七〇年代、レーニン主義的イデオロギーの危機

体制を判断するなら、それが反対分子に何をするかを基準に判断すること

……

7/2/78

……

シカゴの女性（ジョリー・グラハム――『サン・タイムズ』紙（「時代を生きる」）のコラム執筆者〔カッコ受けなし〕――は、私が癌にかかっている話が広まるなか、それに乗じた田舎のどさまわりのつもりか、横から蹴りを入れてきた――（［アーヴ・］カプシネットの番組で）自分が最近乗った飛行機、そのエンジンが落っこった話を延々と――パニックを起こしたが、でも、先は短く、うっとうしくて苦しくて、緩慢な恐ろしさにおそわれる癌による死よりは、今すぐとか五分後とかに死ぬほうがましだと思い直した、と――彼女は墜落を望んだのではない――みずからの死を望んだ、準備怠りなく、生きているうちから死ぬ気になって、死の軍門にくだった（寄り添った）。

★14――一八八四－一九八二、ポーランド出身の精神医学者。フロイトの精神分析協会における女性として最初の代表的なメンバーだった。一九三〇年代にアメリカに移住。

7/8/78　パリ

近代のエロティシズム――エロスの省察がテーマ：
性に関するフーコーの考察
ケネス・アンガー『快楽園の創造』
大島〔渚〕『愛のコリーダ』
パゾリーニ、『ソドムの市』
ジーバーベルク★15、『ルートヴィヒ〔II世のためのレクイエム〕』、『ヒトラー〔、あるいはドイツ映画〕』

●

ホモセクシュアルのバロック

●

ネオ・キッチュ
近代のホモセクシュアルの感性は、エロティシズムにおおいに貢献した。

男たちは、自分たちの母親が女であることを根拠に女たちをけっして許さない……（ＶＶＶワーグナー）

［この項は四角に囲まれている］これからの一〇年は最良、最強、最も大胆な時代になるに違いない

［ロシアの作家］アンドレイ・ベールイ★16について：

近代主義は数度にわたって発明された――一度はソ連で。それが弾圧されたことはわれわれにとっては重要なこと。

比較してみること。［ベールイの長編小説］『ペテルブルグ』＋［ヘンリー・ジェイムズの］『カサマシマ公爵夫人』――公爵殺害命令が出る：あげくのはての自死。殺害命令は革命をめぐる悲劇の定番プロット。

参照　コンラッド、『密偵』★17

★15――一九三五‐、ドイツの映画監督。ここに挙げられた二作は、ドイツの冒険小説家の名をタイトルとする『カール・マイ』とともに「ドイツ三部作」を構成し、「未来の音楽としての映画」と銘打たれている。本書でも明らかなように、ＳＳはこの年下の同監督から大きな影響を受けた。

★16――一八八〇‐一九三四、ロシアの作家、詩人。『ペテルブルグ』はロシア革命前後に執筆された小説で、父親の暗殺を命じられた革命派の青年が主人公。ナボコフが「二〇世紀で最も優れた作品のひとつ」と評した。

★17――『密偵』は世紀末に起こった天文台爆破事件から着想された一種のテロ小説で、テロリストの内面を描いたものと評価される。

●

声の「ない」ナレーションやコメンタリーが入っている映画が好きだ――「話せない」ことの美質に気付かされる（それを受け入れさせる）［「無声映画」］

［サッシャ・］ギトリ『とらんぷ譚』
［マルセル・］アヌーン『Une simple histoire　ある単純な物語』
メルヴィル『恐るべき子供たち』
ゴダール『彼女について……〔私が知っている二、三の事柄〕』
ストローブ……『アンナ・マグダレーナ・バッハ……〔の日記〕』
［ミシェル・］ドゥヴィル『Le dossier 51　書類五一』
ブレッソン『抵抗……〔死刑囚の手記より〕』

それに、ジャンルを混交させた映画が好き：
［ベンヤミン・］クリステンセン『魔女』
［ドゥシャン・］マカヴェイエフ『WR――オルガニズムの神秘』
>>>>>>［ジーバーベルクの］『ヒトラー、あるいはドイツ映画』

7/17/78　パリ

……

一九四〇年、エイゼンシュテインは『ワルキューレ』の上演をモスクワで手がけた。［ヒトラー＝スターリン］協定の後＋侵攻★18の前——公式に親ドイツ姿勢をソ連がとっていた時期。制作メモはあるのか？

7/21/78

「ワーグナー」についてのエッセイ？　ジーバーベルクの映画、［フランスのオペラ演出家パトリス・］シェロー★19／［ピエール・］ブーレーズによる『指環』の上演

……

★18——一九三九年締結の独ソ不可侵条約を指す。四一年にドイツ軍がソ連領内に「侵攻」したため、事実上破綻した。

★19——一九四四-二〇一三、フランスの演出家、映画監督、脚本家、俳優。七六年バイロイト音楽祭で上演された『ニーベルングの指環』の演出で注目された。

ベルリオーズにはイデオロギーはなかった——みずから体制に組み込まれる気はなかった。
……『ジークフリート』——問題点：はじめの二場はほかより以前に作曲されている——三場は新構想による。『指環』はふたつに分かれている。

……

7/25/78　ロンドン

ジョナサン・ミラー★20は度が過ぎる——超多幸症《メタユーフォリア》。
「僕の船は劇場という浜辺に乗り上げてしまったようだ」（ジョナサン）
身体を機械として認識する。それを前提として、人間に人間性を付与する。それしかできない、それが今のやり方だ。
身体認識をめぐる隠喩（例　心臓＝ポンプ）は機械に由来する

……

近代医学の基本的道具ふたつ：塩水（生理食塩水）＋他者の血液

……

8/7/78　パリ

……「諍《いさか》いの技術」としての小説（［二〇世紀アメリカの批評家、詩人］R・P・ブラックマーの見方）、窮状を曝け出す手段。今日のさまざまな存在をとりまく解決不可能な窮状（！）

一九九九年一二月三一日。そこにいたい。世界史上最もキッチュな瞬間のひとつになるだろう。

近代主義。歴史観の復権（参照点：フランス革命、ロマン派の詩人たち）。反知性思想。知識人の企図。

……

ジョナサンがプラトンの『饗宴』をもとにBBCの番組を作った、「飲み会」というタイトル

★20――一九三四―、イギリスの演出家、作家。医学博士でもあり、テレビのキャスターも務めた。

8/11/78　パリ

ヘルヴァルト・ヴァルデン★21の絵に描いたような経歴を銘記のこと……一九一〇年、雑誌と画廊『デア・シュトゥルム』★22を創設（ココシュカ、未来派★23、カンディンスキー★24、アポリネールを世に出す）：［ユダヤ系ドイツ人の詩人、劇作家］エルゼ・ラスカー＝シューラー★25と結婚［一九〇一年］。一九三二年に『デア・シュトゥルム』を廃刊＋ソ連に脱出。そこで小説『中立』を執筆：刊行を見ないまま。一九四一年三月三一日、モスクワのホテル・メトロポールで逮捕される：サラトフの強制収容所の病院で死亡。

8/12/78

オデッサとイスタンブールは黒海を挟んで三三四マイル離れている
教室用の大きな地図を入手のこと。
白い蛍光塗料が塗ってある星を寝室の天井に貼ること。
シェイクスピアにおける観念上のローマ……

……私の意識にはなんの表象も浮かばない（なんらかの身体的な現状について）。

一九二〇年代（?-）のイギリスのニュースのテーマ――Stiffkey（スティーキーと発音する）の司祭の身に起こったこと：売春婦のもとに足しげく通う：地位剝奪：サーカス団に拾われ、樽詰めになって見世物に：ライオンに食い殺される★26。

……

［余白に］高貴なお方たち

上流の言葉遣い（英語の場合）：

「インティーズ」（知識人たちを指す）――

デヴォンシャーの公爵夫人、［イギリスの小説家］アンガス・ウィルソンに電話の会話を盗み聞きさ

★21――一八七九-一九四一、ベルリン生まれでドイツ、イタリアで音楽を修めた作曲家。その関心領域は広く、多くの若い芸術家たちを発掘し、世に出す。後述の逮捕の理由は、前衛芸術とファシズムとを同一視したスターリン政権の姿勢のせいであるとも言われる。

★22――ヴァルデンが一九一二年にベルリンに開いた画廊、および創刊した文芸と美術の雑誌（一九一〇-三二）の名称。「嵐」の意。

★23――二〇世紀はじめ、イタリアを中心に起こった前衛芸術の運動。一九二〇年代には同国のファシズムに接近した。

★24――ワシリー・カンディンスキー　一八六六-一九四四、ロシア出身の画家、美術理論家。抽象絵画の先駆けとなり、ドイツやフランスでも活躍した。

★25――一八六九-一九四五。ユダヤ系の富裕な家に生まれ、文学活動にたずさわる。ユダヤ系の医師ラスカーと結婚していたが、ヴァルデンと再婚した。

★26――「Stiffkey」は村の名で、一九三二年にこの村の司祭H・デイヴィッドソンが不道徳との譴責を受けた事件を指している。司祭の死後、村人たちは彼の墓を手厚く世話したと伝えられる。

れる——ウィルソン＋友人ひとりが夫人にお茶にまねかれ：訪問中のこと、公爵夫人は女友だちからの電話で、翌日のシリル・コナリー★27を主賓に迎える昼食会に招待される。「できればご遠慮させていただきたいわ。今日、インティーズをふたりもお茶におまねきしておりますもので」。

歳を重ねるということ：誰も彼も哀れに思える。

……

「実験的」作家、演出家、芸術家、なんていない。わかっていない見方！　あれかこれか、選択の余地があるかのような前提の見方。そんなことはなく、独創的か否か、どっちかしかない。

芝居：オリジナルの制作
　何か所かで巡回上演《サテライト》

異端的な作品（もともとの舞台演出を逆転するか、それに楯突く）

こういうやり方で残るのは非常に優れた作品だけ
ワーグナー∨［アドルフ・］アッピア［多数のワーグナーのオペラ作品の装置をデザインし、照明も担当したスイスの建築家］∨［ワーグナーの孫］ヴィーラント∨シェロー

参照　芸術作品の末路についてベンヤミンが書いている――翻訳者についてのエッセイ★28のなかで

8/13/78

［SSはワーグナーの音楽を絶賛しており、バイロイト音楽祭に何度も出かけた］

バイロイト・メモ：

ほかにもふたとおりのモデルに気付いたでしょう――ボヘミアンと貴族、とボブ［・シルヴァース］に言った。中産階級の生き方と関心事に代わるもの。ボヘミア：アルフレッド［・チェスター］。あげくのはて、どうなったか。それにひきかえ、貴族の控えめな魅力ときたら……

貴人の行動規範：けっして不平を言わない
受け身的で臆病だったとしても、徳に背かず、品格を失わず、堕落しないひともいる。

★27――一九〇三-七四、イギリスの文芸批評家で作家。有力な文芸誌『ホライゾン』の編集人も務めた。

★28――SSの講演録「インドさながらの世界――文学の翻訳について」（二〇〇二年の聖ヒエロニムス記念講演。『同じ時のなかで』所収）に挙げられているところでは、このベンヤミンのエッセイ「翻訳者の使命」は、ボードレールの『パリ風景』をドイツ語に訳した際にベンヤミンが一九二三年に書いた序文らしい。

未来派は構成主義のほかにも多くのものの源泉だった
テーゼ（?）：イタリアのファシズムは特例だった∨［ジュリオカルロ・］アルガン、共産党選出の現在のローマ市長――は、三〇年代後半にファシストの文化官僚だった。優れた芸術家を支援し、ユダヤ人を保護し、多数の人びとに職を与えた。［イタリアの古典時代史家アルノルド・］モミリャーノが百科事典の仕事に就けるよう手配した。

メイ・タバックはある日、帰宅すると、居間の床で［夫で］片脚のないハロルド・ローゼンバーグが若い娘をファックしているのにつまずいた。が、HRにこう声をかけたという：「ディナーは一時間後よ」。

8/20/78　ニューヨーク市

ヨシフ［・ブロツキー］は、詩を書くことに決めると言う――主題を選ぶか／手本（自分が素晴らしいと思う詩）を見つけて、それと自分の両方あるいはどちらかを下敷きにして：自分にこう言い聞かせると言う、「俺はアフマトーヴァの詩を書く」とか「……フロストの詩を」とか「オーデンの詩を書く」とか「［イタリアの詩人エウジェーニオ・］モンターレの詩を」とか「カヴァフィの詩を」とか。そうすれば、その詩人と同等か、より良いものが書ける、と。もちろん、手本の詩人に似たものにはけっしてならない――これは独り遊びの一種だ――本物の詩人なら、自身の世界についてしか書けない。

来年、実作を書くかもしれないもの：ボルヘスのストーリー（「古代ギリシアの劇作家で、その作品群が紀元前四八年のアレクサンドリア大図書館の火災に際して消失したとされる」アガトン★29によるひとつの戯曲が発見されたという話）：カルヴィーノのストーリー：ヴァルザーのストーリー：「ゲオルギイ・」コンラッドのストーリー：ガルシア＝マルケスのストーリー。

バーセルミのストーリーはすでに書いた――「ＳＳの自伝的な短篇「案内なしの旅」――ちなみに、バーセルミ自身よりましなものを書いた。そのことをあのとき、自分でも認めるべきだった。

理想的な短篇の選集：
V・ウルフ「The Moment　その瞬間」または「書かれなかった長編小説」
ロベルト・ヴァルザー「トゥーンのクライスト」
ポール・グッドマン「Minutes are Flying　毎分毎分飛んでいく」
ローラ・ライディング「A Last Lesson in Geography　地理学の最終的教訓」
「余白に、ドイツの作家ヴォルフガング・」ボルヒェルト、「ユダヤ人でセルビア－ハンガリー系の作家、ダニロ・」キシュ

★29――前四四八頃－前四〇〇　古代ギリシアの悲劇詩人。

［トンマーゾ・］ランドルフィ「W. C.」
カルヴィーノ「月の距離」
ベケット「追放者」
バーセルミ「バルーン」
フィリップ・ロス「On the Air　放送中」［一九七〇年に『ニュー・アメリカン・リヴュー』誌に掲載された短篇］
ジョン・アッシュベリー「散文詩」
ジョン・バース「Title　タイトル」または「Life-Story　ライフ・ストーリー）」
エリザベス・ハードウィック『プロローグ』
ジョン・マクフィー「Boardwalk　板張りの遊歩道」
ブルーノ・シュルツ「砂時計サナトリウム」または「書物」
［エリーザベト・］ランゲッサー『Mars　火星』
デ・フォレ
シニャフスキー
［ペーター・］ハントケ
［オーストリアの詩人インゲボルク・］バッハマン
ボルヘス「『ドン・キホーテ』の著者、ピエール・メナール」
ガッダ
ガルシア＝マルケス

［スタニスワフ・］レム「Probablaism... 確率論……」［おそらく「The Third Sally or The Dragons of Probability 第三の反撃あるいは確率の龍たち」を指している］
バラード、

エッセイ選集：
ギャス
ベンヤミン
リヴィエール
シニャフスキー
エンツェンスベルガー
トリリング
［アルフレート・］デーブリン★30による［アウグスト・］ザンダー★31の［写真集『Antlitz der Zeit 時代の顔』の］序文
グッドマン
サルトル「ポール・ニザン」または「ティントレット」

★30――アルフレート・デーブリン　一八七八－一九五七、ドイツの小説家。『ベルリン・アレクサンダー広場』はその代表作で、ファスビンダーがテレビ・シリーズを作っている。

★31――アウグスト・ザンダー　一八七六－一九六四、ドイツの写真家。ポートレートや記録写真が多い。その「本」とは、写真集『時代の顔』（一九二九）で、デーブリンが序文「顔、画像、そしてそれらの真実について」を寄せている。

ベン「Artists + Old Age　芸術家たち＋老い」
ブロッホによる［ウクライナ系ユダヤ人の哲学者・批評家レイチェル・］ベスパロフ［の『イーリアスについて』］の序文
アドルノ

前衛：謎が浅い

シオランの作品は死に方を教えてくれる

ブレヒトは弟子たちに「三人称で生きろ」と助言した

虚無的な気取り

一八世紀後期から今まで：歩く姿の像、何かに取り憑かれた肖像、マジック・ミラーが繰り返し登場してきた

私の書くもの／想像することに例外なく潜んでいるテーマ（それだけ核心的）：［ノートにはフランス語で書かれている］追いつめられた世界。『死の装具』もそうだし（リスト、最後には在庫表）、『写真論』でも「案内なしの旅」（＋「事情報告」でもそう。反対語は：沈黙。

……

「余白に、下線を引いて」「それは、書いているとき独りっきりの状態であることとの問題」。V・ウルフ（ヴィタ［・サックヴィル＝ウェスト］★32への手紙、一九二五年一一月）

「チェーンストークス呼吸」：［命の］終末の徴《しるし》――不安定★33

［大量殺人者チャールズ・］マンソン★34以降の感性：

『悪魔のいけにえ』、新たな臨界値：一九七〇年代で最も重大な意味をもつアメリカ映画。

パンクの「グラン・ギニョール」★35――死者が歩く――吸血鬼のメイクアップ

★32――一八九二－一九六二、イギリスの作家、詩人。一九二〇年代末にウルフとの短い恋愛が始まった。

★33――発見した医学者の名に由来する呼吸の状態。交代性無呼吸とも呼ばれる。

★34――一九三四－。アメリカで幼児期から両親に見放され孤児院で育つが、カリフォルニア州で一九六九年、妊娠中の女優シャロン・テイトら五人を無差別殺害。七一年に死刑宣告を受けている。事件以前からファミリーと称する疑似共同体を作ってカルト的な影響力を発揮しており、当時のアメリカのサブカルチャーと犯罪の関係について論議が巻き起こった。

★35――一九世紀末からパリにあった大衆芝居と見世物小屋の名称で、そこで上演される内容に類似した物事をこう呼ぶこともある。荒唐無稽、血なまぐさい、こけおどし、といったニュアンス。

「危険」

「セックス・ピストルズ」が刺激を受けた相手はとあるカップル。美術学校の学生で＋状況派《シチュアシオニスト》に憧れていたふたりは、一九七五－七六年頃、チェルシーでブティックをやっていて、店の名は古い順に「ロックンロール」＞「生き急ぎながら、死ぬには若い」＞「セックス」＞「扇動者」

……

含羞のある虚無
一種、動機のない悲しみ
違和感に焚きつけられている
歓喜の場所の仕組み

11/1/78

昨日遅く、ヨシフとディナー。試みとして、「イギリスの詩人、ジョン・」ベッチマン★36を好きになろうとしているとのこと――「あの感触の柔らかさ」。ヨシフが今、凌駕しようとしている詩人

――マンデリシュタームは以前の話――はモンターレ（ヨシフは賢明だ）。「でね、スーザン。僕もすでに柔らかさを身につけたと思うんだ」。

文学と国民性の木霊《こだま》。

11/17/78

『わたしエトセトラ』が今日発売され、ロジャー［・ストラウス］のところでパーティ、その後――深夜、三番街と一七丁目の角のコーヒー・ショップにヨシフと。「六年アメリカにいて頭が悪くなった気がする。ロシアにいた頃のような微妙な意識の働きをもう感じない。アメリカ人の率直さのせいだ……ここでは誰もが前向きだ……ひとの役に立とう、親切にしよう、支えてやろうって気を遣う……説明し、ものごとをわかりやすくしてくれる」

「効果的じゃなければ、最後の一行はなくていいんじゃないかな?」［SSの短篇］「ベイビー」★37の最後の行への彼の批判。当たってないと思う。

読書は元気をくれる。でも、微妙な意識作用を促してくれるだろうか?

★36――一九〇六－八四。ジャーナリスト出身で、テレビでも人気を博した。「詩人であり、凡人ですよ」と自称したという。

★37――Baby、『わたしエトセトラ』所収の短篇。

ヨシフは言う：それは他者がいてはじめて生まれてくる。

11/21/78

暗示を活かすのにベケットの手法はなんの役にもたたない。ベケット流の言いまわしでは、「ジョコンダ〔モナリザ〕の微笑」はどう言えばいいのか★38。〔カナダの文芸評論家、ヒュー・〕ケナー

ナポレオンの湿ってぶよぶよした背中（トルストイ）

比較しても無意味？　忠告はすまじ。自分＋ほかのひとたちとの違い、私は意に介さない。

スーダンのある部族、複雑な神学をもっていて、中年の人びとの通過儀礼がある。年寄りはのべつまくなし大笑いしている。

『わたしエトセトラ』収録の八つのフィクションの統一性。作品相互に通じ合うものがあるか、という意味で。短篇のそれぞれがプリズムのよう。それぞれが、語ること「について」の作品。倫理的な企図という統一性もある。

エッセイを書くのはもうごめんだ、そう自分を仕向けようとしている。

エッセイ＋フィクションの分離（決まりごと）、私は気にかけない。フィクションでは、エッセイですでにやったことをやれるけど、逆は無理。

12/5/78

ヨシフの手術［心臓の開胸手術］

……

イタリアの未来派は「新しい感性をもった原始人」、みずからスタイルを決め込んでいた

……

空いばりはやめること

……

★38――レオナルド・ダ・ヴィンチの通称「モナ・リザ」のこと。

カネッティについてのエッセイ——
この書き手（素晴らしい作家）の思想、企図について書かなければならない
手本としてのヨーロッパ——時代の色がとても濃い——その壮大さ、情念

C「カネッティ」を終えたところからブロッホを始める
ブロッホ、「カール・」クラウス、カフカ——Cのモデルたち。
死についてのCの考え方——非常に怖れた——不死への願望
女性に対する上から見た慇懃《いんぎん》なところ
ヒトラーについてのエッセイ——彼を取り巻く群衆は死せる者たち
「カネッティの」『群衆と権力』：生物学に踏み入る歴史（生物学的な比喩）
参照　オペラ『指環』：生物学の叙事詩（水のなかで始まり、火のなかで終わる）
「カネッティは」左翼の誘惑にわずらわされなかった。いかにして？

12/27/78　ヴェネツィア

冬のヴェネツィア、陽光に照らされた夏のヴェネツィアの陰画、これって写真的。はじめて見る、そんな感じがつきまとう。

サン・マルコ広場は抽象的——幾何学的——さまざまな光の境目でかたちが浮かび上がる——光の濃さの差異が空間をかたちづくる。かたちというかたちはみんなシルエット。

カジノ（ヴェンドラミン・カレルジ宮……）から戻る蒸気船上《ヴァポレット》で：左右どっちにも何も見えない。茶色がかった灰色の虚空を見つめる。

鐘塔《カンパニーレ》のてっぺんから見る聖堂《バシリカ》——ほとんど見えない——霧に包まれた総督府はモネや［ジョルジュ・］スーラの絵画さながら。

冬のヴェネツィアは形而上学的、構造的、幾何学的。色彩が剝げ落ちている。

［ヘンリー・ジェイムズの］『金色の盃』をまた読んだ。

意識が迫ってくるのを感じ、何かを知り、なんらかのことに合点がいくようになるには、独りでいなければならない。息を吸ったり吐いたり、心臓の収縮も拡張も——ひとりの行為であるように。独りでいるのをこれほど怖れているかぎり、私はけっして現実的になれない。自分自身から身を隠しているとしか言えない。

私の行動は急ぎすぎ——結果に向けて理性を働かせる——私の知力はお手軽なタイプ。

独りのときの憂鬱な気分は表面の層にすぎない。そこでパニックにならなければ、その奥へ行くことができる——そこへ沈み——成り行きに委ねる。言葉を聴く。

……

（ボブ★39と電話で話す）日本について［このときまでにSSは数回日本を訪れており、短い印象記を書こうと考えていた］‥

近代化を経た封建的な社会。いたるところ西洋の「記号《サイン》」が目につくが、見かけが近代的であることを除けば、そういう記号にはこれといって何も意味がない。西洋「文化」のパロディ。国家事業‥近代の西欧資本主義を「書き起こす《トランスクライブ》」（翻案する、変容させる）……西欧的な意味では法則は何もないが、代わりに、受容、差異、階層性を調整する壮大なシステムがある。コンセンサス社会――誰もが立ち直れる（六〇年代後期の［極左の学生運動］全学連★40のリーダーが大物実業家になっている例もある）が、例外はヤクザという犯罪組織で、階級の枠外に置かれている。定例行事化された実力行使――ストライキ、成田闘争［空港建設反対運動］、etc.――の場面で、体制を受容する新たな徴候と目されている。むんむんのエネルギー、無数の看板――本質的な中身はほとんどない。ホモセクシュアルの文化の盛り上がり、ゲイ・バーが一〇〇〇軒、ドン［ドナルド・リチー、SSの東京在住の友人、アメリカの著述家★41］と彼の友人のドイツ人［エリック・クレシュタッド］に会う。歌舞伎座の舞台裏、出演者の楽屋――ご褒美は、女形《おんながた》の役者に会えること‥――一九世紀のバレエ・ダンサーとかオペラ歌手とかを彷彿とさせる。ブルーミングデールズのような百貨店が東京には一二ある‥何もかも西欧と同じに見えるけど、本当のところ、とほうもなく違いは大きい。

……

★39――当時クノップ社の文芸編集者だったロバート・ゴットリーブを指すと推察されるが、不明。ゴットリーブは八〇年代後半に『ニューヨーカー』誌の編集長になっている。

★40――全日本学生自治会総連合の略称で、一九四八年に結成。五〇年代後半よりスターリニズム、暴力革命などをめぐり、分裂を繰り返す。六〇年の「第一次安保闘争」時にその激しい街頭行動や国会議事堂包囲などが欧米にも報道され、その名が知られるようになった。

★41――一九二四-二〇一三、アメリカ出身の映画批評家、映画監督、著述家。第二次世界大戦直後に連合軍の進駐軍に応募して来日。以来、日本映画の海外への紹介に貢献した。バイセクシュアルであることを公言しており、SSは来日の折、彼の案内で「ディープ東京」を探訪することがあった。

1979

1/1/79　アーゾロ★1

ジーバーベルクについてのエッセイ［この数年前、ＳＳはハンス・ユルゲン・ジーバーベルクの複数の映画を見出し、『ヒトラー、あるいはドイツ映画』のアメリカでの配給実現に助力：一九七九年末のこの時点から遡ること数か月間、このエッセイの構想を練っていた］

「追悼作品」という考え方で書きはじめる

「子供であること、それよりひどい」。

ヴィチェンツァ大聖堂《ドウオモ》にある聖セバスチャンの像★2（祭壇は左の入り口がいちばん近い）。美しい裸体の若い男の像、この伝統はギリシア－ローマ美術からキリスト教に移行した――かつては男性同士のエロティシズム――現在は大半が女性が、また男性も、エロティックな瞑想の対象として見る。聖セバスチャンの立体作品ははじめて見た。この姿は絵画より彫刻のほうがエロスが香りたつ……矢の数（今まで見たのでは、少なくて二本、多いのは一〇本）とその配置。
キリスト教がここまで前面に押し出すエロスへのこだわり、つくづく驚かされる。聖母《ヴァージン》——聖母の胸／母——恍惚とする女——イエスの下半身に倒れ込む愛弟子——痛めつけられる男の体、半裸で（イエス、セバスチャン）

［詩人ロバート・］ブラウニング★3が使う「asolare」という言葉
ラスキンが歓びとしたことはどの程度の近代をはらんでいたか？　われわれがヴェネツィア、フィレンツェ、ヴェローナ、etc. を見るときの興奮と郷愁（追悼に近い）の入り混じったものとは違っただろう。彼は発見を重ねた。誰のための発見？　既知のことどもを発見するって、どういう意味か？
既知って、誰が知っていること？

（アーゾロ、チプリアーニ・ホテルの）ふたつの窓それぞれにしつらえてあるプラスティック製の円形の仕切り、取り外し可能。一九世紀の縦仕切りのある窓に取り付けてあった着脱可能な四角いガラスのようだ——でも、これはひどい、きちんと切り取ったガラスの板ではない——仕切り《ムリオン》の体《てい》をなし

★1——イタリア北東部ヴェネト州の都市。ヴェネツィアから北へ六〇キロほどの丘の上の景勝地。
★2——三世紀、ディオクレティアヌス帝のキリスト教迫害で殺害されたとされる殉教者。美術や文学ではよく、柱に身を縛りつけられ、矢で射られた姿で描かれる。中世から信仰を集め、一九世紀末頃には同性愛の守護聖人とみなされるようになる。
★3——一八一二‐八九、イギリスの詩人、劇作家。「asolare」はイタリア語で「目的も無くゆったりと時を過ごす」というニュアンスか。もとは一六世紀の文人、ベンボという枢機卿がアーゾロの地で行なった「愛についての対話」を想定した散文作品。

ていない。

1/5/79　パリ

一時から六時まで、［ゲオルギイ・］コンラッドと（「スコッサ」∨「ステッラ」［カフェ二軒］）。東ヨーロッパについてのストーリー。「作家を国家に囲い込む《エタティザシオン》」★4（原文はフランス語で書かれている）。賞をもらうって、その意味は何か……

この話の筋——受章をめぐって？

私はよく言う、ロシアの帝国とアメリカの帝国とを比較できるわけ？　そのたびに気付かされる（「資本主義の爆弾だろうと共産主義の爆弾だろうと、やられて死ぬのは同じ」——彼★5の去年の一二月のヴェネツィアでの講演）。周縁、アメリカ帝国の植民地のことを自分が忘れていたことに。もちろん、ニューヨークとモスクワとを比べれば、ニューヨークにいるほうが際限なく自由であることは疑いない——束縛がない［「それだけのこと」］。だけど、イランで起こったこと（国王《シャー》の秘密警察）、ニカラグア＋今まさにアルゼンチンで起こっていることを考えれば、あれほど残酷で多くの殺傷が起こっている事態は、カンボジアを別とすれば、共産主義諸国には見られない。ハンガリー、ポーランド、チェコスロヴァキア、etc.で、知識人たちは殺されていない。転向を迫られたり追放されたりはしてるかもしれないけど。

……

「ワーグナーの」『さまよえるオランダ人』は吸血鬼の話

anoxia ＝酸素欠乏症

1/13/79　パリ

『ポートレート・ゲーム』「イワン・ツルゲーネフと恋人のポーリーヌ・ヴィアルド＝ガルシア★6が著した本の題名」という着想をもとにした掌篇《ノヴェッラ》――＋ヴィアルド、その夫、ツルゲーネフの三角関係。ヘンリー・ジェイムズ風の物語。レネ風の映画（『去年バーデン＝バーデンで』★7）。ガルシア＝

★4――etatisation　フランス語の名詞「国家 état」を動詞化したもの。

★5――ブロツキーのこと。

★6――一八二一－一九一〇、スペイン出身でフランスで活躍したオペラ歌手。夫と子があったが、ツルゲーネフは彼女を追ってパリに移り住み、西欧とロシアを往復する生活を送った。

★7――アラン・レネ監督の代表作のひとつ『去年マリエンバートで』（一九六一）にちなみ、舞台をドイツ有数の温泉地バーデン＝バーデンに置き換えた仮の映画題名と思われる。

マルケス流の空想物語。世界に広がる文学宝庫におけるボルヘスの再発見《ルトゥルヴァイユ》。

1/14/79　ロンドン

ジョナサン：「医学関係の本を書いたのは金を稼ぐためで、おかげで、やりながらいくつかの考えもまとまった」。

［ヘンリー・ジェイムズの］『黄金の盃』を褒めていたところ、ジョナサンが言った。「ヘンリー＋ウィリアムの兄弟をねじで止めてひとつにすることができれば、プルーストのできあがりだ」。

Jは一九世紀の精神世界を題材にした本を長期戦で手がけていて、それについて語っていた。「モード」★8に出てくる強硬症《カタレプシー》による憑依状態の描写は、ハリエット・マルティノー★9の『催眠術についての書簡』（一八四五）を読んだテニソンが同書を参考にして書いた。

……

［ヘンリー・］ジェイムズは偏頭痛について［イギリスの神経学者ジョン・］ヒューリングズ・ジャクソン★10に相談している、一八九〇年代、ロンドンで：ジャクソンは「側頭葉癲癇《てんかん》」の可能性を指摘したが、その発作が起きるとすべての音が止まったようで、異臭を感じ、＋耐えがたいほどの不吉な感じにおそわれるという。『ねじの回転』に登場する家庭教師の女性の「幻覚」（？）はこの逸話が

もとになっている……『黄金の盃』のテーマは観察、見ること、他者の感じていることがどれほど感知しがたいことか、という点だ。

一九世紀、変異した意識状態に関心が高まり、それをめぐって二種の解釈がなされた。(1)第二の自我——自分のもうひとつの状態、面、側面：高揚状態（参照　ワーズワース、ドストエフスキー）——利己的な解釈。(2)もうひとつの世界——超自然的——精霊（参照　ポー、［E・T・A・］ホフマン★11）

1/15/79　ロンドン

V・ウルフは負けた、アーノルド・ベネットが勝った——この地で

狂気、ひたむきな状態

★8——ヴィクトリア朝時代のイギリスの詩人アルフレッド・テニソン（一八〇九–九二）の作で、桂冠詩人になってから最初に発表した長詩（一九五五）。
★9——一八〇二–七六、イギリスの社会理論研究者。しばしば女性初の社会学者と言われる。
★10——一八三五–一九一一、イギリスの神経病学者。脳損傷やてんかん患者の研究で知られる。
★11——エルンスト・テオドール・アマデウス・ホフマン 一七七六–一八二二、ドイツの作家。幻想文学で特筆される。作曲家、画家としても多彩な才能を発揮した。

1/27/79　ローマ

カルメロ・ベーネ★12［が上演した、ヴェルディの］『オテロ』。出演者が動くのはほとんどが巨大なベッドの上――幕開け、オテロがD［デズデモーナ］にのしかかっている。ハンカチにくるまれた作品と言おうか、全員が白い衣装。Oの顔は褐色。みんなが互いの顔の前に手をかざす仕草ばかりするので、顔が見えない。マイクを使って声を大きくする。ヴェルディ、ワーグナー、etc. の音楽。

［日付なし］

ジェイコブ［・タウベス］と話す

「翼の折れた思想」（アドルノ）

［余白に］しゃべっているときのジェイコブの手。「天のねじを回してる」、と、私はそれを指して言った、一九五四年に。

アドルノがジェイコブに一九六八年に言ったこと：「もし彼ら［学生たち］が研究所★13に侵入してきたら、黄色い星★14をつけける」。

［一九五〇年代、SSの（アメリカの）ケンブリッジ時代の友人、マルクス主義の哲学者ヘルベルト・］マルクーゼの一九五六年の立場、ソ連によるハンガリー革命弾圧に関して：その彼の一九六八年における学生との共犯関係（参照　アドルノ）――ハイデガーから出発しているがゆえ

2/1/79

［映画創成期のフランスの映画制作者ジョルジュ・］メリエス★15＞ジーバーベルク。メリエスはパリの自宅の裏庭で架空のニュース映像を撮影した（『英国宮廷にいる中国の皇帝』という設定）。
［メリエスと同時代のオーギュストとルイ・］リュミエール兄弟＞ゴダール？

あるがままの言語：［アルゼンチンの作家、マヌエル・プイグ★16。彼独自の言語が思い浮かばないと、

★12――一九三七－二〇〇二、イタリアの俳優、劇作家、演出家、映画監督。『オテロ』はシェイクスピア原作、ヴェルディ作曲のオペラ作品。
★13――アドルノが所長だったフランクフルト大学の社会研究所のこと。
★14――二つの正三角形を逆向きに重ねた六芒星は「ダヴィデの星」とも呼ばれ、ナチス・ドイツによるホロコーストの時期に、ユダヤ人は黄色で描いたこれをつけさせられた。
★15――マリ＝ジョルジュ＝ジャン・メリエス　一八六一－一九三八、フランスの映画監督・制作者。映画創成期に技術開発に力を入れ、「世界初の職業映画監督」と言われる。
★16――一九三二－一九九〇、アルゼンチンの作家。代表作に『赤い唇』『蜘蛛女のキス』など。

すでに発《ファ》された《ウン》もの《ド》ばかりで書く。尋常ならざる物真似名人《マイム》——書き手としての能力の欠如を体系化した。

［ベルギーのシュルレアリスト、ルネ・］マグリット★17の展覧会、ボブール★18で。《光の帝国》（［一九五三—五四］）——見える像として彼が命名した実体感の薄いもの、それらを今は誰もがはっきり存在するものとして見ている：青空、影のように薄暗い木々、点灯された街路の明かり。

堂々たる精神。ジョイス、ガッダ★19、ナボコフのような作家

2/8/79

それぞれのものを取り巻く気配《オーラ》。
それに敬意を払う——まず、そこから何かを摑みとるより前に
美の空間：［一八世紀のフランスの画家、ジャン゠バティスト・シメオン・］シャルダン★20、［アメリカの実験映画作家］ジャック・スミス★21
アメリカ＋ヨーロッパの距離が広がってきている——一九五〇年代のように差異が目につく。西ヨー

ロッパは社会民主主義を選択した（政権党の名称がなんであれ）が、アメリカはそれを拒んだ。一九七〇年代のもろもろの出来事：(1)知識人＋芸術家の足下を支える信条となっていた、妥当性が無くはないユートピア的な共産主義という考え方が信頼を失った：(2)西欧諸国のユーロ化：(3)アメリカ帝国主義イデオロギーの瓦解＋米国文化／社会の孤立化が進んだこと。

2/11/79

エンツェンスベルガーと話す（チャイナタウンでランチ）：ヘーゲルの代案としてのダーウィン。ヘーゲル主義は、生物学＋歴史は異なる別個の過程だ、という前提に立っている。だが、歴史過程は成り行き《ナチュラル》と言えるかもしれない。一種の進化過程ではあるけど、予測はつかない過程（ヘーゲル主義が求引力をもったひとつの点は、歴史の「逆説《アイロニー》」という考え方だ）。Eが言うには、ドイツではここ五〇年間、ダーウィンが暗に言ったことについて誰も考えてこなかった。適者生存は弱肉強食と取り違えられて不信感をかっている。

★17——一八九八-一九六七、ベルギーのシュルレアリスムの画家。《光の帝国》はいくつかのヴァージョンがある。

★18——「ジョルジュ・ポンピドゥー国立美術文化センター」の通称。パリ四区のボブール通りに面しているため。一九七七年開館の現代芸術の発表、展示施設。

★19——カルロ・エミリオ・ガッダ　一八九三-一九七三、イタリアの作家。専門用語や方言を駆使した前衛的作風。代表作に『メルラーナ街の怖るべき混乱』など。

★20——シャルダンは、ルイ一五世の許しを得てルーヴル美術館の敷地内で暮らした時期があるという。

★21——一九三一-八九、アメリカの前衛映画作家。パフォーマンス・アートの先駆けとなった。

彼は自由なスタイルのエッセイを書きたがっている。手本としてハイネを挙げた。私はルクレティウス★22を挙げ——彼も同意。

カネッティ：

生物学的なモデル（『群衆と権力』）。ヘーゲル的な意味では「歴史」はぜんぜん入ってこない

二〇世紀で最も死を憎んだ人物のひとり

ヨーロッパ中心思想ではない。中国やアラブの思想に言及——「別の文化のものだが理解すべき」こと、だと思うからではなく、真理だから

還元主義ではない——ある観念の成立の是非はまったく詮索せず、ただ：「真理か？」と問うのみ

その強さと独立性——＋カネッティの作品が非主流《マージナル》であること。一九三〇＋四〇年代、グッゲンハイム財団の助成を受けた（Eの情報、ホント？）アイリス・マードック★23と知り合い——関係があった。Eはロンドンでインゲボルク・バッハマンからカネッティに紹介された……

カネッティ：意欲、欲心、渇望、願望、熱望、飽くことを知らない、歓喜、傾倒。これが、精神の生きるさま？

2/13/79

午後、〔ルドルフ・〕ヌレエフのリハーサルを二時間見学。

2/18/79

午後、M〔母〕から電話で、メアリー・ペンダースが手紙で知らせてきたところでは、去年九月三〇日にロージー★24が「重い心臓発作」で死んだ、という……驚いた、感激した、母の動揺ぶりに……何につけ心が動くことなんてないひとだと思ってた……

2/20/79

ヨシフ〔・ブロツキー〕:「自己愛の人間《ナルシシスト》にとって何より大切なのは滑らかな表面だよ」「圧政をめぐって、その程度＋期間を競うオリンピック記録なんていうのがあったら、ソ連が金メダルだ」。

★22――前九九頃-前五五年、共和政ローマ期の詩人、哲学者。

★23――一九一九-九九、アイルランド出身のイギリスの哲学者、作家、詩人。

★24――SSの幼児期の乳母を務め、本書の編者でありSSの息子であるディヴィッドが幼いときの世話もした。

2/25/79

［アメリカの振付け家］トワイラ・サープ★25の作品を見ると、自分が女であること＋アメリカ人であることに素直になれる……性差別《セクシスト》のダンスではまったくない――みずからのエネルギーをもち、客体ではなく主体であり、男たちとも遊び心たっぷりにわたりあう――男を怖がっていない……アメリカ独得の動き（マック・セネット★26のコメディ、フレッド・アステア★27、黒人のディスコ・ダンサーなどが素材）を使い、アメリカならではのエネルギーを取り入れている。つねに床に触れるけど、たしかに床は飛んだり跳ねたりする踏み板ではない――［アメリカのバレエ振付家ジョージ・］バランシン★28の作品とは違う。床をピシャピシャ叩く――全身を開いて床に身を投げる、起き上がろうとする、床を抱きしめようとする。

フィリップのトリリングをめぐる講演［コロンビア大学で］についての感想はまずボブから聞き、今日の午後はダイアナ［・トリリング］★29から電話で聞いた。

「カソーボン氏★30への追悼の言葉」。フィリップの物語を書くっていうのはどうか？　思いきってやれるか？　自分の怒りが気にかかる。リジー★31はキャルについて書けない――でも、私の場合、守るべきものが何かあるだろうか？

女嫌い――セックス嫌い――恋愛嫌いの男たちについて書く。

必要なエネルギーは充分出てくるはず――「ベイビー」のときのように。

P「フィリップ」とのあの八年間はどれだけ害があったか？
もう本当のことを書いてもいい時期じゃないのか？　私はまだ彼を守っている――「過去の不満を顧みて」「SSの短篇」★32のクランストン――依然として自分で責任を取ろうとしている。

夢：私は尼僧になっていた（？）性的には満足している、私に憧れている若い恥ずかしがりやの女性といる。カップルがもうひと組？　私は譴責を受けるべく呼びつけられた――古いゴシック様式の建物――抜け出した、と思う――そこを出て、ずっと友人がついてきてくれる――中庭で、書類に記入するのを忘れていると言われる――難儀しながら記入する（友人から鉛筆を借りなければならなかった）――友人と別の建物に行く――私は拉致された――性的暴行に遭う――出血（「膣が熱い」）

★25――一九四一－。マーサ・グラハム、マース・カニンガム、ポール・テイラーに師事した後、ニューヨークを拠点にバレエ、ハリウッド映画、ブロードウェイの演目の振付けを手がけてきた。

★26――一八八〇－一九六〇、ハリウッドで一九一〇年代に「喜劇王」と言われた俳優、映画監督。スラプスティック喜劇に新風を吹き込んだ。

★27――一八九九－一九八七、アメリカのダンサー、俳優。舞台出身で、一九三〇年代よりハリウッドのミュージカル映画で活躍した。

★28――一九〇四－八三、グルジア出身でアメリカで活躍したバレエ振付家。一九三〇年代に渡米し、現在のニューヨーク・シティ・バレエ団で活躍する。

★29――ライオネル・トリリングの夫人。

★30――ジョージ・エリオットの小説『ミドルマーチ』（一八七一－七二）に登場する、神話研究の本の執筆に没頭している初老の人物。

★31――リジーは、SSの年上の友人で作家のエリザベス・ハードウィックのこと。キャルはその夫で、後に離婚した詩人のロバート・ローウェルの愛称。

★32――一九七五年発表で『わたしエトセトラ』所収。クランストンは、語り手の女性が一八歳の時に通っていた大学の教授で、フィリップに因む人物造型だったのかとも推察される。

――二度と性交できない、と言った。

もとになっていること：［インドの小説家、R・K・］ナラヤン★33を今日読んだこと：フィリップについてダイアナが言ったこと（［彼が講演で取り上げたのはギュスターヴ・］クールベの絵＋［アンドレア・］マンテーニャの絵画［《死せるキリスト》★34］――去勢された男としての女）：宗教裁判の裁判長としてのフィリップ

……

ヴェネツィア∨ラスキン

託宣を受けた予言者としての芸術家、公の存在［――ガブリエレ・］ダヌンツィオ★35、ラスキン、ワーグナー

……

ペネロペイア★36としての作家――昼間に書き、夜になると解体する

シジフォス★37としての作家

『わたしエトセトラ』にはベストの短編小説が収めてある：私なりの「立体派《キュビスト》」手法で、異なる複数

の角度からストーリーを語っている

マックス・エルンスト★38の石版画《リトグラフ》（?）――一九一九年《流行は栄えよ、芸術は滅びるとも》

［日付なし：SSが『パーティザン・リヴュー』誌の編集者ウィリアム・フィリップス★39とはじめて会ったときの思い出、一九六〇年か六一年はじめのこと］

ユニオン・スクウェアのP・Rのオフィスで――W・フィリップスは金属製のロッカーを開け＋エレミーレ・ゾラの『知識人の日蝕』を取り出した

私（ページを繰って目を通しながら）：「そんなたいした本に見えないけど、タイトルは評論のテーマ

★33――一九〇六－二〇〇一、英語で書くインドの作家の代表的なひとり。空想の地マルグンディを題材にした作品で知られる。師にして友人の作家グレアム・グリーンの尽力で世界に躍り出た。

★34――一四三一－一五〇六、ルネサンス期のイタリアの画家。《死せるキリスト》は一四九〇年代の作。

★35――一八六三－一九三八、イタリアの詩人、作家、劇作家。政治的活動にも積極的だった。フランスの象徴主義文学の影響を受け、暴力や異常心理の描写が特徴的。

★36――ギリシア神話に登場する美女で、ホメロス『オデュッセイア』では、求婚者たちに布が織りあがったときに誰の妻になるか決めると言い、じつは、昼に織った布を夜に解きほどいていた。

★37――ギリシア神話でコリントスの創建者とされる。神の怒りをかい、山の頂上へ岩を押し上げるよう命じられるが、岩は常に途中で転げ落ち作業が永遠に続くことから、徒労を意味する「シジフォスの岩」という表現が生まれた。

★38――一八九一－一九七六、ドイツ出身でフランスで活躍したダダ、シュルレアリスムの画家、彫刻家。

★39――一九〇七－二〇〇二、アメリカの編集者、作家。『パーティザン・リヴュー』誌の共同創刊者のひとり。

になりそう」。

W・P：「わかった。君は頭がいい」。

レニー［レナード］・マイケルズ★40は短距離走者、ピンチョン★41はマラソン走者。

ワーズワースの「受動的な賢明さ」

……

日本語には「偽善」という単語はない★42

［一九世紀のイタリアの詩人、ジャコモ・］レオパルディ――孤独に苦しめられ、無常観＋死への執着、「ノイア」（形而上学的な意味での間延びした時間、退屈）に終世取り憑かれた

……

［日付なし、三月］

……一九世紀の小説家たちには科学知識があった‥
――ジョージ・エリオット……参照『ミドルマーチ』に見られる医学的な考え方
――バルザック‥参照『人間喜劇』★43のまえがき――タイプ分けの理論、ミクロコスモス（個人）のなかにマクロコスモス（社会）を看取する――個人は適応する
バルザック、反革命王党員《レ・シュワン》たち

科学に精通し、影響を受けた最後の小説家は［オルダス・］ハクスリー★44。

もはや長編小説がないひとつの理由――社会が個人とどんな関係にあるか、その点をめぐり、わくわくするような理論（心理学的、歴史的、哲学的な）がないから
いや、そうじゃない――誰も書かないから、それだけのこと

一連の現象学的エッセイ‥
――泣く

★40――一九三三―二〇〇三、アメリカの作家、エッセイスト。ポーランド系ユダヤ人としてニューヨークに生まれ、後半生はカリフォルニアで送る。主題も思考の流れも説明しない作風は、批評とフィクションの境界線をとり払ったと言われる。
★41――一九三七―、アメリカの小説家。ノーベル文学賞候補の常連だが、きわめて寡作。
★42――出典、あるいは情報源不明。
★43――九〇の長篇や短篇からなる小説群の総称。作者バルザック（一七九九―一八五〇）はフランス一九世紀の代表的な小説家。
★44――一八九四―一九六三、アメリカに移住したイギリスの作家。生物学者など多くの科学者を輩出した一家の出である。

――失神
――赤面

［一九世紀フランスの科学者］クロード・ベルナール★45：内面環境の理論

泣く：

構われたがっている徴《しるし》
身体は液体が詰まった容器
一八世紀初期の好色文学における涙
気持ちの証としての涙
泣くことができない＝情動が希薄

失神：

情動面での衝撃（良い知らせでも悪い知らせでも）に対する反応
いつからこれが起こらなくなったか？

……

「あらゆる生命はかたちを防衛している」。ヘルダーリン★46＞ニーチェ＞ヴェーベルン

［余白に：］ヨーロッパ嫌い

作品群をちゃんと書ききるには、諦めるべきこと、あるいは剝奪されることが山ほどある

今の時代では、離婚するのは教養の表われだ、離婚！ 離婚！――W・C・［ウィリアム・カルロス・］ウィリアムズ★47

3/10/79 ナヴァロ［カリフォルニア州］

「にっちもさっちもいかない状態、ブロック」を吹き飛ばすためにここに来た。もしかして効き目があるのは、エッセイの書きはじめの段階からひとつひとつの文を完結させること、それを目指すこと。

★45――一八一三―七八、フランスの医師、生理学者。もと劇作家志望だったと言われ、医学哲学も模索した。

★46――フリードリッヒ・ヘルダーリン 一七七〇―一八四三、ドイツの詩人、思想家。ドイツロマン派を代表する詩人。

神学を修め、汎神論的な象徴主義の詩を書いた。

★47――一八八三―一九六三、アメリカの近代派の詩人。小児科医でもあった。後のビート世代への影響も大きく、アレン・ギンズバーグの詩集『吠える』の序文を書いた。

一〇通りの表現を候補として残したままでは、結局、伝えたい考えは不毛なものになる。馬車馬のように、よそ見ができないように目隠しをしなければものは書けない。そのマスクがどこかへ行っちゃったまま。
簡明に書くのを怖れるなかれ！

4/13/79（LAから東京への機内）

自分の嫉妬の感情にどう反応するか：「反応しないこと。それ（彼女、彼）はなんでもなかった。彼女、彼から得るものは得た、それだけ」。

昨日の晩、「イギリスの歌手、ソングライターの」グレアム・パーカー★48を聴く、ロキシーで。ブリティッシュ・ロックの辛辣な諷刺。――

超然たる精神。いきすぎないこと。

諷刺の技術

高い、しゃがれた、単調な声――抑揚と意味の分離

脳のジョギング

古いポンコツ理論

［日付なし、四月］

訪日メモ

お辞儀――

鹿、奈良公園で食べ物をねだってお辞儀：道ばたの赤い公衆電話で通話中のひと、別れの言葉を言いながらお辞儀：大きな百貨店のエレヴェーター係の女性は白手袋をはめている

揺るぎない出自《ソヴェレン》　因襲の打破《イコノクラスム》

快走＋そわそわしている

背誓

★48――一九五〇―。ロンドンに生まれ、一九七五年に「グレアム・パーカー&ルーモア」を結成し、イギリスのパブロック・シーンに登場。階級社会を意識した挑発的なパフォーマンスが後のパンクなどの下地となった。

ちぐはぐ

6/1/79

［アメリカの写真家］スター・ブラックに言いたいこと。デイヴィッドが言うには、彼は新たな関係が始まりそうな今、不安がっているらしい：「慌てないこと。悲劇に近道はないのだから」。

6/14/79　パリ

「（荒野の）叫び声《ヴオックス・クラマンティス》」★49
——洗礼者　聖ヨハネにちなむ

独得＋神経質なスタイル
ろくでなし《ウオストレル》
単純な言葉遣い、希薄な生活臭、魔法のような「ポップ性」：腕は確か、あからさまに巻き込もうと

しない、感染、激動、凝り性

義賊（ロビン・フッド★50）

モラルのテロリズム

7/19/79　ニューヨーク

神経をやられている。書くことをめぐって（自分の生き方についても——気にしない。ともかく気にしないこと）。書くことで脱出しなければ。

自分は出来の悪い作家かもしれないと不安で書けないのならば、しょせん、私はたいしたことないわけだから。せめて書きつづけること。

そうすれば何かが起きる。いつだってそう。

毎日書かなければ。なんであれ、あらゆることを。つねにメモ帳をもち歩く、etc.

★49——Vox Clamantis in Deserto (Crying in the Wilderness) という合唱曲があり、イタリア、バロック音楽のアレッサンドロ・ストラデッラ（一六三九-八二）の作曲と思われ、オラトリオ『洗礼者聖ヨハネ』という作品もある。聖ヨハネは、ヨルダン川沿いの荒野で人々に「悔い改め」を迫り洗礼を行っており、キリストにも授洗したという。

★50——弓の名手で、イギリスのシャーウッドの森に住むアウトロー集団の首領とされる。吟遊詩人が物語にした。ノルマン人による征服への抵抗のあらわれの一環とも見られる。

私についての手厳しい批評を読んだ。底の底まで追求したい――つまり、この神経失調。ほぼいつも理論的な概略ばかり考えているのはなぜか？

7/22/79

ずる賢い、蜘蛛みたいな七九歳

企図をもつ：世界を創造する。
私は受け身になった。発明しないし、希求しない。管理し、対応しているだけ。

7/25/79

［イギリスの作家、J・R・］アッカリー★51になぞらえた人物についての短編小説――スペンダーによるエッセイ［『ニューヨーク・リヴュー・オブ・ブックス』誌掲載］を参照。

神は赦しを与えはするらしい、けど、義務や責任を免除してくれるのはごく稀だ。

新たな「革命」政権が旧独裁政権にとって代わっている（［イランの］国王《シャー》＞ホメイニ★52……）——残酷さと偽善の新たな配合《ブレンド》

［マリーナ・］ツヴェターエワ★53、マンデリシュターム——加速度をもった詩人たち。

リジーの詩をこき下ろして誰かが言った：「一行おきにしか書いてないみたい」。

それって妙案。

ヨシフはウェルギリウス（『牧歌』）を打破しようとしていると話してくれた。もうひとつ別の話で、最近ケンブリッジで会ったという［ロシアの作家、ヴラディーミル・］ブコフスキー★54からの伝聞として、アムネスティ［・インターナショナル］にはCIAのエージェントが潜入しているとのこと（アメリカのアムネスティの新会長ホイットニー・エルズワースはそうじゃない）。CIAが潜入しているなら、KGBのエージェントもいるはず。

★51——一八九六－一九六七、イギリスの作家、編集者。有力な新人を発掘して影響力をもち、当時は法的に禁じられ排斥されていた同性愛を公然と認めた。

★52——アヤトラ・ルホラ・ホメイニ　イスラム教シーア派指導者、政治家、法学者。一九七九年にパフラヴィ皇帝を国外追放し、イスラム共和制の政体を成立させた（イラン革命）指導者。

★53——一八九二－一九四一、ロシアの詩人、作家。ロシア革命で西欧に亡命するが後に帰国し、自殺。六〇年代に復権し、現在ロシアでも大きな人気を博す。

★54——一九四二－。六〇－七〇年代のソ連反体制運動の有力な一員で、生物学者にして作家、政治活動家。当時の精神病院や強制労働収容所における囚われた人々の精神状態についての研究や著述が西欧でも注目された。

野外劇場《コロシアム》についてのヨシフのイメージ：アーガス〔アルゴス〕の頭蓋骨★55

「精神生活をジャーナリスティックに論じるなんて不可能」。

［ブロッホの］『ウェルギリウスの死』を再読

ドナルド・カーン＝ロス★56、「Classics and the Intellectual Community 古典＋知識人共同体」、『アリオン』誌、一九七三年春号

……

海洋地域の伝統：時間厳守と勇猛

……

11/2/79 ニューヨーク市

たっぷり二日、短篇の作業、素材は充分、活発な意識の流れ、細部のアイディアもどんどん出てくる。

でも、文章は湧き出ない。こみ入りすぎている、作りすぎ。誰が語ってるのか？　会話の断片をそこここに挟みつつ三人称で書いている――それが問題なのか？無邪気さを絞りきって捨てる。もっと素速く書く。

リジー：「彼からすれば、それはカーテンなのね、あるいは、私の学生に言わせれば、ドレープかも」。バーナード★57を辞めるとき：「もう一分も我慢できない。あの小娘たちがどうしようもないつまらないお話を書いてもって来るたびに、私が言うの、『貴女が捜しあぐねている言葉はカーテンよ、ドレープではないのよ。』」

変われば変わるほど：〔フランス語で記述〕

一七二八年：首相のロバート・ウォルポール★58はジョン・ゲイ★59作の『乞食オペラ』を鑑賞した際、贈収賄や腐敗をあげつらって自分を批判する歌詞を聴いても、貴賓用のボックス席から喝采した。あげくのはてにはアンコールを叫び、それを見た観衆は彼に喝采を送った。

★55――ギリシア神話に登場する巨人で、背中に一つあるいは二つの目、あるいは全身に一〇〇の目があると言われ、それらが交代で眠るため本人は眠ることがないとされる。

★56――一九二一－二〇一〇、イギリスの批評家。BBCの番組制作も行なう。

★57――一八八九年創立の私立女子単科大学（カレッジ）。一九〇〇年以来コロンビア大学と提携関係がある。

★58――一六七六－一七四五、イギリスの政治家。初代の首相。

★59――一六八五－一七三二、イギリスの詩人、作家。『乞食オペラ』は風刺的なバラッド・オペラ。

［プラトンの］『国家』――「［民主体制では、父親は］自分の子供と同じようになりはて、息子たちを怖れるようになる……メティック［常住の異邦人］は市民と同様だし、市民はメティックと同様、異邦人もその両者と同様。［余白に：（アーネスト・）リース★60］……校長は生徒たちを怖れて彼らに甘言を吐く……若者は年上の連中と同じようなふるまいをしながらも発言や行動では年上と競い合う。いっぽう老人たちは若者たちと気さくに接しながらも幅広い技量と機智の面で勝利を得る。そうして、辛辣で横暴だと見られないようにする」。

……

前からのプロジェクト：女性救世主《メサイア》についてのストーリー（［フランスの哲学者、シャルル・］フーリエ★61、［フランスの社会改革者、バルテルミー＝プロスペール・］アンファンタン★62、etc.）

……

視覚世界のスーパーマーケット

ファッションに対する清教徒《ピューリタン》的な懸念

……

西海岸のスラング：「クローン」（ホモ［セクシュアル］の男）、「種馬《ブリーダー》」（ヘテロ［セクシュアル］の男）

……

11/28/79

私は正気じゃない、かなり狂ってる——それについて書いてもいいかもしれない。まだ誰も気付いていない。技巧を労してそれを隠している私。アパート中をうろつきまわってこそこそと何かを探っている……足の裏がしっくり馴染む場所がどこにもない。時間が経つのが速すぎる感じがするようになった。横になる、起きる、意識して歩く、横になる、眠る、起きる、などなど

バークリーで見た映画（パシフィック・フィルム・アーカイヴ、一一月二九＋三〇日）

＊＊＊＊ブルース・コナー『ある映画』

★60——一八五九－一九四六、イギリスの批評家、編集者。一般向けの手軽な古典文学などのシリーズの編者としてよく知られる。
★61——一七七二－一八三七。空想社会主義者のひとりとして知られる。
★62——一七九六－一八六四。自由恋愛の正当化や婚姻制度批判で女性解放思想の発展に影響を及ぼす。

キドラット・タヒミック『悪夢の香り』
＊＊＊ロッセリーニ『ヨーロッパ一九五一年』
ブルース・コナー『Cosmic Ray　宇宙光線』
イヴ・アレグレ『美しき小さな浜辺』（一九四九年　ジェラール・フィリップ、ジャン・セルヴェ……）
ボリス・バルネット『国境の町』
［アンドレイ・］コンチャロフスキー『ワーニャ伯父さん』
ブルース・コナー『Report　レポート』
＊ダグラス・サーク★63『風と共に散る』（ロック・ハドソン……）
同『翼に賭ける命』
同『There's Always Tomorrow　明日は必ずある』（フレッド・マクマレイ主演）
ジーバーベルク『Die Grafen Pocci　画家ポッチ』

12/4/79

言われているところでは、創世のために神はみずからを縮めざるをえなかった。
作家は？
傑作に疑念をいだく現代の風潮、それはすなわち、偉大な芸術のその後への疑い……

ジーバーベルクについてのエッセイの難しさ：叙述する要素のいちいちについて思想を組み立てて、歯をくいしばってこぼれないようにしながら書かなければならない

……

芸術は、意識内の事態を官能に訴える具体的なかたちに盛り込み、それを生み落とすこと。

and という接続詞は次の語を待ちこがれている

よだれを垂らして懇願する　「ケチンボが最後にくれるお恵みを」（パステルナーク）

怖れおののく

公然と議論されていないこと：近代主義の定論の多くの背後にある小さな病理的衝動（近代の美学）。例を挙げれば：格子《グリッド》や抑制、厳密化の魅惑。［――］モンドリアン

★63――一八九七－一九八七、ドイツ出身の映画監督。一九五〇年代のハリウッド・メロドラマで名を馳せた。

12/14/79

ジーバーベルクの迷宮と格闘中。ひとつ、長編小説のアイディアがある。素晴らしいアイディア——

つまり、野心的な大作

［余白に］憂鬱を扱う長篇。結局、それが私のテーマ。つまり、一貫性を保とう。それに、これなら抒情に流されたり＋情熱に浮かされたりはしない。

さわやかさ、悪漢小説《ピカレスク》、なにもかも。

再読、パノフスキー——と、［ギュンター・］グラス★64。

［デーブリンの小説］『ベルリン・アレクサンダー広場』を読んでいる——素晴らしい。彼はユダヤ人。サークが唯一の舞台作品としてこれをもとにした芝居を一九三六年頃に演出している——それでひと悶着あった

サーク［SSは以前に彼と会っていた：この項はそのときの話題についてと思われる］は、カフカが好んで詠唱したゲーテの『西東詩集』のなかのとある詩について語った。

……

12/15/79

私の長編小説第一作は憂鬱の肖像。パノフスキーのエッセイ「象徴主義＋デューラーの《メランコリア》」を再読して知ったこと。

「メランコリー気質《ヒューモア》……土＋乾燥した寒冷な気候があいまって生じると考えられている……厳しい北風、秋、夕刻、六〇歳ほどの年齢と関連するものとされた」。

私が土星の徴《しるし》の下に生まれたのにはそれなりの理由があった、それは知らなかったけれど、でも知っていた。二七歳のとき、著書の題辞を検討していて、六〇歳の人物の言葉に惹かれて＋採用した……「今、私は思惟の秋にきた」。——ボードレール」

じゃ、今は？

オバアちゃん特製のゲフィルテ・フィッシュ★65＋一杯の紅茶から、気晴らしにもってこいの化学物質オンパレード、そんな孫娘用のメニューに変わった。

●

★64——一九二七ー、ドイツの小説家、劇作家、彫刻家。小説の代表作に『ブリキの太鼓』。

★65——ユダヤ教徒の伝統的な魚料理で、「詰め物をした魚」の意。

アブデュル・ハミト――一九〇九年退位：トルコ最後の有力な皇帝《スルタン》、偏執症――空想都市を築いた

1980

1/24/80

「戦争の恐怖」と題する短編小説

ランチ、[アメリカの作家]ジョイス・キャロル・オーツ★1と夫のレイ・スミス、+スティーヴン・K[コッホ]。スティーヴンは自分の心理状態の天気予報を語る——いつも天気の問題があるんだ、と言う。そんなの嘘だ、と私。でも、いつだって空はある、と彼。外出はするの?と、私。私はしない。陽気の問題なんてないわ。セントラル・ヒーティングもあるし。私にとってはそれが西洋文明——蔵書も+絵画も+レコードも。

★1——一九三八—。プリンストン大学教授を務め、夫のレイモンド・スミスと文芸誌『オンタリオ・リヴュー』誌を発行した。

ジョイスはいつも執筆している。書きながらでも思索できるという。自分には感情がない、とも。で、不安になるだなんて、なんの意味があるの？　「もしかしたら私は、コンベヤーに乗ったまま死にいたるのかも」と彼女は言う。スティーヴンの話では、彼女は三〇歳のとき神秘体験をしたらしい――ロンドンで：二〇分続いた、と……

誰か、彼女のことを書くひとがいないかしら。

「ジョウ・デイヴィッド・」ベラミーの本「『新時代のフィクション：革新的なアメリカの作家たちへのインタヴュー』、SSも登場」にあるオーツのインタヴュー。

彼女の控えめなところ。

昨日の晩、Wm「ウィリアム」・バロウズとディナー（＋「イギリス人の作家」ヴィクター・ボクリス★2、「アメリカの詩人、写真家、映画作家」ジェラード・マランガ★3）。バロウズと私にボクリスが訊いてきた。私たちが二年前、ベルリンでベケットと会った、その「伝説的な」邂逅について。「とても礼儀正しいものだった」とバロウズ。彼はあとで私に語った：「ベケットは摂取《インプット》するものなんて何も必要としてない。すべてなかにある」。

J・C・オーツ流の文章作法：――文章でもパラグラフでもまず書く。そこから削り、削除部分にナンバーをふり＋並べて配置してみる……

ヨシフいわく：動くこと、それじゃ芸術にならない。バレエ？　高尚な娯楽。あのミーシャ「ブロッ

キーの友人で後見人だったダンサーのミハイル・バリシニコフ★4」を見ればわかる

私は戦闘的《ミリタント》なフェミニストだけど、フェミニストである戦闘的分子《ミリタント》ではない（D「デイヴィッド」の言い方）

……

「余白に」美学：多くの空間＋時間を同時的に包摂しうる

……

2/3/80

ジーバーベルク——

★2——一九四九-。イギリス生まれでアメリカを本拠とする。作家、美術家、音楽家などの伝記が多く、ルー・リード、アンディ・ウォーホルなどを取り上げた。

★3——一九四三-。六〇年代にウォーホルと緊密に共同作業をし、多くの作品に関わった。

★4——一九四八-。ソ連出身で七四年にアメリカに亡命、アメリカン・バレエ・シアター、ニューヨーク・シティ・バレエ団などで活躍。

……『カリガリ博士』★5からヒトラー、次いで「ジーバーベルクの」『ヒトラー』――ジーバーベルクがやろうとしていること（誇張をうまく使っている、映画にどっぷり浸かったひと、映画を前提として出発した――今は映画として終わった）。


彼は、自分がワーグナーをヒトラーから救済したと自負している。本当にそうだろうか？

彼はナチスの終末論を深刻に受け止めている。

個々の出来事には、歴史の重みとは無縁の精神的な重みが重ね合わされている

2/14/80

D「デイヴィッド」のアイディア：もうひとつの『トリストラム・シャンディ』――病的な嘘つきの話のようなもの。内緒話のような口調――人生の物語が章ごとに変わる

2/28/80

レイモンダがC「カルロッタ」について言うには：「彼女は実生活とかけ離れたところに意識がある。そのいい点としては、けっして卑しくも安っぽくもならないこと。駄目な点は、ほかの人間たちとの

付き合い方」。

一九世紀のアメリカ文学のテーマ（メルヴィル、ジェイムズ）：邪気がないがゆえに破壊的な衝動を野放しにしてしまう人物像。

（危機としての文化）

3/10/80

写真＋死についてのデーブリンの素晴らしいエッセイ――ザンダーの写真集の序文として書かれた：ベンヤミン＋詩人の感性

象徴主義の作品：「ルーセルの」『ロクス・ソルス』、「デュシャンの」《大ガラス》、ブニュエルの『黄金時代』

「レオシュ・ヤナーチェク★6のオペラ」『マクロプロス事件』はこの三年だけでも一〇回は聴いた。

★5――ローベルト・ヴィーネ監督のドイツのサイレント映画（一九二〇）で、ドイツ表現主義映画のなかで最も影響力がある評価の高い作品のひとつ

★6――一八五四―一九二八、チェコ、モラヴィア地方出身の作曲家。『マクロプロス事件』（一九二六）は、同国の作家カレル・チャペックの同名戯曲が原作。

これを演出したい、どうすべきかはわかる――［ピランデッロの芝居］『お気に召すまま』のように［これ以前に、この演劇作品をＳＳはトリノ市民劇場で演出、上演していた］。

読書の収拾がつかなくなっている。中毒症状――耽溺状態から脱出しなければ……執筆の代替行為になりつつある。このところ焦り気味なのも道理だ。

……作家だからといって書かなくともいい。書くべきだと思うことは必要だけど。素晴らしい一冊：これといった誰かに書けと託されているわけじゃないし、そんなものは文化的な余剰物資とみなされるだけ、素晴らしい一冊は意志なくしては生まれない。

3/15/80

ラカンの精神分析理論《ラカニアニズム》：これをまとって歩きまわる……それには重たすぎる言語だ。

……

面白みに欠けるわりに確信に満ちている

スカイ・ダイヴィングを習った目の見えない男性――耳にイヤフォンをはめて地上にいるひと（女性

インストラクター）から指示を受ける――脚を折った。二度目のときは、二〇フィートのワイヤーの片端に取り付けた鉛の重しを抱えて下降し、地面にぶつかる二秒前には着地体勢がとれるようにした。本人いわく、目が見えたなら、スカイ・ダイヴィングをしようなんて大それたことは思いもしなかっただろう。

……

催眠術＝意志の再構築

イギリスのアーティスト――エドワード・アーディゾーニ（先ごろ亡くなった）★7

……

くだんの盲人の男性、色についての話は御免こうむると言い、ものごとを言葉で説明されるのを嫌った。よく映画に行った。「本当?」「もちろん。でも、バレエには行かなかった。音楽が素晴らしければ別だが、行く気がしなかった」。彼は二年後に視覚を回復。NIH［アメリカ、メリーランド州、ベセスダの国立衛生研究所］で微小神経の外科手術を受けて。今はニューヨーク、ソーホーのギャラ

★7――一九〇〇－七九。子供向けの挿絵入りの本の作家としても知られる。

リーでキュレターをやっている。「もちろん、美術の嗜好《テイスト》なんてまったくない。何も知らないし。だけど、何が売れるか、人びとが何を好むかはわかっている」。

……

その場、その瞬間の叫び声、そういう詩がある、とウォレス・スティーヴンズ★8が言った

……

恐怖の部屋としての過去——そして、人格と社会的自由を身に付ける貴重な学校。

日常の言語は嘘が累積したもの。だから、文学の言語は破戒、破断、個々の制度の断絶、精神的抑圧の打破、そのための言語でなければならない。歴史における自己の解明、唯一そこにしか文学の機能はない。

……

ツヴェターエワがパステルナークについて言った、彼はアラブ人、それに、彼は愛馬にそっくりだった、と

……

……「あなたは私の小説を踏んづけて歩いている」（邪魔するひとに対して）

性的な過剰さが表われるリズム（男性の同性愛の世界）

……

神性放棄∨明け渡し

……

子供は楽園を去らなければならない。彼／彼女は郷愁にかられているのか？　じつはそうではない。鬱状態を説明して（［スイスの批評家、ジャン・］スタロバンスキー★9のエッセイを使って）、その上でそれが何かを言わせてみる：子供たちはそれを懐かしい気持ち、郷愁《ノスタルジア》と呼んだ。で、憂鬱《メランコリー》と

★8——一八七九－一九五五、アメリカの詩人。
★9——一九二〇－。医学と精神科学の素養をもとに、憂鬱の現象を評論に採りいれた。

高揚《ユーフォリア》を比較対照し、話を終える。

3/26/80

バルトが死んだ。★10

それと、デイヴィッドが恋愛中。「今日、彼女はグレタ・ガルボなんだ」。恋情に浮かされていると、たいてい相手はガルボに見える。

3/27/80

（電話で：彼は今SF［サンフランシスコ］）ジーバーベルクがリヒャルト・ワーグナーの脳裏に棲みついて『パルジファル』★11のスーパー版を作りたいと言っている。

ユートピア＝死
映画、思考の体系、ひとつの宇宙
ユートピアの問題

ユートピアのために人生（女性、愛）を諦める——その価値あるのか？　ない。
それでも、唯一の……
私の専門技術分野でのシステム：西洋文明を歩き抜ける（楽園、地獄）——舞台の上では、これはけっしてできない
象徴主義の考え方／「類比《アナロジー》」の概念
ジーバーベルクが実際には撮影しなかったあるシーンの土台：ハイネの物語詩《バラード》「二人の擲弾兵《てきだんへい》」で、「——詩のなかで」ふたりがナポレオンを追憶しているところ（ヒトラーの追憶）
ディートリッヒ・エッカートの『氷河の宇宙誌』★12……

★10——バルトは一九八〇年二月パリで交通事故に遭い、三月二六日没。SSによる追悼エッセイ「バルトの想い出」は『土星の徴しの下に』所収。
★11——ワーグナーが一八七八‐八二年にバイエルン国王ルートヴィヒ二世のために書いた楽劇。
★12——一八六八‐一九二三、国家社会主義ドイツ労働者党（ナチス）の初期の有力な一員。医学を志した後に脚本家となり、彼が反ユダヤ主義やナチズムについて書いた著書をヒトラーが読んでいたという。

3/28/80

「われわれの宿命だ。コンピュータはその宿命のとおりになっている」（ジーバーベルク）

ひと幕の芝居。『ふたりのソクラテス』――ふたりが同時に舞台上にいる。隣りあった独房。それぞれに弟子がいる。片方は毒人参をあおり、もう片方は立ち去る。

3/29/80

……彼女は邪魔されるわけにはいかない。文章が頭に浮かんだところだから……

アパートは自分自身のドローイング。私のアパート（これまでのも）で重要なのは排除――征服したものども。

演劇のセットは暗示的、幻影的。

ジオット★13は暗示的。

これまでで最も有名な演劇的セット――［イタリア・ルネサンス期の建築家、アンドレア・］パラディオによるヴィチェンツァのテアトロ・オリンピコ、これも暗示的だ（寺院、教会、なんにでも変容

しうる）

一九世紀のセットは幻影的

歴史の年代区分についてのエッセイ

世紀∨世代∨一〇年《デイケイド》の区切り

……

3/30/80

……詩人が扱う単位は単語、散文作家のは文章。

……

期待していたことが無に帰すと、アメリカでは「アメリカの詩人」マリアン・ムーア★14を蘇生させ

★13――一二六七―一三三七、中世後期のイタリアの画家、建築家。

★14――一八八七―一九七二。ニューヨーク文壇の「有名人」として若手の詩人を応援し、文芸誌を刊行するなど、パトロン的な存在だった。

る

強い性的警戒心……

4/3/80

バルト

ふさわしい肩書きがほかになかったので彼は批評家と呼ばれた…で、私自身は「出自のあれこれを問わず、これまで登場した最も偉大な批評家……」と言った。でも、もっと大きな栄光を冠する作家の名にこそ彼は値する。

その作品群は壮大、複雑、きわめて微妙な点に踏み入った、自己叙述の作業だ。

そのうちに彼は作家になった。しかし、みずからの想念から自分を追い出すことはついぞできなかった。

4/7/80

芸術（家）は近代というイデオロギーを発明する——

近代のイデオロギーは階級（は依然として持続している）という事実を否定する。より複雑な全体を無視して、見世物《スペクタクル》で置き換える
芸術はイデオロギーの描画だ——（芸術を精査すれば）それが露わになる——そこには整合性が欠如していることが

一八六〇年代、ゴンクール兄弟［フランスの日記作家、兄エドモン、弟ジュール］は、パリは死んだと悼んだ（ふたりにとっては——一八三〇‐四〇年代が本物のパリだった）

楽しい：日用品、（サブ・）カルチャー
新手《あらて》の、スペクタクル性のある、人工的な空間——利用度が高い——昼間は各種のレース、サッカーの試合、ピクニック、船上パーティ、郊外で自転車ツアー。
今では、楽しいことをする空間まで制度化された

……

4/12/80

思想のないエッセイ：説明、＋説明の転調、変調

同性愛は男のなかの男のものとする風潮――h〔ホモセクシュアルの男〕はもはや疎外感に苛まれない：自分は文化としてそうなのだ（反自然《アゲンスト・ネイチャー》）という自覚はもうない。hだからといって社会に対する批評的な姿勢が助長されるわけではない。今ではhの連中でも、この社会のいくつかの最悪で＋きわめて保守的な嗜好や傾向を肯定している：性差別主義《セクシズム》（女嫌い）、消費中心経済、残虐行為、複数の相手《プロミスキュイティ》との性関係、情動離脱。疎外されているのではないが（みずからゲットーにこもっている）。良い経験とは極端な経験のことだ、という考え方。だから薬物《ドラッグ》が必要になる。そうでなきゃ、八時間もディスコで踊るなんてできないし、セックス嫌悪という辛い状態を切り抜けられないのかも。

ウルフ、『日記』（一九二五年四月一九日）：「粗忽者の弱々しい星が上昇宮に長く留まりすぎている」。

そして、サルトルだ！〔この年の四月五日死去〕

……

4/25/80

……

写真は啓蒙、脱神話化、幻覚。すべてだ。


ヨシフ‥

スターリン政権下‥検閲ではなく灯火管制《ブラックアウト》を行なった。

国家の取り締まり機関がブレーキを踏み、文学の「進歩」を遅らせる、この停滞《ブレーキ》を粉飾するために。

ハイネの詩を読んだフォン・メッテルニヒ侯爵★15いわく‥「卓越している。即刻すべての刷りあがった本を押収しろ」。

伝統的な選択――自分の記憶装置を動かす――＋再停止させることはけっしてできない。

●

「次の項は日付がないが、明らかに、SSがエリアス・カネッティについてのエッセイを執筆していた一九八〇年四月か五月に書かれた」
「ここは四角で囲まれている‥」削る部分
（専用ノートを作り、短編小説＋エッセイ原稿の削除部分を蓄えておく）

★15――一七七三‐一八五九、オーストリアの政治家。外相としてウィーン会議を主宰、のちに宰相としてナポレオン戦争後のウィーン体制を確立。

かつて彼は建築家だった、今は「店舗プランナー」。

……

「私は勇敢ではない。ただ、怖がっているからといって、前から怖くなかったことすらもやらないなどということはない、それだけの話」。

●

「この項には「ある結婚」という題がついており、それは四角で囲まれている。フィリップ・リーフとの結婚についての日付不詳の一文であると思われる」

狂気は彼が残していったもの。結婚したときにはそれはわかっていなかった。彼には大きな期待をしていた。私には古くさい願望が一〇〇通りもあったと言ってもいい、そのせいで愚かになっていた。若かった。すべすべで香わしい若さの原子が彼の骨ばった顔を隠していた。

あなたがシャツを脱いだとき、ウェストのあたりのだぶついた脂肪がショックだった［「SSは別の表現として、「うろたえた」とも書き込んでいる」。あなたの体に腕を回すと、脂肪がかすかに揺れていた。床を抱くような気分だった。

精神の誘惑、ひどいものだ。自尊心も欲望も抑圧される。本能に対する侮蔑。他者に対して優越感をもつのはたやすい。彼らは私たちほど純粋ではない、と自分に言い聞かせて。

われわれの結婚、聖なる結婚。誰も彼も貞節じゃないから、私たちだけはそうはならない。

それにしても、私たちは純粋だった。

あなたは私よりずっと年上に見えた。そのせいで居心地が悪かった。

あらゆるものごとの衰退を辛辣に見ていた——礼儀、言語。くだらないTV番組。親に口答えする［書き込まれている代替の表現：「生意気な口をきく」］子供たち。「its」（それの）を「it's」（それは）と綴る学生たち。


……

一九世紀のフランス人、性的なことについてのあさましさ＋冷笑的なところ（フローベール、ゴンクール兄弟）——イギリス人の愚鈍さ＋田舎臭さ——ロシアの野蛮さ＋苦悩

西洋文化はドイツの文化に最も高度に表われている……（だからドイツはリベラルな政治制度をもたなかった）
ドイツでは芸術の課題は哲学において規定されている。だから、すべてのドイツの芸術はワーグナーへと向かう。何をしても壮大さでは負けるが、足りない>>>ドイツのものがヨーロッパでは最も先進的で深い文化だ（哲学、学問＋音楽）

道徳の悪党
情動の悪党

●

もっぱらアフォリズムを書くひとたちが好きな主題：そのひと自身
せっせとノートに書き込みをする作家

●

〔ゲオルク・C・〕リヒテンベルクは複数の性的関係という意味では積極的ではなかった

……

［カネッティについて］戦前：アプトン・シンクレア★16の翻訳三点（一九三〇年と三二年――年齢は二五歳と二七歳のとき）：その後、『眩暈《めまい》』（一九三五）：三〇歳だった！――で、ブロッホについてのエッセイ（一九三六）、三一歳：これをもとに講演をした。そこでこう言っている。(1)作家には独創性がある：(2)時代の枠を備えている：(3)自分の時代と対峙している。講演の結語：作家は呼吸したがっている。

この一五〇年の思索を否定する——その歴史をも否定している——そういう作家がカネッティだ——守旧派の原型ともいえるヨーロッパ型知識人。この刮目すべき作品群のなかにあるもの——可視＋不可視合わせて——意識をめぐるすべての問題。

「大いなる非在」、歴史のことだ

「四角に囲まれている…」パッション★17としての意識…カネッティの評釈《ノート》

セクションはみな同等の重みをもつ、だから、評釈の形式をとるのが論理的だ

……

問われると、デュシャンは自分は何もしていない、呼吸しているだけだ、と言った。

C「カネッティ」は生き残る、

デュシャンの考えていたこと…全面的に解放された人間——すでに認知された経歴を必要としなかったし、名声を確立することも権勢を広げることも不要だった……

究極の群衆は自分の思考が生み出す群衆だ。敏捷な群衆もいれば＋愚鈍な群衆もいるように、思考にも敏捷なの＋愚鈍なのがある。

★16——一八七八－一九六八、アメリカの小説家。社会主義の立場からの著作が多い。

★17——「情熱」か「受難」か、どちらの意か不明。

4/26/80

カネッティについてのエッセイは憧憬をめぐるもの……

本を愛している。私の蔵書は希求の史料館《アーカイヴ》。

言葉の使い方に要注意　「presently　現在は」＋「hopefully　願わくは」という気持ちを言葉に仮託することがあったりするから

ふたつの考え方――「芸術を天職《ヴォケーション》とする考え方、商業的な社会では実現できない価値に向けてみずからを捧げるべく世間的な野心を放棄した芸術家という見方」と、芸術をめぐる偶像破壊の姿勢、社会からの芸術家の疎外、逸脱行為とみなされる芸術、敵対的な芸術、前衛――このふたつがごちゃ混ぜになっている。双方とも今ではほとんどの芸術家に当てはまらない。あるいは、非現実的。でも、芸術の批評家たちは両方の考え方を嘲笑している。それでも、このふたつの考えが異質であることに変わりはない。

さっき見つけた古い覚え書き（一九六〇年代のもの）：
カリフォルニアはアメリカのなかのアメリカ
道義性＝信頼性

……

エッセイ：（？）

箴言《アフォリズム》。断片の問題──ここにあるすべては「覚え書き思考《ノートブック》」：覚え書きをとっておく、という気持ちが根底にある。

いかに書き留めるか、その形式との関連で思想／芸術の歴史を辿ることができる──手紙、原稿、覚え書き《ノートブック》。

覚え書きはひとつの芸術形式（リルケ、リジーの本［『Sleepless Night 眠れぬ夜』］）、思想のかたち（バルト）、哲学のかたちにさえ（リヒテンベルク、ニーチェ、ウィトゲンシュタイン、シオラン、カネッティ）なった。

書簡の衰退、覚え書きの擡頭！ 誰か他人に宛てて何かを書くことはもはや行なわれない、自分に向けて書いている。

なぜ？ 出し惜しみ？ 自分が生んだ良い言いまわしや知恵をほかのひとに送るのは無駄遣い──遠くにいる相手は手紙を保存する程度の礼儀すらないかもしれない。

自分自身のためにだけとっておく、となる！

思念を溜めこむ。

覚え書きの性格《ペルソナ》はほかのものとは異なる。

どちらかといえば不遜だ（愚痴や哀願を書き連ねる輩は無視！）

アフォリズム。アフォリズムの特徴は貴族的な悲観主義《ペシミズム》
［余白に：］嘲り、醒めている。あるいは：アフォリズムの特徴は悲観主義と速さ。
［カネッティの］アフォリズムは濃密化された思念。
［余白に：］カネッティを読んでいて想起されるのはモンテーニュ、グラシアン★18、シャンフォール★19、リヒテンベルク、それに（生きているひとのなかでは）、シオラン――本質的に、同種の叡智：悲観主義という叡智。

アフォリズムは離脱した観念。
アフォリズムは貴族的な思考：それが、貴族が積極的に語ることのすべて：素速く伝えるべきだ、詳細をくまなく述べることなしに、と思っている。アフォリズム的思考は、考えることを障害物競走に仕立てあげる：読者は素速く受け取り、すぐ動くよう期待されている。アフォリズムは議論ではない：それには育ちが良すぎる。

アフォリズムを書くのは仮面をかぶること――嘲りと優越性の仮面を。それにより、ある偉大な伝統の場合を言えば、精神の救済をひそかに追求するアフォリストの姿を隠蔽する（かたちをかぶせる）。救済のパラドックス。最後には、もしそのアフォリストの観点の根底に道義がなく重みに欠けていれば、救済は自己崩壊し、そのとき、われわれは逆説の真相を思い知らされる。
例：グラシアン、廷臣についての著書の終結部で、廷臣は聖人でなければならないと述べている。：

あるいは、もうひとりの例はワイルドで、彼の優れたところは往々にしてニーチェから悲劇的な感覚を削ぎ落とした点にあるのだが、最後の本『獄中記』★20には恨みがましい慚愧《ざんき》を含んだ知恵とも言える言葉が連ねられている。

4/29/80

引用∧　∨旅行
沈黙
私が世界を受容するのを支えている三つの言葉。
どれひとつをとっても、ほかのふたつの言葉がなければ成立しない。
ひとつの言葉を別の言葉と入れ替えたら、ほかのふたつの言葉も変えないわけにはいかない。

［余白に］『ハノイで考えたこと』「案内なしの旅」「訪中計画」「事情報告」

引用文を集めたなかから構築するフィクション──

★18──バルタサル・グラシアン　一六〇一－五八、スペインのイエズス会司祭。教育、哲学に関する著作が多い。スの作家。格言とアフォリズムでよく知られる。
★19──ニコラ・シャンフォール　一七四〇－九四、フランスの作家。格言とアフォリズムでよく知られる。
★20──一八九五年から男色のかどで服役させられた際、相手のダグラス卿に宛てて書き綴った文章を編集したもの。

引用の集成《アンソロジー》として受け止められる世界（写真論エッセイ）

沈黙の肯定、それが終結部になる私のストーリー［――］「ジキル博士」と『夢の賜物』

［余白に］『死の装具』は引用の博物館としての死のヴィジョンをもって終わる。ゴダール＋ベンヤミンについてのエッセイ、＋「訪中計画」では引用がテーマになっている

引用は、私にとって、「断片」という考え方の延長線上にある――近代主義的感性をはじめて発見した〔シュレーゲル兄弟［アウグストとフリードリッヒ］★21、ノヴァーリス〕

ロシアでは、締めくくりの言葉は詩人が発するものと、人びとは期待する（これほど文学がありがたがられるところはない）。

「いや、まず教えて欲しい」、ハンガリーからの亡命者が言った、「真実と正義とでは、君はどちらを選ぶ？」

「真実」。

「それでいい」と彼。

そこにすべてである［フランス語で書いている］

共産主義に反対すべきだ：それはわれわれに嘘をつけと要請する――正義の名の下に知性（と創造の自由）を犠牲にすることだ（で、最終的には、秩序の名の下に）。［ロシアの小説家で、スターリンのために弁明をするに至ったイリヤ・］エレンブルク★22はどうか、彼は心得たとばかりにみずからの才能を差し出した。

考えてみると、共産主義は資本主義よりもずっと弾圧の激しい官僚体制を作り出した。共産主義などというものはない。国家社会主義があるのみ。――勝ったのはそれだ（国家主義《ナショナリズム》は二〇世紀で最も強い刻印を残した政治的な勢力だ）。ファシストの言語は敗退した――共産主義の言語が生き残り＋ほとんどの新たな民族主義や旧植民地国民のレトリック（＋便宜的な旗印）となった。ヒトラーは負けた。でも国家社会主義《ナショナル・ソシアリズム》――小文字のn、小文字のs――は勝った。

自分で決めてイギリス人、フランス人、ドイツ人になるのではない：……でも、アメリカ人は「なる」ものだ。

新規に作られた国、成り行きの産物とは言えない国。

★21――一八世紀末から一九世紀前半のドイツで活躍した文学者、思想家の兄弟。

★22――一八九一－一九六七。ソ連の対独宣伝活動の一端を担った。世界平和に貢献したとしてスターリン平和賞を受けている。

家族関係を含むあらゆる関係が契約とみなされる国であり、たとえ当事者の片方が不満でも関係は断ち切れる。いや、たしかに、そうあるべきだ。

［現代のアメリカの諷刺エッセイスト］フラン・レボウィッツの母親：「だけど、ひとが言うことはなんであれ約束なのよ」。これがユダヤ・プロテスタントのものの見方。

イタリアでは、約束は計画とか意志の表明以上のものではない。気が変わるかもしれないことは折り込み済み。

4/30/80

熱心な近代主義者？　とりあえずの近代主義者？

象徴主義の小説：空想の内部を解明する

第一に思い知ること、アメリカ人はいまだかつて苦しんだことがない。苦しみについて何も知らない（昨日の晩、エベルト＋ベルキス・パディーリャ［キューバから亡命した詩人夫妻］とディナーの席での私の発言）。

言葉のリストを作り、すぐ使える語彙に厚みをもたせる。微妙な表現を可能にすること。ただ単にちょっとした、煙《けむ》にまくようなものではなく、単に当てつけにすぎない、当惑させるような、いい加減でとってつけたような表現でもなく。
微妙、とってつけたような、当てつけにすぎない、いい加減な表現を並べて短編小説《ストーリー》を書こうと思えば、書ける。が、それは短篇だからだ。

5/2/80

詩人（ヨシフ！）についての短編小説、彼の作品と比べるとはるかに貧弱なもの——道義的に見て——になるに決まっている
ヨシフがあの国王《シャー》［イラン］と拷問について、それを弁護することを言った、昨日、ランチで（［シルヴァー・パレス］［ニューヨークの中華料理店、SSとブロッキーはよくそこで食事をした］）、スティーヴン＋ナターシャ［・スペンダー★23］、デイヴィッドと一緒のとき。で、今、また読んだ、［ブロッキーの詩］「ケープ・コッドの子守唄」を。

……

★23——スティーヴンの妻で、コンサート・ピアニスト。

5/6/80

そう、アフォリストの思考についてのエッセイ！　もうひとつの締めくくり、まとめ。「ノートについてのノート」。

カネッティの題辞（一九四三年）をつける★24。「アフォリズムの偉大な書き手たちのものを読むと、旧知のようにお互い良くわかりあっている、と思わざるをえない」。

なぜだろう。アフォリズムの文学からは、叡智はみな同じだということが学べる、ということか（文化人類学が文化の多様性を教えてくれるように）？　悲観主義の叡智。それとも、むしろこう考えるべきなのか？　アフォリズムという形態、あるいは省略された、あるいは凝縮された、または群れを離れた思念は歴史の色彩をおびた声であって、それは表出の機会を得ると、いやおうなくある特定の姿勢を暗示してくる、そういうことなのかもしれない：それは、共通する主題を運ぶものなのか？

アフォリストたちの伝統的な主題：社会の偽善、人間の願望にひそむ虚栄、女性のあさはかさ＋狡《ずる》さ：愛の虚像：孤独の歓び（必要性）：＋自分自身の思考過程のこみいった複雑さ。

偉大なアフォリストたちはみな悲観主義と幻滅の重荷をみずから背負うべく格闘している――どちらかと言えば穏やかな（激しい憤怒は感じられない）ひともいれば、激しいひともいる。

彼らはみな、社会生活の嘘にまみれた様相＋偽善に触れている。それに、多くの偉大なアフォリストたち（シャンフォール、クラウス）は、女性たちを見下している：ばかりか軽蔑している、多くはみずからの意識過程＋一般論としての意識過程に強く惹きつけられている（リヒテンベルク、ウィトゲンシュタイン）。

［余白に］パラドックス、誇張が好み

アフォリズム思考は性急な思考だ：まさに短いためと凝縮されているがゆえか、高次元の基準を言わずもがなの前提にしている……

アフォリズム思考には傲慢さという特徴がある。ポーズか？　自分を煽《あお》っているのか？

……

……いちばん際だった例外（大方の偉大なアフォリストは悲観論者だったという事実の例外）はリヒテンベルクで、彼は、人間の馬鹿馬鹿しさを嘲笑するという、ヨーロッパというよりはイギリス特有の手本にならい：みずからを養子になったイギリス人とみなし、常識を標榜。彼は常識というものは典型的にイギリス的なものだと受け止め、それこそ意識の最大の美質だとした。

★24——一九八〇年に出版されたSSの評論集『土星の徴しの下に』所収の、カネッティ論「情熱としての精神」に引用されている題辞のことと思われる。

［余白に］イギリス勢はもっと冷ややか（ワイルド、オーデン）

［余白に］アフォリストが好む主題：自分自身：リヒテンベルクは積極的な浮気性の人物ではなかった。

偉大なアフォリストのなかでもうひとりの例外は、［モーリシャス出身の作家で画家のマルコム・ドゥ・］シャザル★25――楽観論でも悲観論でもない。彼は博物誌的《ナチユラリスト》だから。

ヨーロッパの主要な伝統である人間の馬鹿馬鹿しさに対する軽蔑はカネッティにもある――人間嫌い、それと、複数の関係性のなかにいること、それはアフォリズムの系譜に特有だ。

一般にアフォリズムは隔絶、意識の一種の横柄さの表出だと見られている。シオランと同様にカネッティにおいても、アフォリズムは永遠の学びの徒の過剰な情熱にかられた意識にふさわしい手法（生成物）だ。

モンテーニュ、近代のエッセイの創始者――彼もアフォリストか？

……

文学を書く博士《ドクター》たち……

5/9/80

ニジンスキーは知識人ではなかった。イデアだった（［アメリカのバレエ評論家］A［アーリーン・］クローチェ）

カネッティについてのエッセイ――「カネッティ」についての一篇のフィクション――私が見たキーン［カネッティの小説『眩暈《めまい》』の悲劇的な主人公］。その意味では、私自身について書くことになる。

『土星の徴《しるし》の下《もと》に』★26についての唯一の批評は、同書の第八章を取り上げた批評以外書かれないだろう――理由。じつは明示されていないそこには、何人かの人物を叙述した私自身が叙述されているから。知的貪欲さとして表出する情念《パトス》、蒐集者（あらゆるものごとを集積する頭脳）、憂愁と歴史、道義的主張と審美思想の仲裁や結着などをめぐるエッセイ集だから。成就不可能な在り方としての知識人としての。

私の作品に何か統一作用を果たすテーマがあるとしたら……そんな事態を想定するなんて、無邪気す

★25――一九〇二―八一。数千のアフォリズムと思索の断片で構成された、一九四〇年代から版を変えては重ねてきた『可塑的な感性』がとくに知られている。

★26――七つの章で構成されており、「第八章」は存在しない。

ぎる。道義的な真剣さ、情熱に動かされるさま、それがテーマ。気持ちのありよう《ムード》、口調。
エッセイの執筆は放棄しなければならない、続けていると、いやでも煽動的《デマゴジック》な行為になるから。私は確信に満ちた人物のように見られているけど、確信なんてありっこない——それに近い状態でもない。

5/18/80

ワルシャワは一九五〇年代のイギリスの都市のような匂いがする。石炭——
ヤレク［・アンダース——SSの著作のポーランド語翻訳者、友人で、このポーランド旅行に際してワルシャワを案内した］：「ポーランドのような国のルールは、『権力をもっている人物はけっして信頼するな』だ」——
「ソ連は失敗した革命の一例ではなく、全体主義革命の成功例だ」。
ポーランド随一の金持ち——億万長者《ミリオネア》——のうちのふたりを挙げれば、［映画作家のアンジェイ・］ワイダ★27＋［指揮者で作曲家のクシシュトフ］・ペンデレツキ（それに［スタニスワフ・］レム★28）。

［ポーランドの詩人、ズビグニェフ・］ヘルベルトは西ベルリンに、［ポーランドの詩人、チェスワフ・］ミウォシュ★29はバークリーに住んでいる。

カトリック教会を擁護するヤレクの弁。「何か普遍的なことを代表している、とは思わないかなぁ？道義的な価値観の側にいるって？」

ソ連が［ワルシャワに］建てた「文化科学宮殿」――一九五六年建設――ウェディング・ケーキ――てっぺんに彫り込まれたスターリンの名前は、わざわざ「文化科学宮殿」とうたった看板でおおってあって見えないようにしてある。

［余白に］ひとつのヴァージョン：エンパイア・ステート・ビルディングをめぐる誤解（もうひとつ：モスクワ大学★30）

ヤレク：「アメリカは世界のたったひとつの希望だ、そう思わない？」

★27――一九二六―、ポーランドの映画監督。『地下水道』『灰とダイヤモンド』などでスターリニズムへの抵抗を描き、国際的な評価を得る。

★28――一九二一―二〇〇六、作家。SF作家第一人者。代表作『ソラリスの陽のもとに』。

★29――一九一一―二〇〇四、詩人、作家、エッセイスト、翻訳家。フランスへ亡命。アメリカ、カリフォルニア州立大学バークリー校でポーランド文学の教鞭をとりながら執筆活動を行なう。一九八〇年ノーベル文学賞受賞。

★30――大学の説明によれば、一九五三年竣工の本館はスターリン建築物のなかでも圧倒的に巨大で高さ二四〇メートルとされ、八八年まではヨーロッパ随一の高さを誇っていた、という。

エドゥヴァルト・オークン★31（一八七二－一九四五）による書籍のイラスト＋絵画、ビアズリー派。

ポーランドには共産主義者はいない、が、警官は大勢いる。修正マルクス主義について、もはや誰も論争しない。

……

一九四六年、ポーランドのキェルツェでポグロムがあった★32。

「勇敢なるポーランド」についてヤレクは無感動に語る

ピョートルが話している、政府の役人で「公式なユダヤ人」である［文芸評論家、アルトゥル・］サンダウエル★33は――［ブルーノ・］シュルツを再発見した功労者だとされるが、じつは違う。

5/20/80　カジミエシュ［クラクフの一地区］

……トルストイにおいては絶対的と言っていいほどパラドックスがない（今、『戦争と平和』をまた読んでいる)。

アッシュベリー［ジョン・アッシュベリー、アメリカの詩人、SSも加わりポーランドを訪問した作家グループの一員］：「自分の詩の個人的本質《プライヴァシー》は自分個人としてのものではなく、一つの例としての個人的本質だ」。

「……それぞれの詩は焦点が定まったりぼけたりする」。

ポーランドについてのエッセイ：書きはじめはポーランドの平野について、地形的に境界線がない国。続いて引用する、［ヴィトルド・］ゴンブローヴィッチ（『Testament　証言』）：劣勢を運命づけられている国（国民）。

クラクフ：路面電車《トラム》、前衛演劇、汚染、旧市街、観光客――ワルシャワよりも「保守的」。ヴォイティワ★34［ローマ教皇ヨハネ・パウロ二世］はここに二五年間いた。

★31――一八七二―一九四五。ポーランドの画家。象徴主義の絵画のほか、製図とイラストレーションでも知られる。

★32――ロシア語では「パグローム」で、ユダヤ人虐殺を指す。キルツェはポーランド中部の都市で、第二次世界大戦後の一九四六年七月、反ユダヤ主義のポーランド人が、ホロコーストを生き延びた二〇〇名ほどのユダヤ人居住区を襲い、四二名が死んだことが判明した。

★33――一九一三―八九。作家、文学史家でもあり、二〇世紀ポーランドのユダヤ系作家についての研究書がある。

★34――ポーランド出身の第二六四代ローマ教皇ヨハネ・パウロ二世の呼称のひとつ。幼時の名に由来する。熱心に世界平和と戦争反対の呼びかけと実践行動を行い、出身国などの民主化の精神的支柱ともなった。

私の作品についてのトーク……

文学におけるキュビズム∨多くの時間＋多くの場所、声が輻輳する

素材の集積［／］引用の原則

……

フローベールはこう言った（その最初のひと？）：「充分に長いあいだ見つめれば、退屈なものごとなど何もない」。ケージより一世紀も前だ。

6/29/80　パリ

シオランとディナー：「左翼のあいだでは斜《しゃ》に構えることは許されない、それがわかった」。若い頃——一九三〇年代——ですら、自分は共産主義にはなびかなかったと、その説明をしてくれたなかでの発言。

イタリアについて：「あそこは楽園だ。暗殺も可能だ。国を離れることもできる」。

……

この社会が暴力をめぐってこれほど多くの空想をふりまかなかったら、こんなに大勢の人間がSMに興味をもつことはなかった。ホントか？？

自由、それが小説：小説がルールに背くとすれば、小説に内在するルール、それだけかもしれない——その内部で生成されたルール。

……

［余白に］性的本能も個人特有の繋がり（フェティシズム、etc.）いかんでは可変的だ、取り締まりがあるわけではないから——指示もない、ルールもない。性差による役割の振り分けがいかに広範囲の取り締まりにさらされていることか、考えてしまう。

……

シュルレアリスム：日常生活＋愛＋孤独についての感傷的な考え方があるが、それに拮抗している一九世紀半ばのメタ＝レズビアンの動きがボストンの婚期を越した独身女性《スピンスター》たちを育てた。オリーヴ・チャンセラー［ヘンリー・ジェイムズ『ボストンの人々』の登場人物］、etc.

……

ヨシフについてのストーリ：「叫び声《ヴオックス・クラマンティス》」

「こうして優雅に跳ねまわってる、その倫理的な意味は何?」と訊いてきたのはアーヴィング・ハウ、最近バランシンの崇拝者になった人物——＋そして自問自答している、「道義的な素地から生まれる想像力なんて無力、退散せざるをえない、そんな美が確かにある」。

お見事《ブラヴォ》。

もうひとりのユダヤ人の道徳主義と比較してみよう。［バレエの興行主、書き手でもあるアメリカ人］リンカーン・カーステイン：「バレエで大切なのは身振りのあり方だ」。

……

7/23/80

芸術の生涯∨芸術の第二の生（例　ミロのヴィーナス、壊れる）

7/30/80

嘲笑、敬愛ではなく

……

［強調されている］西洋は共産主義との恋愛から身を引きつつある、書くにはもってこいの主題だ。

二〇〇年にわたる熱情の終わり。

訳者あとがき

本書における彼女の瞬間は一粒一粒、陰影をはらみ、ときにはいくつかの色相が重なり合い、あるいは複雑に混じり合っているが、暗闇に沈んでいても見まごうことのない強靭な孤我の光彩を放っている。

彼女とは、二〇〇四年末に他界したアメリカの作家、エッセイスト、批評家であり、一九六〇年代から果敢な政治的発言と行動で「良心の人」として知られたスーザン・ソンタグ（以下、SS）である。二〇〇一年のニューヨーク九・一一、貿易センターのツイン・タワー攻撃直後に『ニューヨーカー』誌上で、「愛国心」を梃子に国民感情を反イスラム勢力へと動員しようとするブッシュ政権の外交政策にこそ問題の核心があると唱えたSSが、感傷的なアメリカ至上主義勢力から猛攻撃を受けたことを記憶しておられる方々もいるだろう。

そのSSが小説第一作『夢の賜物　*The Benefactor*』を一九六三年、三〇歳で出版し、作家として本格的なデビューを果たした直後から八〇年までの日記とノート、それが本書である。SSは晩年の一九九〇年代に二作の長編小説を発表している。『火山に恋して　*The Volcano Lover*』（九二）と『アメリカにて　*In America*』（九九、未邦訳）である。ともすればSSの政治的、社会的な発言や著述の際立った明解さのゆえに、その社会的関与《アンガージュマン》をもって彼女を記憶している方々が多いかもしれない。また、SSが幅広い好奇心のおもむくままに、権威主義、正統主義、教科書的な固定化された知識を嫌って、奔放なまでに感性と知性を遊泳させてものした文芸、映画、写真、美術、音楽などについての批評や論述のゆえに、彼女を〈キャンプ〉的な感覚に裏打ちされた分析と評論の書き手として認知している方々も多いだろう。だが、本書の編者まえがきにもあるように、SS自身は終世、自分は小説家であるとの自負を堅持してきた。

冒頭の「本書における彼女の瞬間」について話を戻そう。ここに採録されている時代の彼女は、まさに、フィクション作家としての道を歩みはじめたところだ。一九六三年、三〇歳までの日記『私は生まれなおしている』でありありと分かることだが、幼少時から作家デビュー時まで、SSは意識的に、また意志的に、みずからの生まれなおしに邁進してきた。

ここで、本書が始まる一九六四年以前の彼女が、どのような生を形成してきたのか、その点を簡単に紹介させていただく。『私は生まれなおしている *Reborn*』は、高い知能指数のおかげで「飛び級《スキップ》」で大学に入学した一四歳から作家としてデビューする三〇歳までの期間に書かれている。同書の訳者あとがきで筆者はこう書いた。「彼女の瞬間は一粒一粒、立っている。そこに流れを重ね合わせることはできない。……生きている、生きようとしている、そのさなかに同伴するだけだ」。経緯《いきさつ》と詳細は同書を参照していただくとして、第二次世界大戦中のアメリカ、それも両親の長い不在で親戚などの疎遠な人々に養育されたSSの幼児期はけっして明るいものではなかった。母親への愛憎、それに、ナチスや戦争が及ぼす暗い影。早熟な彼女は「ユダヤ人」であることを痛いほど自覚していた。が、それ以上に彼女を鬱屈させていたのは母親をはじめとする周囲の大人たちの「愚かさ」と「虚ろな生」に対する絶望だった。

そこで「生まれなおし」が始まる。幼時からロシア、ヨーロッパはもちろん文学という文学を読みあさり、それがこうじて哲学から時事問題までの印刷物を読み、映画、音楽、演劇、ダンスの鑑賞にも熱をあげた。思春期すぎまでのこの耽溺の時期は、家族や学校から「外の世界」へ飛び出す、あるいはそこへ逃避する意味もあったのかもしれない。

一六歳でカリフォルニア州立大学バークリー校に入学し、そこで、同性愛《レズビアン》を知る。バークリーは一学期で切り上げ、その後はシカゴ、ハーヴァード、オクスフォード、パリと、いわゆる超一流の大学、大学院において哲学、歴史、宗教学、心理学、文学、文学研究などの研鑽を重ねる。しかもその教授陣は哲学者ヘルベルト・マルクーゼや宗教学者イザヤ・ベルリン、文学理論のケネス・バークをはじめそうそうたる顔ぶれだ。シカゴ大での講師だった社会学者のフィリップ・リーフと結婚し、本書の編者である息子デイヴィッド・リーフをもうけ、八年で離婚。オクスフォード大への留学中にパリに移動して、いわゆるリバタリアン、あるいはボヘミアンの生活と文化、意識を吸収し、さらに重要なことには、ヨーロッパの歴史、哲学、芸術へと接近していく。本書にも「亡命先のヨーロッパからアメリカへ亡命する」という謎掛けのような言葉が埋め込まれているが、みずからの出自と選択した自己形成との間《あわい》をつねに意識していたことがうかがわれる。

加えて、本書には通奏低音のように一種の選民《エリート》意識が流れていることにも触れないわけにはいかない。幼少時から成人になっても、「ノーベル賞受賞者」という文言や格付けが何度か使われているし、作家デビュー数年後には、自分はすでにグローバルな文学論や文学界の話題をめぐってかならず名前が出てくる、あるいは参照される作家の一員になりつつある、という自己規定が述べられている。他者には見えないことが自分には「見える」、「見えすぎる」、だから、見えない振りをする……と偏執的に拘っている時期もある。もはや彼女の瞬間は、みずからの生まれなおしの渦中において未知の光へ向かう躍動のみに委ねられてはいない。瞬間は一粒一粒、立ってはいない。一粒が陰影をはらみ、複数の色彩を反映し、しかも粒の連なりや布置が作家としてのキャリア（作品の質と量、評価）や信頼性をめぐって、他者や自己の思惑という力学の影響を受ける。つまり、作家としての意識と自我の意識とがいやおうなく絡まりあっている、または、融合して鈍色《にびいろ》のなかに浮遊している。そして、ときに、SSならではの閃きが光彩を放つ。

この日記には「創作ノート」的な、個々の著述についての覚え書きとかレジュメのような要素はほとんど含まれていない。そのような作業用のノートがほかに存在していたとしても不思議ではない。しかし、ここにはSSの自我に近い領域の知的関心、とくに文学や哲学にかかわる関心から発した探究の軌跡が刻み込まれている。シオラン、カネッティ、ニーチェ、ベンヤミン、アルトー、ボルヘス、ナボコフ……これらの書き手への憧憬を土台にして、文学の方法論やスタイルへの想いや思いつきが書き付けられている。これらの書き手たちから、アフォリズム、断片、アイロニーといった精神の発露のスタイルを汲みあげ、仮説を積み重ねてはみずからの著述のスタイルを模索している。まえがきの編者の言葉にあるような、個々の書き手への憧れに突き動かされたSSの絶品のカンタータは、この時期に書かれた、あるいは、準備された個別の著作において堪能されたい。

その意味では、SSの日記のうち、作家としてのアイデンティティをつねに意識し、作品創作に呻吟しているSSが記したこの第二部は、読む者にとっては二重の経験となる。ひとつには、とくにこの時期のSSの著作が書かれた背後にあった彼女自身の知的、心理的な要素と、さらには時代的な事情についての発見が多い。それはまた、知識面と作家その人について、刊行された著述での不足を補って余りある情報を与えてくれるし、編者のリーフ氏が指摘するように、「教養書」として読者の学びに大きく資するものであることは言うまでもない。下世話な意味でも深読みの愉しみもある。疑いや批判、あるいは、知らなかったほうが良かったという「興ざめ」を覚えることもあるかもしれないが。

そして、もうひとつの経験は、フィクションであれエッセイであれ、自己の身を削る、そして、それを書くことの主原料として献納する作家の在り方に触れることだ。本書には何人かの恋人について、また別れや絶縁をめぐって、ごく私的な回想とも分析とも自己治癒とも言えるような長い記述が随所に出てくる。愛の対象をここまで呵責なく分析するのか、その負の部分をここまで言葉にしてしまうのか、と、読んでいて不安や困惑を禁じ得ないこともあるのだが、こうは言えまいか。徹底して語りきること、言葉にすること、彼女の作家意識は、過酷なその作業を自分に課していたのではないか。また、それが恋愛の前提ではなかったにしても、人間観察を文学の根底にある修行と位置付け、徹底して言語化していくことで、個人の自我を超克した自由な創造力へと止揚したかったのではないか。論述やエッセイでのＳＳの文体はけっして「私《アイ》」という主語を多用せず、自己を前面に出すとか押し付けるスタイルとは無縁だが、みずからを乗り物として駆動して書くことに疾走する作家の姿勢は、読む者の共感を誘いださずにはおかない。

本書『こころは体につられて』の英文原題は *As Consciousness is Harnessed to Flesh* だ。ＳＳの子息であり熟達の編集者で、全三部になる予定で制作、刊行中の日記とノートの編者を務めているディヴィッド・リーフ氏が日記の本文から抽出してタイトルにした。抽出した文脈としては、「考えることについての小説」について模索しているくだりだ。主人公として「自分の作品について考えているアーティスト」を想定して、「画家？　音楽家？　（私は絵画となると、音楽に比べて少し無知すぎる）」と想いをめぐらせている。そして余白に、「精神的な企図《スピリチュアル・プロジェクト》——でも、それはもの《オブジェクト》を作ることと結びついている（心が、からだにつられるように）」と記している。日記第一部のあるくだりで「本は物体《オブジェ》だ」と述べたSSは、言語、書くこと、そして考えることさえも、物理的作業、つまり肉体の酷使を前提としてとらえていた。

本書は日記の第二部にあたり英原書では一冊に収まっているが、邦訳版は二分冊になった。

本書の上下巻二冊がカヴァーしている期間に、SSはフィクション第二作『死の装具　*Death Kit*』（六七）、論考集『ラディカルな意志のスタイル　*Styles of Radical Will*』（六九）、『写真論　*On Photography*』（七七）、『隠喩としての病い　*Illness as Metaphor*』（七八）、『土星の徴しの下に　*Under the Sign of Saturn*』（八〇）、短編集『わたしエトセトラ　*I, etcetera*』（七八）などを出版している。とくに六六年の論考集『反解釈　*Against Interpretation*』は、日本を含むおもに西欧世界の知識人たちと芸術界を揺さぶり、現在も揺さぶり続けており、そこには、価値観の重要な転換を表象する一九六〇年代の激動する文化・芸術のパラダイムに大きな一石を投じたエッセイ「《キャンプ》についてのノート」も採録されている。

そして世界では、ヴェトナムにおけるアメリカの戦争遂行に伴ってアメリカの外交政策への批判と反戦運動が拡大していた。SSは北ヴェトナムと中国というアメリカが敵視していた国々を訪問した。反戦思想や共産主義を採りいれた国々への紋切り型のシンパシーではなく、地域や歴史的経験の差異を越えて、徹底した「教養」と「自由主義」に裏打ちされた個人の感覚をも含めて、世界における新たな動きに反応する果敢な個人の経験が綴られているくだりは、比類ない貴重な記録になっている。

紙幅の関係で最後に一言付け加えるのみになってしまったが、ＳＳの生涯においてもっとも情愛を傾けた恋愛の対象であり、文学の勇者への敬愛を存分に注いだ相手、ソ連から亡命した詩人ヨシフ・ブロツキーと共に経験した時空間は、作家としての緊張感に満ちた本書に一抹の安堵と温かさをもたらしている。今後出版される本日記の最終段階である第三部には八〇年代以降のＳＳの晩年が立ち現れる。そして臨終。その床においてＳＳが「生命《いのち》を摑もうとするかのように」して口にしたのが母親とブロツキーの名だったという。

「こころは体につられて」生きている。だが、その体が消えるとき、体が産み落とした言葉は生き続けるのだろうか。「私が愛する誰か、または、私を愛する誰かが、いつの日か、この日記を読むかもしれない」。そう願いを託して書き続けられた本書のＳＳの言葉は、生命の機序そのものを体現してはいまいか。

木幡和枝
二〇一四年二月

スーザン・ソンタグ Susan Sontag

一九三三年生まれ。二〇世紀アメリカを代表する批評家・作家のひとり。
二〇〇四年他界。

◎主要著作一覧——

1963『夢の賜物』小説
1964「《キャンプ》についてのノート」エッセイ（『パーティザン・リヴュー』誌に掲載、のち『反解釈』に収録）
1966『反解釈』評論集
1967『死の装具』小説
1968 ロラン・バルト『零度のエクリチュール』英訳書序文
1969『ラディカルな意志のスタイル』評論集
1973「アルトーへのアプローチ」評論（のちに『土星の徴しの下に』に収録）
1977『写真論』エッセイ
1978『わたしエトセトラ』短編集、『隠喩としての病』エッセイ
1982『土星の徴しの下に』批評集、『バルト読本 *A Barthes Reader*』編者
1986「今の私たちの生き方 *The Way We Live Now*」短編小説
1989『エイズとその隠喩』エッセイ
1992『火山に恋して』小説
1993『寝床のアリス *Alice in Bed*』戯曲
1999『アメリカにて *In America*』小説
2001『どこに、力を *Where the Stress Falls*』エッセイ集（別題で一部が邦訳出版されている）、『この時代に想う テロへの眼差し』日本独自編集のエッセイ・講演集
2003『他者の苦痛へのまなざし』エッセイ集
2004『良心の領界』日本独自編集のエッセイ・講演集
2007『同じ時のなかで』エッセイ・講演集
2008『私は生まれなおしている』一四歳-三〇歳の日記
2012『こころは体につられて』三一歳-四七歳の日記（日本版＝上下巻）

訳者◎木幡和枝（こばた・かずえ）
1946年東京生まれ。2014年3月まで東京芸術大学美術学部先端芸術表現科教授。上智大学文学部新聞学科卒業後、編集に従事。70年代より美術、音楽、ダンスのプロデューサー、NY〈P.S.1〉の客員学芸員。82年オルタナティヴ・スペース〈plan-B〉を田中泯らとオープン。訳書にスーザン・ソンタグ『私は生まれなおしている——日記とノート 1947-1963』『夢の賜物』（河出書房新社）、同『同じ時のなかで』（NTT出版）、デレク・ベイリー『インプロヴィゼーション——即興演奏の彼方へ』、ベン・ワトソン『デレク・ベイリー——インプロヴィゼーションの物語』（工作舎）、ローリー・アンダーソン『時間の記録』（NTT出版）、トニー・ゴドフリー『岩波　世界の美術　コンセプチュアル・アート』（岩波書店）、アラン・リクト『サウンドアート——音楽の向こう側、耳と眼の間』（フィルムアート社）など。

こころは体《からだ》につられて　下
日記とノート 1964-1980

二〇一四年四月二〇日　初版印刷
二〇一四年四月三〇日　初版発行

著者　スーザン・ソンタグ
編者　デイヴィッド・リーフ
訳者　木幡和枝
発行者　小野寺優
発行所　株式会社河出書房新社
東京都渋谷区千駄ヶ谷二-三二-二
電話　〇三-三四〇四-一二〇一（営業）
〇三-三四〇四-八六一一（編集）
http://www.kawade.co.jp/
組版　KAWADE DTP WORKS
印刷　株式会社暁印刷
製本　小高製本工業株式会社

Printed in Japan
ISBN978-4-309-20648-6

私は生まれなおしている

日記とノート 1947-1963

スーザン・ソンタグ＝著
デイヴィッド・リーフ＝編
木幡和枝＝訳

スーザン・ソンタグ14歳から30歳までの日記。激動する時代に対峙する思索の記録であり、10代での結婚、出産、離婚、同性愛の幸福と不幸に揺れる姿までもが赤裸々に綴られる衝撃の書！

ISBN978-4-309-20554-0

夢の賜物

スーザン・ソンタグ＝著
木幡和枝＝訳

20世紀アメリカを代表する知識人スーザン・ソンタグのデビュー作！　大反響を呼んだ日記『私は生まれなおしている』執筆時に発表された小説をついに邦訳。シリアスな文体、キャンプな感性。

ISBN978-4-309-20581-6

こころは体につられて　上

日記とノート 1964-1980

スーザン・ソンタグ＝著
デイヴィッド・リーフ＝編
木幡和枝＝訳

『私は生まれなおしている』に続く、日記第2巻。上巻は１９６４年から68年までを収録。映画や美術、ロックまで、広がる好奇心は『反解釈』に結実。そしてパリ、モロッコ、ロンドン、ヴェトナムへ……旅する知識人が生まれた。

●日本語版オリジナル・カヴァー写真＝アンディ・ウォーホル

ISBN978-4-309-20638-7